明人別集叢編

鄭利華 陳廣宏 錢振民 主編

劉崧集

【一】

鄭利華 鄧富華 點校

復旦大學出版社

本書爲二〇二一——二〇三五年國家古籍工作規劃重點出版項目，
并獲國家古籍整理出版專項經費資助

劉崧畫像

（選自清康熙四十一年刻本《劉槎翁先生文集》卷首）

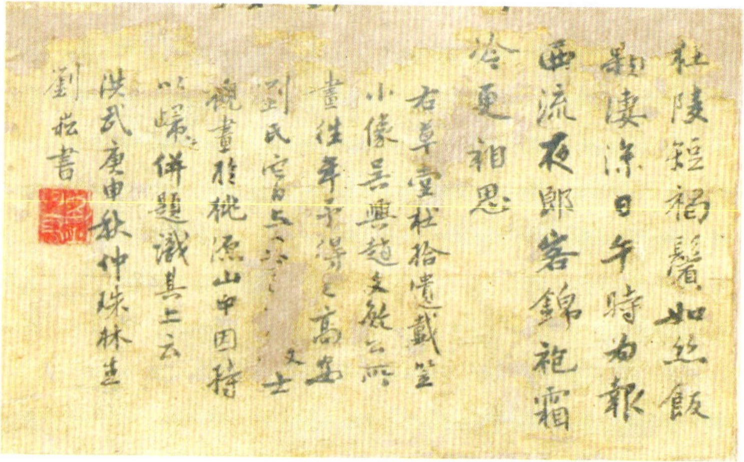

北京故宫博物院藏劉崧跋趙孟頫畫杜甫像墨跡

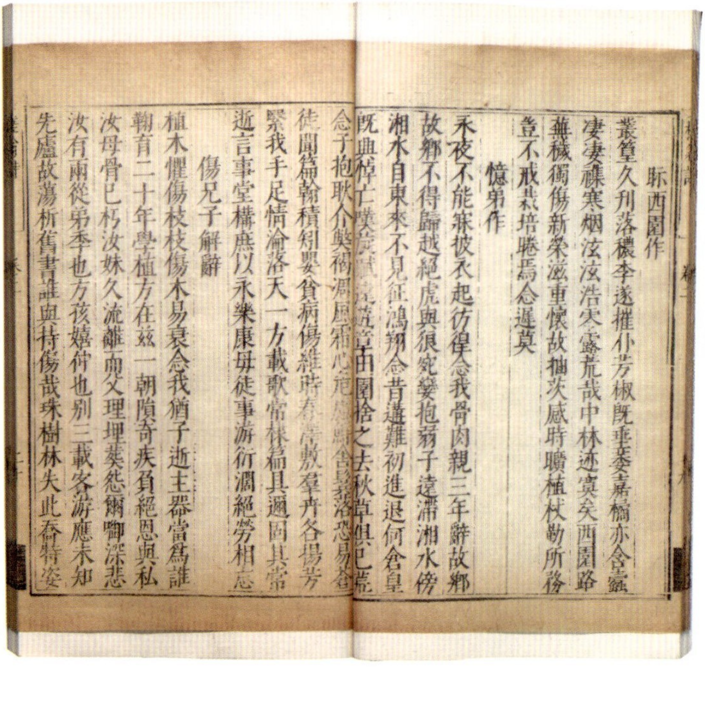

首都圖書館藏明萬曆三十八年真如齋刻本
四十四年橘徠軒重梓本《槎翁詩》

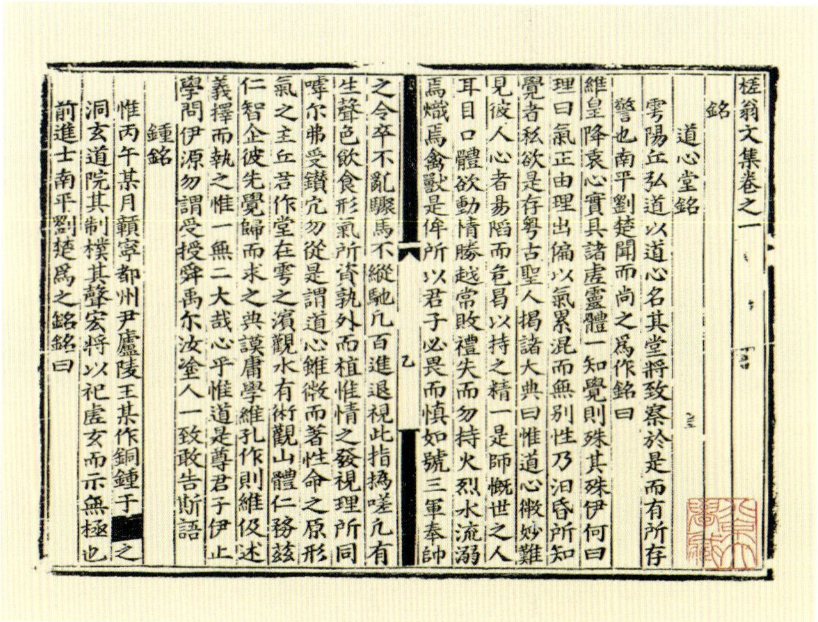

槎翁文集卷之一

銘

道心堂銘

雩陽丘弘道以道心名其堂將致察於是而有所存警也南平劉楚聞而尚之爲作銘曰

維皇降衷心實具諸虚靈體一知覺則殊其殊伊何曰理曰氣正由理出偏以氣累混而無别性乃汩昏所知覺者私欲是存粤古聖人揭諸大典曰惟道心微妙難見彼人心者易陷而危曷以持之精一是師慨世之人耳目口體欲動情勝越常敗禮失而勿持火烈水流溺焉熾焉禽獸是俾所以君子必畏而慎如號三軍奉帥之令卒不亂驟馬不縱馳凡百進退視此指撝嗟凡有生聲色飲食形氣所資孰外而植惟情之發視理所同嗟尔弗受鑽亢勿從是謂道心雖微而著性命之原形氣之主丘君作堂在雩之濱觀水有術觀山體仁務兹仁智企彼先覺歸而求之典謨庸學維孔作則維伋述義擇而執之惟一無二大哉心乎惟道是尊君子伊止學問伊源勿謂受授舜禹尔汝塗人一致敢告斯語

鍾銘

惟丙午某月贑寧都州尹盧陵王某作銅鍾于■之洞玄道院其制樸其聲宏將以祀虚玄而示無極也前進士南平劉楚爲之銘銘曰

北京大學圖書館藏

明嘉靖元年刻本明補修本《槎翁文集》

總序

中國的古籍文獻浩如煙海，這是先人留給我們的寶貴的文化資源和精神財富。明代是中國歷史發展演變的一個重要時期，成爲中國社會處於近世而具標誌性意義的一個時代。明代的文化不僅積累豐厚，重視與歷史傳統相對接，同時又善於創新立異，呈現時代異動的一系列特徵。而作爲這種文化積累與變異相交織的具體表徵之一，它也突出地反映在明代的著述領域。總體來看，明人撰作浩繁，論説紛出，由此構成一筆蔚爲可觀的文化思想之資産。與前代相比，其不但反映在文獻種類上的擴充，而且出現了一批卷帙龐大的著作。以後者而言，最爲典型的莫過於明代中後期文壇巨擘王世貞，他生平筆耕不輟，著述極爲繁富，僅其詩文別集弇州山人四部稿、弇州山人續稿及讀書後，加起來就將近四百卷，四庫館臣曾稱：「考自古文集之富，未有過於世貞者。」（四庫全書總目卷一百七十二集部弇州山人四部稿、續稿提要）儘管個人著述數量龐大的情況在有明一代不能説很普遍，但也並非絕無僅有。可以説，凡此自是明代學術和文化趨於繁盛的一個明顯標誌，而這一時期汗牛充棟的各類著述，也成爲後人研究明人思想形態和創作實踐的重要資源。

鑒於有明一代文人的著述數量繁夥，其中不乏富有文獻和研究之價值者，尤其是它們作爲中國近世文獻典籍的重要組成部分而流傳至今，這也受到學術界和出版界的關注和重視，相應的文獻整理和出版工作爲之展開，並有一批成果問世。首先是明人文集的影印。這其中始自二十世紀九十年代的四庫系列影印叢書的編纂出版，如四庫全書存目叢書（齊魯書社）、續修四庫全書（上海古籍出版社）、四庫禁燬書叢刊（北京出版社）、四庫未收書輯刊（北京出版社），就包括了相當數量的明集。除此之外，尚有明人文集的專題影印叢書，如明人文集叢刊（臺灣文海出版社）、明代論著叢刊（臺灣偉文圖書出版社）、四庫明人文集叢刊（上海古籍出版社）、明別集叢刊（黄山書社）、明人別集稿鈔本叢刊（國家圖書館出版社）、明代詩文集珍本叢刊（國家圖書館出版社）、日本所藏稀見明人別集彙刊（廣西師範大學出版社）等。這些影印叢書特別是明人文集專題影印叢書的相繼問世，爲明代文學、史學、哲學等不同領域研究工作的開展，提供了一批重要的文獻資源。其次是明人文集的點校。除了一些零散的點校本之外，叢書系列較有代表性的，如中國古典文學叢書（上海古籍出版社）、中國古典文學基本叢書（中華書局）、明清別集叢刊（人民文學出版社），包括了若干種類的明集；又具地方文獻性質的如蘇州文獻叢書（上海古籍出版社）、浙江文叢（浙江古籍出版社）、湖湘文庫（岳麓書社）、陝西古代文獻集成（陝西人民出版社）等等，各自也收入了數種明集。這自然也爲學人的閱讀和研究提供了一定的便利。

衆所周知，作爲古籍整理的兩種重要形式，影印和點校具有彼此不同的功能和作用，如果説前者主要在於呈現文本的原始形態，這也是傳統保存和傳遞文獻資源所採取的一項有效措施，那麽後者則屬於針對文獻所進行的一種深度整理，其功能和作用並非影印所能代替。按照傳統的工序，點校整理需要經過底本的遴選、文本的標點，以及利用不同版本和相關文獻進行校勘及輯佚等過程，原則上要求形成相對完善和便於利用的新的版本，如此，當然也相應增加了此項工作的難度和强度。從這個意義上來説，開展明人文集的整理工作，借助影印的便捷手段，爲保存和利用古籍文獻創造條件，固然十分必要，而與此同時，通過點校這種深度整理的方式，爲學人提供較爲完善的文集版本，也是不可或缺的。從明人文集影印整理的情況來看，迄今爲止，特別是隨着若干大型明集影印叢書的出版，種類數量上已形成一定的規模。比較而言，明集的點校整理則相對滯後，尤其表現在文集覆蓋的範圍有限。一些零散的點校本，大多選擇整理的是明代若干代表人物之文集。即使是數部規格較大的點校整理叢書，或限於叢書的通代體例，或限於選録範圍的要求，其中明代部分所收録的，主要爲活躍在當時文壇的數位重要人物之文集。至於一些地方性的文獻整理叢書，自然要以人物的地域身份作爲選録的主要標準，所以選目的覆蓋面相當有限。這樣的情形，實與明人文集大量留傳的存書現狀和學人閲讀及研究的廣泛需求形成某種反差。以明集點校整理的質量而言，其中在標點、校勘、輯佚等方面，固然不乏質量上乘者，但在另一層面，受制於整理者自身的學術資質、工作態度以及各種客觀條件，整理質量有待於進一步提升者，亦並非偶見。應當説，有關明人文集的點校整理，既有擴大整理範圍的必要，又有提升質量的空間，需要做的工作還有很多。

有鑒於此，經過充分的醞釀和準備，我們現著手編纂這套大型文獻整理叢書明人別集叢編，以期能對學人的相關閲讀和研究發揮重要的裨助作用。該整理項目得到了復旦大學出版社的大力支持，從而也使得這套叢書的編纂和出版工作有了切實有力的保障。根據所制定的編纂總例以及相應的編纂宗旨，本編主要選取有明一代不同時期特別在文學乃至史學和哲學等領域較有代表性、尤其在上述領域有着獨特業績或顯著影響而鮮少受到學人充分關注或重視的文人之詩文別集，通過精選底本和校本、精審標點和校勘，爲學界提供一套較爲完善的明人詩文別集整理本。具體來説，一是選目要求具有較爲廣泛的覆蓋面，以體現文獻整理種類較强的系統性，並重點選取一批前人未曾點校整理的明人詩文別集，而這些別集作者又大多在明代不同時期文壇表現相對突出或較有影響，我們的目的是力圖通過對這些作者別集的整理，彌補明集整理上存在的空闕，凸顯本編的原創性之編纂特色。二是針對若干種已有整理本問世的明人詩文別集進行重新整理，因爲前人整理本的情況比較複雜，有的整理質量相對較高，也有的則仍存在很大的修正和補闕的空間。特別是有些早期的整理本，除了受制於整理者的主觀因素，也或多或少爲其時文獻查閲和檢索等條件不如現今便利的客觀因素所限制，出現這樣或那樣的問題在所難免。故而從糾補闕失、後出轉精的角度來説，有選擇性地開展重新整理工作又是非常必要的。但重新整理並不意味着重複整理，它的價值意義更多指向優於前人整理成果的彌補性和超越性，當然也要求整理者爲之付出更多的心力。三是在標點和校勘上盡力做到謹慎細緻、精益求精。底本方面，原則上要求選擇刊印較早、較全或經名家精校的善本；校本方面，原則上要求在充分理清版本源流的基礎上，重點選擇具有代表性及校勘價值的版本作爲主要校本。通過精校，存真復原，形成接近作者原本的新善本。四是在文本的輯佚上盡可能利用相關的資源拾遺補闕，即要求通過對作者詩文集各版本的細緻查閲和對相關文集、史志等各類文獻資料的廣泛搜羅，補録本集未收的詩文，同時爲避免誤收，要求對所輯篇翰嚴格加以辨察。

作爲古籍整理的一個大型學術工程，本編選録的明人别集數量和卷帙繁富，整理工作面臨的難度和强度不言而喻，特别是爲了充分保證整理的質量，需要我們秉持格外嚴謹的態度和付出十分艱巨的勞動，唯有全力以赴，一絲不苟，毫不懈怠，才能實現理想的目標。衷心期望這套大型文獻整理叢書的編纂和出版，能爲明代文獻的整理和研究盡一份綿薄之力。

鄭利華　陳廣宏　錢振民

二〇二一年五月

總例

一、宗旨

明人别集叢編係選編整理有明一代文人詩文集的大型叢書、古籍整理研究的一大工程。該叢書主要選擇明代不同時期特别在文學乃至史學、哲學等領域較有代表性，尤其在上述領域具有獨特業績或顯著影響而鮮少受人充分關注或重視的文人之詩文别集，通過精選底本、校本，精審標點、校勘，爲學界提供一套相對完善的明人詩文别集整理本。

二、版本

（一）底本，原則上以刊印較早、較全或經名家精校的善本作爲底本。

（二）校本，原則上在理清版本源流的基礎上，對於有多種版本系統者，選擇具有代表性的版本作爲主要校本，并參校他本及各類相關文獻資料。

各集采用的底本、校本及參校的相關文獻資料，均須在整理「前言」中加以説明。

三、校勘

通過精校，存真復原，即綜合運用對校、他校、本校、理校等方法進行校勘，提供接近作者原本的新善本。

四、標點

本編各集以國家新近頒布的標點符號使用法爲依據，同時參照國務院古籍整理規劃小組制定的古籍點校通例進行標點整理，并按原書文意析分段落。

五、體例

（一）本編所收各集，其編排體例原則上不作改動，以存其原貌。

（二）依照原書正文篇名重新編製全集目録。

（三）文集前後序跋、傳記、軼事等文字，作爲附録置於全集之後。

（四）作者撰寫的已經單獨刊行并且前人未曾編入其詩文集中的學術類文字，一般不收入新整理本中。

（五）在完成點校整理的基礎上，各集整理者分别撰寫前言一篇，簡介作者生平、文集構成，説明版本概況、點校體例等。

六、輯佚

（一）通過作者詩文集各版本及有關文集、史志等文獻資料，搜羅集中未收之詩文，但爲避免誤收，補入時須注意對所輯佚文的作者歸屬或真僞情況加以仔細辨察。

（二）佚文不多者，直接補於相應體裁或文集正文之後；數量較多者，按體裁編爲若干卷，列於文集之正文各卷之後。佚文來源均須加以注明。

各集整理者根據本編上述總例之要求，分別製訂文集點校具體之體例。

劉崧集總目

前言……一
目録……一
槎翁詩……一
詩歌補遺……八七三
槎翁文集……九二三
附録……一四四七
附録一　序跋……一四四九
附録二　傳誌……一四七四
附録三　哀祭……一五〇四
附録四　酬贈……一五〇九
附録五　敕誥……一五一七
附録六　年譜……一五二〇
附録七　評論……一五五六

前言

劉崧，一作劉嵩，初名聖生，後改名楚，又更名崧，字子高，號嘐夫，又號槎翁，江西泰和人。始祖劉況於後唐天成三年（九二八），由金陵徙居西昌珠林。曾祖鍈，宋國子待補。祖文度，元初有文名，受知於元明善。父鍔，字宗榮，號快軒，州學訓導。劉崧生於元至治元年（一三二一），穎悟過人，自幼從祖父授詩，即應口成誦。家貧力學，勤勵不輟。既遊南昌，與辛敬、萬石、周湞、楊士弘等人交，相與揚誉。至正十五年（一三五五），江西行省以薦者授劉崧爲龍溪書院山長，未赴。十六年（一三五六），以詩經中江西鄉試第二十一名。十七年（一三五七）夏，赴春官不果。與父子兄弟自相師友。構具翕堂，日與鄉人詩酒其間，詩名重江右。二十一年（一三六一），九江宣徽院使薦徵，以母老辭不就。時天下大亂，避地累歲，繼喪二子一女。洪武二年（一三六九），省府徵辟，以母老辭。洪武三年（一三七〇），以經明行修薦至京師，授兵部職方司郎中，階奉議大夫，歷署駕部總部事。六年（一三七三），陞北平按察司副使。時值北平兵革之後，輕刑省事，招集流亡，作興學校。十年（一三七七），考績入京，循格再任。坐誣失邊報，罰令築城，尋放歸鄉。十三年（一三八〇），胡惟庸被誅，徵拜禮部侍郎，既署吏部尚書。後以災異迭見，特命致仕。十四年（一三八一）三月，復起爲國子司業，賜鞍馬，令朝夕繼見。不久得疾遽卒，年六十一。弘光初，追謚恭介。

劉崧生平博學，有志行，與兄麓、弟楚稱「珠林三傑」。又其天分絶高，七歲即能賦詩，一生吟詠不輟。他曾自言：「年十六遊興國，爲侗子師，然猶日誦書千數言，至夜仍賦詩若文以自程勵。居三年，未有異也。會有傳臨川虞翰林、清江范太史詩者，誦之五晝夜不廢。」「益求漢、魏而下盛唐詩以來號爲大家者，得數百家，徧覽而熟復之。」（自序詩集）可見其詩學的復古傾向，以漢、魏、盛唐作爲效法的對象。元末兵亂，避居深山，兄弟三人，相依爲命，「凡覩物觸事，傷時感舊，一於詩乎發之」，「當賦詩時，紙硯不能具，往往相聚於溪澗傍側、山巖林木間，挹泉研石，拾木葉雜書之」（東行倡和集序）。劉永之劉職方詩集序謂其「尤樂山水，遠近名勝之處無所不至，遇孤峰絶壑、幽泉茂樹，景與意會，終日忘返。至其爲詩，秉翰操牘，成於頃刻，若不經思，而創意造語敻絶不羣，它人窮思竭慮不能及也」，「豫章萬石、大梁辛敬、襄城楊士弘、秣陵周湞亦以歌詩自雄，子高與之馳騁上下，名聲相埒」。正是由於天分甚高，加上師友之資、江山之助，故其文辭日新月富，在詩歌創作方面成就突出。

劉崧詩歌創作以至正十一年（一三五一）與洪武三年（一三七〇）爲界，大致可以分爲三個時期。他雖在七歲時曾寫下雞鳴詩，但十九歲以前所作皆焚去，現存詩作始於元至元五年（一三三九）。至正十二年（一三五二）壬辰之亂前，他以鄉居應試及課館授徒爲主，詩歌内容多田園、山水、交游以及抒發功名未竟之恨。其書寫田園生活的園居雜興八首、貧居二首、晨興等古詩，有模仿陶淵明詩歌的影子，如：「荷鋤出東皋，我黍忽已苗。苗短不自持，百草勢轉驕。良苗異本根，蕪穢乃獨超。敢辭薅耘勤，永愧雨露饒。周雅永思古，王風竟頹凋。人生重所務，豈獨在夕朝。」（園居雜興八首其六）但他的這類詩歌並非都平和閒雅，也間涉及困窘落魄之境遇，如述懷詩：「我有二畝田，力薄耕不勝。分田籍農父，所冀得斗升。豐年本狼藉，薄俗乃侵陵。一日凶旱來，顆粒遂不登。」即感慨罹災不穫，生意慘淡。春日述懷五首其五云：「過時獨不售，徒爲當世嗤。」則透出自己人到中年而未獲功名的内心失落。

元至正十一年（一三五一）紅巾軍起義，打亂了劉崧的平静生活，其在躲避動亂而奔竄之際，經歷了父死子亡妻喪的切膚之痛，這對劉崧無疑是沉重的打擊。他這一時期的詩歌創作，以表現元末的動蕩和喪亂爲主，多以寫實的手法記録當時動亂帶來的巨大傷痛，目擊時艱，身罹禍難，故其詩風悲愴而深沉。所謂「自東南禍變，世之作者往往有感於杜陵天寶以後之作，而詩道一變矣」（蕭子所詩序），正可以説是劉崧此期詩歌最好的注脚。如病瘧述懷六百字敍寫自己在兵亂之際穿行於密林深山之中，不幸遘疾幾殆。乙巳正月九日大雪避抄兵由王山將入富田至洞口與家兄相失則發出「大哉乾坤内，性命若雲浮」的飄零散落之悲慨。夜出羅村流露深夜遇暴亂奔竄入山之惶恐：「暴兒夜半打平寨，陽村峴頭江路大。夢中驚竄迷東西，十步九蹈傷淤泥。母號女哭不相顧，冥冥驅牛入山去。」兵亂二首其一記述兵亂之後的凋敝：「兵亂連三載，年荒餘幾家。久聞人食草，仍報盜如麻。憂國愁心死，傷時淚眼斜。平田棲白骨，千里見飛鴉。」又如築城嘆、布穀啼、掘塚歌等吟詠民衆被迫築城防敵的艱辛；道逢老叟行描寫在戰亂中「全家骨肉散風烟，眼暗腸枯少筋力」的老者流離失所，家人死散：「粤從東南兵亂起，鄉井流離經一紀。不似今年亂較長，九十日來竄荆杞。」最後「大男山中草縛行，幼女城邊馬馱去。孫男哭母婦哭夫，風驚雨散何須臾」。類似的詩作還有南鄉怨歌、采野菜、東家嘆等。應該説，劉崧的這類詩歌得之杜甫詩歌寫實傳統和沉鬱風格爲多，也因此多少具有一種「詩史」的意味。

洪武三年（一三七〇），劉崧被徵入朝，開始了長達十一年的仕宦生涯。此期劉崧也寫過一些歌功頌德之作，如進甘露詩十六韻、大赦恩詔和李子翀等，更多的則是同僚應酬唱和與書寫宦途見聞，大都風格雅正和平，開啓臺閣詩風之緒。還有一些則是抒發對「吏牘常堆案」（即事）仕宦生涯的厭倦，如慨嘆「歸休期莫竟」（十月十三日燕相府知印張觀復從江西來承大兄六月八日家問捧誦之餘悲喜交集因賦五言長歌一首奉報匪敢言詩姑述懷耳）、「何由放斥遂歸休，扶耒朝耕仍夜讀」（題畊讀軒爲吏部主事顧碩賦）。

總體而言，劉崧詩歌多以寫實爲主，注重情感發抒，體現了他「詩本情性」（芳上人詩序）的詩學觀念。他曾説：「詩本諸人情，詠於物理，凡歡欣哀怨之節之發乎其中也，形氣盛衰之變之接乎其外也，吾於是而得詩之本焉。」（自序詩集）從中也可以見出其對詩歌本質特性的理解。關於詩歌抒情與創作之法，他又説：「世變萬萬，情性一致。其於詩也，未嘗無所法，而拘之則卑；未嘗無所自，而襲之則陋也。」（蕭子所詩序）即在重視抒情的同時，又主張應有所取法，但不可過於拘泥以至蹈襲，顯示其在這一問題上相對辯證的思路。他的詩作受到時人和後人頗多關注，其中不乏褒揚之辭。如宋濂對劉崧詩歌評價甚高：「至其所自得，則能隨物賦形，高下洪纖，變化有不可測，寘之古人篇章中，幾無可辨者。」（劉職方詩集序）劉永之亦云：「古體如三代彝器，雖簡質而極温潤；律、絶如春雲映日，流麗可愛；樂府、歌行如寒泉出谷，其音鏘然，聽之不窮。」（劉職方詩集序）烏斯道則云：「先生之詩，不刻削而工，不峭峻而蒼，不隱晦而深，不險怪而神，不平澹而化，不乖俗而道。」（劉職方詩集序）陳邦瞻評曰：「樂府、五言古質沖夷，縟采自寓。七言歌行尤翩翩迴拔，縱發放吐，轉折變化，有威鳳騰霄、神龍戲海之狀。律體和暢綿密。絶句蕭散婉麗。」（劉子高先生詩序）總之，劉崧的詩歌創作各體兼長，風格多樣，不乏可觀之處。胡應麟在總結明初詩派之際，將劉崧作爲江右詩派的開山：「國初，吳詩派昉高季迪，越詩派昉劉伯温，閩詩派昉林子羽，嶺南詩派昉於孫蕡仲衍，江右詩派昉於劉崧子高，五家才力咸足雄據一方，先驅當代。」（詩藪續編卷一）可見其在明初詩壇之地位及對江西詩學之影響。由於劉崧詩歌或呈現雅正和婉的風格，以至後世認爲其啓導臺閣之體：「史亦稱崧善爲詩，豫章人宗之，爲西江派。大抵以清和婉約之音提導後進，迨楊士奇等嗣起，復變爲臺閣博大之體。」（四庫全書總目卷一百六十九集部槎翁詩集提要）

劉崧在散文方面的成就雖不及詩歌，「其文頗傷流易，殊不及其詩」（四庫全書總目卷一百七十五集部槎翁集提要），但一些篇章，墓誌如二子壙誌、亡妻陳君墓誌銘等，遊記如遊武山記、遊潮山記等，或聲情並茂，或清新典雅，也間有佳作。現存劉崧散文三百多篇，涵蓋銘、贊、傳、説、書、記、序、跋、哀辭、祭文、墓誌、碑銘、行狀等。羅欽忠評騭其文：「其養厚，故其氣厖蔚而隆凝；其學博，故其詞雄渾而腴暢；其志潔，故其體奥雅而切深。」（新刻槎翁文集目録序）鄒守益則以「雄渾閒雅，馳驟而有餘力」（槎翁文集後序）概括之。朱元璋以其文章雅正，敕撰滕國公顧時、海國公吴禎神道碑。

劉崧生平著述頗豐，著有北平八府志、東遊録、嶺南録、槎翁文集、槎翁詩等。其中北平八府志、東遊録、嶺南録均不存。

劉崧的詩集，洪武五年（一三七二）蕭翀編校刊行劉職方詩，此集收劉崧十九至四十九歲之詩。據其自序，原有鍾陵、五雲、鄧溪、雙溪、鳳山、瑶峰、墨池、東門、珠林、龍灣、北巖、龍門、戊巳共十三稿。天一閣博物館現藏著録爲明刻本的劉職方詩八卷，題「門人蕭翀編次」，序目不存。考其所録詩作，均爲劉崧五十歲之前所作，此本當屬洪武五年（一三七二）刻本。據烏斯道洪武十二年（一三七九）所作劉職方詩集序，蕭翀又曾續編劉崧五十歲之後詩集，今未見，或未刊行。萬曆二十五年（一五九七），張應泰刊劉槎翁先生詩選十二卷。此本原爲劉崧後裔劉道卿編次，張應泰又囑童思善裁定，存其什七，是爲劉崧前後時期詩歌之選本。此選本後有清咸豐十年（一八六〇）坦端書屋刻本、清同治三年（一八六四）補修本。萬曆三十八年（一六一〇），戴九玄據時監司浙中的陳德遠所藏劉崧詩稿，編爲槎翁詩八卷，山陰王應遴梓於真如齋。此本收録劉崧詩歌遠超劉槎翁先生詩選十二卷本，但後者亦有百餘首不見於此本。萬曆四十四年（一六一六），戴國士橘徠軒重梓槎翁詩八卷，實爲明萬曆三十八年（一六一〇）真如齋刻本的校改重印本。清乾隆間編四庫全書，其槎翁詩集八卷本即以明萬曆三十八年（一六一〇）真如齋刻本爲底本。但文淵閣四庫全書本槎翁詩集卷五未收七律贈墨客陳東谷、火港長老聞公遊金精將歸珠林三德院有懷先廬因别感賦二首、劉守帥許同知勞經歷遊金精山。卷八未收初嘗杏、題秋江釣圖。清乾隆四十五年（一七八〇）忠孝、序倫堂重梓本劉槎翁先生職方詩集十六卷，由劉槎翁先生詩選十二卷與劉槎翁先生詩選補遺四卷合成。補遺四卷，實從明萬曆三十八年（一六一〇）真如齋八卷本去除劉槎翁先生詩選十二卷的重收詩作編纂而成。此本收録劉崧詩歌較全面。清光緒二十五年（一八九九），上田蕭敷政編刊槎翁詩文全集，其詩集部分即翻刻此本。

劉崧的文集，有嘉靖元年（一五二二）徐冠刊槎翁文集十八卷（按，原本現藏臺北故宮博物院，原國立北平圖書館甲庫善本叢書、元史研究資料彙編有影印本），明代有補修本（按，中華再造善本、四庫全書存目叢書均據北京大學圖書館藏槎翁文集影印。此本雖無説明補修始末之序跋，但補版字體、板框大小與原版有明顯區別，且有文字更易，實爲補修重印）。清康熙四十一年（一七〇二）、乾隆二十七年（一七六二），其後裔兩次重梓，題劉槎翁先生文集十八卷。清光緒二十五年（一八九九），蕭敷政刊槎翁詩文全集，其劉槎翁文集十八卷，即據清乾隆二十七年（一七六二）百丈房忠孝堂重梓本翻刻，并補遺一卷（實爲一篇）。

本書是對劉崧現存詩文作品的全面搜集整理。其中詩集部分以明萬曆三十八年（一六一〇）真如齋刻本槎翁詩（簡稱「萬曆真如齋刻本」）爲底本，以蕭翀編刊劉職方詩（簡稱「蕭編本」）、明萬曆二十五年（一五九七）張應泰刻本劉槎翁先生詩選（簡稱「萬曆詩選本」）、明萬曆橘徠軒重梓本槎翁詩（簡稱「萬曆橘徠軒重梓本」）、清文淵閣四庫全書本槎翁詩集（簡稱「四庫本」）爲主要校本。參校清乾隆忠孝、序倫堂重梓本劉槎翁先生職方詩集（簡稱「乾隆重梓本」），明抄本詩淵，永樂大典，劉仔肩輯明洪武三年（一三七〇）刻本雅頌正音，徐泰輯明嘉靖十二年（一五三三）刻本皇明風雅等。文集部分以明嘉靖元年（一五二二）徐冠刻本槎翁文集（簡稱「嘉靖本」）爲底本，以清康熙四十一年（一七〇二）劉光被重梓本劉槎翁先生文集（簡稱「康熙本」）爲校本，參校明補修本槎翁文集（簡稱「明補修本」）、清乾隆本劉槎翁先生文集（簡稱「乾隆本」）、程敏政編明嘉靖八年（一五二九）宗文堂刻本皇明文衡、白潢等修清康熙五十九年（一七二〇）刻本西江志等。對從底本外其他詩文集各版本及有關文集、總集、史志等文獻資料輯得之詩文，其中文四篇，直接補於樣翁文集相應體裁之後；另五言古詩一首，七言古詩一首，長短句一首，五言律詩二首，五言排律二首，七言律詩一百十九首，五言絶句六首，七言絶句六首，編爲一卷，列於樣翁詩正文之後。底本之外所補輯詩文，皆注明出處。書後別爲附録七種，分别輯録劉崧詩文集各版本之序跋、劉崧傳記誌文、輓詩及祭文、友朋酬贈之篇什、敕誥之文、清人王琨瑶編泰和劉恭介公年譜、歷代劉崧詩文之相關評論。

目録

槎翁詩……一
槎翁詩卷之一……三
四言古詩……三
言志贈友人……三
題唐子華江居平遠圖……四
題寧都州學圖 有序……四
題蘭……五
書帶軒詩爲鄭同夫賦……五
七噫歌 有序……六
尚友齋爲曠伯逵賦……七
觀劉將軍禡旗詩……八
題畫魚四章……九
題九鷥圖 有序……九
南門司柝詩贈玉珊克温……一〇
觀瀾 有序……一〇
墨龍贊爲蕭時卿賦……一一
比丘觀音贊……一一
題鏡面二水圖……一一
題山雲居圖爲樊都事仲郛賦……一二
古樂府……一二

門有車馬客……一二
結客少年場……一三
將進酒……一三
芳樹篇……一三
少年行……一四
東方行……一四
鳳笙曲……一四
照鏡曲……一五
空城雀……一五
古離别……一六
漂母吟……一六
江南弄……一七
姑蘇曲……一七
鴛鴦吟 有序……一七
傷舉郎詞……一八
烏鳶歎……一八
白練帶詞……一九
秋夜詞……一九
紫騮馬……一九
秋夜長……二〇
愛妾换馬……二〇
長相思……二〇
荷葉黄……二一
烏夜啼贈友人别……二一
祝船詞……二二
五言古詩……二二
春日出郊和楊公榮……二二
古詩五章奉寄徐南卿鄒致和二
賢良……二三
陪鄭同夫唐寅亮諸同志會飲管氏
山亭分韻得出字……二五
步虚擬詞贈紫陽蕭煉師……二五

述懷八首奉柬白景和……二六
會飲曾氏西軒……二八
次王子啓夜坐懷曠伯逵……二九
寄贈余元帥……二九
遐想亭詩爲劉元善賦……三〇
答次羅斗明感懷一首時道阻留滯
江上併柬曾魯卿令尹……三〇
與周思忠劉孟文諸君子會飲李克貞
宅分韻得三字……三一
送楊公望赴京得滿字……三一
擬古四章將過鍾陵贈别廖子所……三二
春日述懷五首……三三
春日懷金精舊游……三五
贈黄君寳棄吏歸臨川……三六
詠懷一首　有序……三六
沿鄧溪登石盤嶺　有序……三八
美彭澤王令尹建清忠書院……三九
贈别王令尹……三九
戊子六月喜雨　有序……四〇
贈張横舟……四一
八月枉希顔王孝廉自大唐别業相
見靖安縣中辱贈長句甚慰旅懷
臨别賦此……四一
樹諼堂詩爲章仲勉賦……四二
桃源……四三
鼉尖……四三
靖安劉節婦詩……四四
大湖灘……四五
雪霽舟出釣洲斜望雲石諸山喜賦
……四六
永豐劉尊德自南雄歸過寧都别予
將之豫章因懷曠伯逵賦别念二

韻仍以呈曠也 …… 四六
送孫民瞻之廣西帥閫照磨 …… 四七
閏七月十夜獨酌 …… 四七
古詩九章贈別鄭同父 有序 …… 四八
秋日同鄭同夫羅孟文田仲穎遊蒼
山訪宋曾子實故居遺址今爲陳
氏居矣感賦一首 …… 五二
醉後偶書 …… 五三
園居述懷和王迂叟 …… 五三
擬古贈友人別 …… 五四
苦熱 …… 五四
衣帶嶺 …… 五四
九日胡孟浩攜酒與客登官峰賦此 …… 五五
入蒼山下巖尋曾子實先輩故居遺迹
往往有題刻存焉 …… 五五
題姜煉師山房有懷趙伯友鄭同夫
二首 …… 五六
題暘谷出日圖 …… 五六
送郭韜之豫章 …… 五六
題蕭氏孝思亭 …… 五七
槎翁詩卷之二 …… 五八
五言古詩 …… 五八
登三顧山次王子啓 …… 五八
南園灌隱詩 …… 五九
題淵明像寄劉仲脩 …… 五九
朝采南園粟 …… 六〇
題練江漁釣圖爲鄭伯威賦 …… 六〇
采菱篇爲林森賦 …… 六〇
遠游篇爲黃子邕賦 …… 六一
八月十日同王睿劉霖曠逵蕭諶歐
陽銘鍾哲焦瑜王佑燕集王氏南

園賦詩有圖有序……六一
同蕭諶曠逵諸君子夜集蟠溪王
新書舍得竹字……六二
題羅濬詩稿……六二
題高人汎舟圖爲鐵柱左煉師賦……六三
悼嚴煥……六三
過南圳訪友同王子與羅子理分韻得
滿字……六三
題劉韶書屋……六四
陪蕭諶歐陽銘陳宜鄒吉泰諸君子
晚宴興福寺汎舟夜歸三德院明
日分韻得口字……六四
送歐陽孔述歸安城……六四
貧居二首……六五
園居雜興八首……六六
晨興……六九
尋雲陟累榭送嚴子善之上猶……六九
養牛……六九
春畊……七〇
憫旱……七〇
出門……七〇
述懷……七一
過劉氏廢圃阮生攜酒共酌……七一
造田父……七一
歲暮南歸留別蕭翀諸友……七二
和答蕭翀春雨過林居之作……七二
辛丑正月廿二日述志……七三
廿七日書懷……七三
春日遊武山柬同遊者……七三
獵犬篇……七四
二月八日對酒……七四
登北巖眺望因投巨石宛轉爲戲……七五

遊三華山……七五
晚出溪上將登武山不果……七六
數日無酒飲……七六
陪陳尹飲江上雨過夜歸明日賦此……七六
别羅倫……七七
題竹石圖……七七
會飲泮亭東郭存敬……七七
别焦瑜……七八
宿沓壠東胡敬蕭翀鍾祥……七八
夜宿下邳……七九
登大莊高山……七九
兵後過故里……七九
晨興……八〇
送湯子敏王伯衢由水口暫出流江……八〇
田家……八〇
水口山居雜興六首……八一
病瘧述懷六百字……八三
乙巳正月九日大雪避抄兵由王山將入富田至洞口與家兄相失……八四
兵退由佛原出南富……八五
眎西園作……八五
憶弟作……八六
傷兄子解辭……八六
贈别嚴吾敬……八七
寄題金精山凌雲亭爲王太守賦……八七
奉酬夏仲寅秋日枉顧見貽之……八八
六月自流江返林居……八八
續悼亡篇……八九
續止酒篇……八九
丙午二月一日同仲弟子彦道士陳允

寧遊金華諸峰 …………………… 九〇
言懷 …………………………… 九〇
移竹舍南 ……………………… 九一
感舊 …………………………… 九一
寄湯子敏 ……………………… 九二
贈子元龍貢士別併柬劉雲章 …… 九二
題筠雪齋 ……………………… 九三
題贈巢雲子 …………………… 九三
風從窗隙來 …………………… 九四
秋興四首 ……………………… 九四
見樹上浮查 …………………… 九五
觀岸上人放舩下水 …………… 九六
酬蕭翀懷別見貽之作 ………… 九六
挽楊子將因亂客袁州後暫還鄉復往
寓所而卒 ……………………… 九六
題春山樓觀圖 ………………… 九七
胡侯五子詩 益津縣人，字彦美。 …… 九七
贈田觀 ………………………… 九八
晏客池亭 有序 ……………… 九九
出贛灘讀伯友趙君知非稿奉同
李以莊進士韻題其後 ………… 一〇〇
送孫伯起之鎮江司理 ………… 一〇一
自興國過寧都度黄竿竹嶺險甚
……………………………… 一〇一
答贈王子啓 …………………… 一〇二
題西山五仙圖 ………………… 一〇四
奉答丁克誠擬古四首併各因其首
句云 …………………………… 一〇四
題筠軒 ………………………… 一〇六
題枯林墨蘭 …………………… 一〇六
題蘭雪齋 ……………………… 一〇六
壬辰感事六首 ………………… 一〇七

出南門……一〇九
賦白馬祠送曾照磨領兵防龍泉寇……一一〇
和全參政別王照磨至剛……一一〇
陪王珊克温薛益伯謙王睿王佑嚴煥夜宴焦瑜宅看薛舞劍分韻得深字……一一一
贈州掾李復亨……一一一
承鄧子益黃樹之作依韻奉答……一一二
答曾同升見語……一一三
凶年民有棄子於江者詩以寄哀……一一三
送孫景賢歸江東……一一三
送蕭一誠赴萬安教諭……一一四
贈醫師任光顯……一一四
贈畫師劉宗海……一一五
殺蛇篇 有序……一一六
賦清簡所送鄧憲史南臺……一一七
奉和右丞廉惠山凱牙喜雨詩……一一七
題太古齋爲鎦政卿賦……一一八
曠伯逵移花竹石盆 有序……一一八
贈曾沂畫山水詩 有序……一一九
過順流口尋歸舟不見留寄曠伯逵……一二〇
題帶經亭爲曠伯逵賦……一二一
贈蕭自愚煉師……一二一
所聞……一二二
避寇宿嶺下田家……一二二
過周宜沖林居……一二二
送謝君壽歸豫章……一二三
述懷一首別表兄嚴允升之興國……一二三

題山水畫……一二四
見家鴨浴於堂坳感賦……一二五
夏日同歐陽仲元羅子理鄧崇志
會飲林屋得紫字……一二五
懷萬德躬……一二五
六月晦日山下觀稼歸……一二六
題錢氏貞節堂……一二六
早行霧中過田家失道……一二七
感時和答王以方……一二七
題嚴氏東園……一二七
憶鄧子益 有序……一二八
送邢秀才之南海……一二九
病起理髮……一二九
賦龍沙贈友人別……一三〇
檢故篋中得亡兒觭所服藥裹賦以
致悼……一三〇
題牧牛圖……一三一
賦別南澗諸友人……一三一
舍弟往三坳嶺尋觶子日夕未歸坐
候林下……一三一
分韻得一字餞別張彦昌赴豫章
……一三二
和答蕭伯璵……一三二
題黄氏三餘齋……一三二
題吴氏宗夏所作秋林高館圖……一三三
吴太守將赴韶陽西昌浮屠周師以
九鷺圖爲別邑人劉荆生復爲詩
以系之……一三三
江干草居……一三四
戲題訪戴圖……一三四
田父邀嘗酒感賦……一三五
題劉誠本畫緑陰静釣圖……一三五

答陳畊閒見貽之作……一三五
題淵然劉煉師崆峒訪道圖……一三六
和鵬舉赴滁陽道中述懷見寄二首……一三六
晚出登前岡候王徵君不至……一三七
和答蕭國録八月十一夜對月有懷之作……一三八
月夜舟中……一三八
題胡子敷朝陽軒……一三八
題郁傑觀泉圖……一三九
五月十九日夜同蔣起居注楊主事宋給事中宴劉起居千步廊之寓直……一四〇
偶題……一四〇
送婁徵士叔真歸金華曾侍郎邀賦……一四一
蘭雪軒詩……一四一
題觀泉圖……一四一
題米元暉山水畫爲郭掾吏賦……一四二
青蘿山房詩爲金華宋先生賦……一四二
贈歐陽濟可主簿自金陵復歸濟寧府……一四三
椒園詩爲台州楊子賦……一四四
陪陶尚書宋太史夜宿齋宫分韻得萬字……一四五
贈蕭忻……一四五
題黄筌百禽圖……一四六
送趙可立來北平省其兄可久參政却歸處州……一四六
送趙參政赴召還京分韻得風字……一四六
布履篇答舍弟……一四七

題陳原初掾郎所藏古澗幽人圖……一四七
反哺詩……一四八
自述……一四八
夜坐……一四九
暮歸二首……一四九
朝抱一印出……一四九
十月十三日燕相府知印張觀復從江西來承大兄六月八日家問捧誦之餘悲喜交集因賦五言長歌一首奉報匪敢言詩姑述懷耳……一五〇
紀夢……一五二

槎翁詩卷之三……一五三
七言古詩……一五三
題朱知事雲樵圖……一五三
秋夜南溪席上聽鄔和卿胡琴歌時和卿留袁城將歸西昌……一五四
夜宴富灘郭氏西庭和答九州蕭徵士併柬履理履祥於淵賢伯從……一五五
題山中歸隱圖爲蕭與靖賦……一五五
鏡巖歌爲鏡方彭及予賦……一五五
題秋江待渡圖爲蕭學士賦……一五六
和子與王徵君中秋短歌一首……一五六
翁源行……一五七
錦裹石行……一五八
題堵炳所畫扇面山水爲李鴻漸賦……一五九
題山水畫……一五九
題松下丈人圖……一五九
題魏氏見山樓陶秘書邀賦……一六〇
題崑丘山水圖爲李德昌賦……一六〇

題米元暉雲山萬里圖爲倪郎中賦 …… 一六一
椿萱圖爲會稽胡郎中賦 …… 一六一
白雲書舍圖爲掾史褚德剛賦 …… 一六二
宮牆樹 有序 …… 一六二
都門柳送熊主事歸豐城 …… 一六三
贈吴伯武併柬劉起居 …… 一六三
題垂釣圖 …… 一六四
送潘郎中迪允謝病歸山陰 …… 一六四
題嵩高雲氣圖爲工部王子邕賦 …… 一六五
趙江寧鳴玉爲余寫武山雲氣圖賦此奉酬 …… 一六五
雉朝飛一曲題雙雉圖 …… 一六六
漁家樂題漁樂圖爲曾朝佐郎中賦 …… 一六七
鴻鴈來奉題張嗣宗鴈圖 …… 一六七
松泉操爲姜縣丞作 …… 一六八
題畊讀軒爲吏部主事顧碩賦 …… 一六八
陶氏三節婦詩 …… 一六八
送臧主事哲新除兵馬指揮後承詔賜鞍馬白金歸山東寧親 …… 一六九
紫髯使君歌爲本拙吕僉憲賦 …… 一六九
題赤松山房歌爲張思讓賦 …… 一七〇
楚酒苦如蘖歌 …… 一七一
風蓬歎 …… 一七二
獲熊 有序 …… 一七二
題張京尹所獻嘉瓜圖歌 …… 一七三
題溪居圖爲余經歷賦 …… 一七三
題碧潭圖送王聞喜主簿之官陽穀 …… 一七四

三峰樵者歌爲宗原張員外賦……………………一七四
題劉一清清溪圖歌……………………一七四
送別石泉縣丞鍾尚賢以公役赴京
却還成都府……………………一七五
題山水畫 堵文明……………………一七五
題堵郎中畫湘漢秋色圖……………………一七六
題都府俞溥經歷所持山水畫扇
……………………一七七
題許霍州如圭所畫譽溪圖送
張秉文徵士還山中……………………一七七
題雪山行旅圖……………………一七八
樵隱詩爲北平檢校書吏朱廷玉賦
……………………一七八
題柳坡圖歌……………………一七八
薊丘墨竹歌爲克雋李兵曹賦……………………一七九
竹石圖 有序……………………一八〇
慈烏嘆……………………一八〇
次周所安寄短歌……………………一八一
題春舡出峽圖爲劉彦祥作……………………一八一
題晴峰雙澗圖寄故里劉存大秀才
……………………一八二
寄題淩雲亭……………………一八二
題錢舜舉淩波仙子圖……………………一八三
題華川樵逸圖 有序……………………一八四
題摩癢散馬圖……………………一八五
日西落行……………………一八五
贈北平都指揮胡昭勇歌……………………一八五
聞山西楊使君孟載作霽雪軒於公
署之東慨想高致兼懷舊别因風
敍情有作奉寄……………………一八六
題燕侍圖爲山東馬希孟御史賦
……………………一八七

題秋色平遠圖贈王孟謙歸四明……一八八
呂性之汲井得魚 有序……一八九
椎冰行……一八九
烏莊曲 有序……一九〇
大清河……一九一
田橫砦……一九一
登成山……一九二
雙猴曲……一九二
題萬里望雲圖爲台州經歷謝伯敬賦……一九三
吴江水美王貞婦爲婁主事賦……一九三
磨劍歌……一九三
韶石歌贈鍾文學赴韶州……一九四
題李子翀所藏羅小舟青松障子歌……一九四
所思曲寄曠伯逵……一九五
遊白沙廟歌……一九五
萬安旅次承子彦弟自上猶歸迂途問勞臨別感賦……一九七
織女吟贈黄進賢……一九八
雙桂歌爲楊彦初作……一九八
歎息行贈別胡思齋……一九九
讀范太史詩賦長歌一首以識感慕之私……二〇〇
觀鄧侍郎石磬歌 有序……二〇一
武溪獲大木歌……二〇二
題馬圖……二〇三
南山謡……二〇三
寄西山鄭子綱自邵武校官歸……二〇三
謁靖安昭靈廟賦柬袁茂才……二〇四
七月十四日夜紀夢……二〇五

奉題鍾隱君東臯幽居圖……二〇五
寄贈萬德躬時在清江……二〇六
贈寫真孫君德……二〇七
歲暮自靖安縣將歸南平留别
袁明誠茂才……二〇八
臨碧亭歌……二〇九
寄贈元善張茂才……二一〇
送焦廷璋之洪……二一〇
贈李庚自萬安迎侍祖母之廬陵
就養……二一一
孫太守伯剛許送趙吴興墨竹圖賦
短歌以促之……二一三
醉歌行贈周仲常歸九江兼柬
許天啓湯又新二山長……二一四
贈睡仙觀魏煉師歸豫章并柬黎
鐵峰仙者……二一五
冬日聞百舌……二一六
題枯木圖爲王子啓作……二一六
題春江憶别圖 有序……二一七
河之水贈草亭秋隱君歸京城……二一八
寄贈張隱君……二一九
胡郎奪賊馬歌……二一九
寄贈曾文祥……二二〇
詹君行……二二一
譚驤病目累日王以文進藥愈之因
詩柬譚仍以美王云……二二二
曾君育駿馬歌……二二二
同張士敬姚超白炳文南宗上人餞
别張懷德千户於大愚寺之松林
賦柬諸君子……二二三
題李遵道石林秋思圖爲劉元善賦
……二二四

宴集洞山寺分韻得見字奉柬丁克誠顔中行王敬仲帖德裕枯林上人 …… 二二五
陪劉公權登戍樓 有序 …… 二二六
聽左鍊師吹簫短歌 …… 二二六
題常棣鶺鴒圖短歌爲曠伯逵賦 …… 二二七
題唐子華江干幽居圖爲余子芳賦 …… 二二八
顔明德自全椒避亂歸安成道過瑞陽賦別 …… 二二八
送李元忠歸彭田歌 …… 二二九
題平川雪霽圖爲張用可縣丞賦 …… 二三〇
題楊奇琛所藏山水圖歌 …… 二三〇
送別楊奇琛歸桐江歌 …… 二三一
題吴教授所藏黄大癡畫松江送別圖 …… 二三二
盧仙壇歌 …… 二三三
題紈扇畫景贈易茂才 …… 二三四
憶昔行美達監州 …… 二三四
戰敖原美周公瑾 …… 二三六
題曾氏所藏歷代青微法師像圖 …… 二三六
羅明遠殺賊歌 …… 二三七
送劉子偉入贛謁參政 …… 二三八
送顔用行歸吉水併柬康隱君宗武 …… 二三八
寄贈劉仲修 …… 二三九
馬將軍歌 …… 二四〇
古松歌爲瀘江曠氏賦 …… 二四〇
將歸南平賦別羅斗明 …… 二四一

槎翁詩卷之四

槎翁詩卷之四……一二四二
七言古詩……一二四二
題龔本立所藏燕文貴雲岫圖歌……一二四二
題邊長文所畫山水圖歌爲常伯敬賦……一二四三
題邊長文爲黄子邕畫雪舫齋圖……一二四三
題余仲揚畫山水圖爲余自安賦……一二四四
林森山水圖歌……一二四五
梁孝子……一二四五
題屏岫幽居圖爲萬砅賦……一二四六
題常伯敬擷蘭軒歌……一二四七
題沙村江樓歌爲劉方東賦……一二四七
賦白紵詞賦贈曠伯逵歸豫章……一二四八
題山水圖贈興國高多營將黄進賢……一二四八
題胡典史所藏簡天碧西山南浦圖……一二四九
贈楊抱一煉師短歌……一二五〇
促促歌……一二五〇
送別傅奏差督軍儲却歸吴都事水寨……一二五一
巢雲歌爲張彦昇賦……一二五一
送張知事之廬陵……一二五二
題鍾元卿東皋讀書處山水新圖……一二五三
經武山下望虎鼻峰愛其峭拔賦詩一首過南溪東蕭鵬舉……一二五四
題花竹脊令圖……一二五四
題溪山春曉圖寄贈蕭翀……一二五四

莫君寫鷹圖 …… 二五五
寄曾郁文短歌 …… 二五六
奉答彭進士晉懷祖詩 有序 …… 二五六
題王楚皋墨梅歌 …… 二五七
別從兄本泉教授之南陽 …… 二五八
夜出羅村 …… 二五九
題曾郁文所藏山水小景 …… 二五九
庚子行 …… 二五九
題春江送別圖贈謝可用歸寧都 …… 二六〇
賦澄江月送別 …… 二六一
戲爲友人干魚苗 …… 二六一
夜宴王召南席上觀黑厮旋舞胡
鉼歌 …… 二六一
贈別鍾舉善遊贛遂之汀洲歌 …… 二六二
題蕭鵬舉所藏草蟲雜圖 …… 二六二
題雲山圖歌爲武山胡煉師賦 …… 二六三
題幽居讀書圖爲蕭翀賦 …… 二六三
題抱琴聽泉圖爲蕭翀賦 …… 二六四
贈吴生九成 攸州石橋人，避地廬陵。
…… 二六四
安成王子文寶持其祖遺書與古今
名公詩文於喪亂中甚不易也文
廷劉先生哀其志爲之敍其事因
附以詩 …… 二六五
題劉孟文雲林圖 …… 二六五
奉和王誠夫短歌一首 …… 二六六
題竹石圖歌奉贈周思廉思忠伯仲
…… 二六六
築城歎 …… 二六七
有虎行 …… 二六七
雪中對酒短歌爲蕭翀賦 …… 二六八

還壇曲……二六九
醉歌行贈曾舉正……二六九
賦澄江贈友人別……二七〇
春宴曲……二七〇
啄木鳥……二七一
胡思齊逃酒潛歸陷于淖中蕭翀遣人追之不及而返賦此戲贈……二七一
風箏曲……二七一
布穀啼……二七二
題趙子深秋山風雨圖……二七二
掘塚歌……二七二
虎食鴨謠……二七三
南鄉怨歌……二七三
採野菜……二七四
二月十八夜辭屋歎……二七四
東家嘆……二七五
燕嘍嘍……二七五
告天鳥……二七六
虎逐狼……二七六
後掘塚歌……二七七
養牛歎……二七七
莫逐燕……二七八
剥苧詞……二七八
寄贈陳侯短歌併柬項性高陳宗舜二進士……二七九
題馬元善所藏松庵墨菊歌……二七九
贈別彭伯圻由興國歸贛郡長歌……二八〇
題薛克恭金陵竹西堂……二八〇
五月十八日挈家避兵由里良入西坑作猛虎吟……二八一
道逢老叟行……二八二

出自東門 有序 …… 二八三
題牛熙百猿圖歌 …… 二八三
題湯子敏松石山房歌 …… 二八四
石火篇爲蕭樵葬母作 …… 二八四
題進馬圖 …… 二八五
墨竹短歌爲蕭志行賦 …… 二八五
兩相惜行贈别吴仲倫歸白沙併柬曾自升 …… 二八六
牛虎行 …… 二八六
今日行二月十四日賦 …… 二八七
江上對月歌 …… 二八八
題楊郎所制五采匹箋歌贈自明楊徵士 …… 二八八
寄答夏仲寅 …… 二八九
秋日承陳子相寄示送别詩併録登武山及往年武溪相憶之作比興清遠兼有思致所以愛我者深矣能無報乎輒賦長歌以答遠意併柬南溪蕭翀諸子 …… 二九〇
會亭山歌爲安成周孝廉賦 …… 二九一
贈泉上人彈琴 …… 二九一
題華陽彭玄明所畫秋山圖 …… 二九一
奉題墨竹爲西陽蕭先生賦 …… 二九二
流江八景歌 …… 二九二
登王氏承慶樓歌 …… 二九三
題葛洪移家圖 …… 二九四
美人撚緜線歌 …… 二九五
題桃花珍禽圖 …… 二九六
賦金精山寄贈王使君 …… 二九六
石潭漁者歌 …… 二九七
題賦金銀山送蕭茂才之遂江併柬周用性 …… 二九七

題王若水畫松石高人圖 …… 二九七
題帖監縣所藏唐人畫馬圖 …… 二九八
和答謝子方 …… 二九八
四斤桃子歌 …… 二九八
東園有梅一株爲野棘蒙冒有年未有奇之者暇日因命童豎刊除之賦長短句一首 …… 二九九
鸕鷀曲 …… 三〇〇
石炭行 …… 三〇一
石膏行 …… 三〇一
鐵十字歌 …… 三〇二
長短句 …… 三〇三
不涉風波亭歌爲麋朝英賦 …… 三〇三
黄蜀葵歌 …… 三〇四
林之烏美建昌黄節婦 …… 三〇四
贈袁鍊師彈琴 …… 三〇五
送孫伯剛之儀真 …… 三〇五
己亥三月歌 …… 三〇六
水嚙古墓歌 …… 三〇六
題青陽行樂圖歌爲黄允中賦別 …… 三〇六
題江村秋興圖爲蕭性存賦 …… 三〇七
漁棲辭 有序 …… 三〇八
五言律詩 四百四十八首 …… 三〇八
至贛入西江 …… 三〇八
出蒲嶺晚投鍾寨 …… 三〇九
南海逢蕭氏妹 …… 三〇九
包公井 …… 三〇九
渡繡水取道赴高州 …… 三一〇
憩金雞驛亭 …… 三一〇
下馬 …… 三一〇
出雷陽初渡東洋溝 …… 三一一

至沓磊驛初見海水……三一一
瓊府與廣東僉憲潘牧户部主事元伯常相見于瓊臺驛作此奉柬……三一一
題陳贊府山水畫贈蕭伯循……三一二
題釣魚圖……三一二
題雪景山水畫……三一二
題毛澤民雲山圖……三一三
題方壺寄黄郎中渭雲江樹圖併書……三一三
題挾彈圖……三一三
題趙鳴所畫林下看雲圖……三一四
題山水畫軸……三一四
題古木蒼鷹圖……三一四
贈松江周道士……三一五
十月一日至臨濠點驛將歸南京賦此奉酬德瑜蕭虞部……三一五
題畫扇……三一五
十四夜對月柬子彦有懷子中兄……三一六
夜坐二首……三一六
寄酬長興知縣蕭德瑜四首……三一七
觀北平城陌栽樹有感……三一八
退食……三一八
東園秋雨野莧旅生日採供厨喜而成韻……三一九
西館積雨……三一九
雨歇感事……三一九
即事……三二〇
感俗……三二〇
北平十二咏……三二〇
防微……三二四

七夕次吕僉憲韻……三二五
心清一首奉柬吕徐二僉憲……三二五
獨歸……三二五
曉起……三二六
題李居中山水畫二首爲孟彦忠掾史賦……三二六
紀俗……三二七
銅城驛遇雪……三二七
再賦……三二七
過沛縣水驛……三二八
守凍二首立春後二日……三二八
夜雪……三二九
舟次遇賣獐者……三二九
夜夢亡兄中翁以家事相語覺而感泣因追賦二詩以寄予衷……三二九
青楊店曉泊憶往年點水驛過此……三三〇
遣悶……三三〇
歲莫舟中有感……三三一
夜宿宿遷……三三一
除夕……三三一
夜宿棗林閘聞鴈……三三二
題李時畫山水圖寄贈羅修己……三三二
過桃源縣别黄仲篪……三三二
十月朔日蒙御史臺頒至洪武九年曆日十六喜而有賦……三三三
吕梁洪……三三三
河上農家……三三三
答吴生仲琰來韻……三三四
和子與王徵君中秋律詩一首……三三四
題畊樂亭……三三四
題唐人馬圖……三三五

題陳敬則書室 …… 三三五
過丹塘訪雲從羅隱君不遇 …… 三三五
出雞鳴嶺憩白竹院將入雙仙省先墓 …… 三三六
望白竹巖 …… 三三六
清明對酒 …… 三三六
題山水畫四首 …… 三三七
和子與王先生夏日途中望武山二首 …… 三三八
七月十四日同王徵君蕭國録遊雲峰寺觀壁間舊畫墨龍有感 …… 三三八
西華望月和竹庭韻二首 …… 三三九
問胡山人墳 …… 三三九
宿西華有懷蕭鵬舉并柬同遊者 …… 三四〇
項烈婦唐氏挽詩 …… 三四〇
贈廖山人月山 …… 三四〇
過小孤山 …… 三四一
入湖口喜見廬山 …… 三四一
阻風坐湖陰石上 …… 三四一
學釣 …… 三四二
過南昌有懷曠伯逵知事 …… 三四二
過新淦樟口欲訪檢校謝叔賓不果賦此遥謝 …… 三四二
憶舍弟子彦相望 …… 三四三
過峽江 …… 三四三
秋日讌集鍾氏西樓鵬舉有詩依韻奉答仍示啓晦 …… 三四三
望遊流江坐溪南追憶如川隱君感賦三首 …… 三四四
和蕭用文寒夜聞風之作 …… 三四五

宫體四時詞答和歐陽原之……三四五
登石華山遇雨……三四六
夏日同謝可用丁文甫黄立本丁昌
祖戴伯淵宴集西園池亭……三四七
題周伯寧梅谿圖……三四七
賦水作玉虹流送子啓之贛……三四七
再賦嵐氣昏晨樹……三四八
寒夜感興和廖子所二首……三四八
次胡琴所韻……三四九
送人赴南安推官……三四九
復出東原寓舍……三四九
戲題釣臺石……三五〇
秋暮候家僮不至……三五〇
達上麓訪吴孟勤不遇二首……三五〇
張氏溪亭雜興四首……三五一
題陽靈洞二首……三五二
下蒼山西麓將問道過金精是日趙
伯友與客先赴山中聞已出谷口
相候喜賦……三五三
伯友夜半酒醒戲舉一首……三五三
題雪景畫……三五四
送夏定夫歸進賢……三五四
賦石龍山……三五四
淮甸……三五五
題米元暉山水小景……三五五
賦碧梧……三五六
杏園觀赤文挹射弓……三五六
晚出西關……三五六
江閣晚望次嚴焕韻……三五七
賦戰旗得營字……三五七
奉同孔元月赤文挹王子啓嚴焕讌
集聞公房得新字……三五七

夜坐……三五八
登易氏山後小亭……三五八
紅纓白帽……三五八
示劉生……三五九
快閣春望次王子啓……三五九
坐子啓竹林……三五九
六月十六日觀内省使臣傳詔到州……三六〇
美梁太守總兵大洲……三六〇
戲柬子啓……三六〇
答項可成懷遂江故宅……三六一
題山水畫……三六一
送友人還贛……三六一
感事二首……三六二
兵亂二首……三六二
奉和梅南劉府推題蕭氏隱居……三六三
寄范實夫主廪贛先賢書院三首……三六三
寄曠知事伯逵五首……三六四

槎翁詩卷之五

五言律詩……三六七
承曾子碩自洪歸贛道次太和以故人曠伯逵書問見及臨别悵然詩以送之……三六七
過王氏南園看竹劉以和攜酒至共酌林間……三六七
次顔用行留别韻二首……三六九
仲秋八日赴洪都應試夜宿鹽堆頭……三六九
桐江……三七〇
闌泊口……三七〇
新淦……三七〇

過峽江……三七一
題春山煙雨圖……三七一
送張子明歸武夷……三七一
題雲林別墅圖爲黄子邕賦……三七二
再賦……三七二
送省掾劉宗弼之嶺南買官馬……三七二
十五夜賦……三七三
沙村道中……三七三
九日感事三首……三七三
虞檢校奉省相命南迓王御史十月
舟過珠林承寄佳作依韻奉答……三七四
畫鷹……三七五
吕焕文挽詩……三七五
題彭氏背郭茆堂圖……三七五
送雩都吴文學……三七六
暮歸至江口無舟投宿洲上田家……三七六
出郭……三七六
江口汎舟得船字……三七七
過龍灣五王閣訪友人不遇……三七七
聞贛已被圍而東固大坑又欲兵攻
興國有懷伯氏子中寓贛縣之禮
原阻亂不得歸……三七七
懷王子啓寓贛在兵圍中已兼月矣……三七八
再懷伯兄子中時有同客興國者從
間道先歸兄以道阻後期不果……三七九
送醫士歸豫章……三七九
題真上人幽居圖……三八〇
寓翁……三八〇

夜宿道德壇柬胡山人袁煉師
蕭鵬舉……三八〇
送友人入韶口山中……三八一
賦清江送廖子謙之臨江……三八一
春日次蕭鵬舉二首……三八二
玉華山……三八二
題達監州草庵在金華之左……三八三
賦秋水送友人之豫章……三八三
送宋國賓往寧都求父喪……三八三
舟夜次查口柬蕭鵬舉……三八四
觸目……三八四
南澗夜雪懷子啓前東塘雪中
寄詩未答……三八四
題墨鷹……三八五
憶蕭翀……三八五
哭七弟……三八五
題田舍壁……三八六
題山水小景……三八六
寄周伯寧二首……三八六
經亡友故宅……三八七
舟次樟鎮……三八七
聞蕭尚志抱病次韻奉寄……三八八
題竹石圖……三八八
奉寄孔監縣……三八八
贈別李子翀之金陵七首……三八九
送蕭同可之肇慶……三九一
楊待制挽詩……三九一
揚州判挽詩……三九二
戲呈廬陵李司曹……三九三
泊蓼州登岸尋曠氏館……三九三
贈趙録判之九江兼柬孫伯虞……三九四
渡江……三九四

送靖安教諭王賢卿歸南安……三九四
溪上……三九五
贈葛希亮……三九五
千葉黄楊……三九五
齋前黄棣棠生于山茶兩株之間春花夏條扶疏可愛兹始及秋而萎黄日見矧後此霜霰交積之時乎感賦一首……三九六
秋夕懷一兄及四舍弟時俱客興國縣山川阻修音問邈然……三九六
七月得廖子所書聞目疾復作感懷奉寄……三九七
寄李子翀……三九七
過李氏黄羅茅堂五首柬克正茂才……三九七
蜀人師季則自臨川來靖安省其姑於李氏歲暮將歸辱貽銅刻賦此答贈……三九九
對月……三九九
贈帖有道進士自城都之官舒城……三九九
訪周叔用不遇……四〇〇
題舒君彦幽居……四〇〇
柬舒中立……四〇〇
送友人南歸……四〇一
訪廉泉亭拜趙清獻蒯文忠胡忠簡三先賢遺像……四〇一
夜宿曾氏館賦贈子元子碩昆季……四〇一
雨坐江亭候寧都船不至……四〇二
晚次雩都縣……四〇二
月出……四〇二

雷鳴磜上對雪……四〇三
黄坊……四〇三
送羅尚德之贛州……四〇三
五日池亭燕集……四〇四
齋前青蒿特盛或請薅除之惜其
生意森蔚青翠可玩也謾賦
一首……四〇四
復酌呈鄭同夫是夕宿李舍……四〇四
對月……四〇五
寄曠伯逵……四〇五
題山水畫……四〇五
十一月二十八日晚予與趙伯友登
舟賦歸既夜舟未開忽將軍送詩
至舟次則劉侯惜别之作因與伯
友奉和一章以答其意……四〇六
贈陳野仙相士……四〇六
寧都曾三省自京師得危應奉爲作
其先人埋銘一通歸以示予敬題
其後……四〇七
送别高安黄宰……四〇七
贈藍山趙教諭……四〇七
題平洲小景圖……四〇八
近聞三首……四〇八
奉和崔州判仁卿山長克誠夏日
同遊開善寺……四〇九
李知事廉輔得奇石如雪因命名
雪石……四〇九
送鄒明道歸吉水……四一〇
感賦七首……四一〇
九月九日將赴豫章夜發瑞州城下
二首……四一二
過松湖聞熊氏往時有花圃

特盛……四一三
過鄭氏隱居承二子之純之紀留宿賦贈一首……四一三
寓鐵柱怡真堂柬左德昭……四一四
題隱皋亭……四一四
早泊蓼州徵發乃顔將軍赴淮夜捉送途者……四一四
送堯舉監税赴進賢……四一五
送友人之贛州司幕……四一五
歸次楊林……四一五
題空翠樓爲東山湛上人賦……四一六
春山伐木圖……四一六
題山水畫二首……四一六
寄贈翠巖泰上人……四一七
旅夕……四一七
十月……四一八
南溪……四一八
題松下行吟圖……四一八
題蕭伯高西岡讀書處在唐杜審言故居之右……四一九
定上人屢約遊山不果近承寄示送孫景賢詩未及和答因劉進士仲炯遊青原山賦此奉寄……四一九
宿東山下……四二〇
送李掾還吉水……四二〇
和答楊公平題具翕堂……四二〇
令公巖送鍾庭亨歸興國……四二一
溪上……四二一
遊臨溪寺和鍾學正韻……四二一
承郭奉奎夜過溪上言北巖杜鵑花盛開手數枝相贈明日賦此爲别……四二二

廖伯容自南溪别余將栖于武山之
　雲峰寺明日寄此……四二二
夏旱……四二三
看雨……四二三
挽鍾謹獨先生……四二三
谷雲……四二四
山茶……四二四
仙竹……四二四
石仙……四二五
牡丹……四二五
題溪南幽異圖……四二五
十九日至二十二日雪作不止客有
　言是雪十餘年不見者固可喜也
　因賦五言一律……四二六
雪中會飲分韻得花字……四二六
山礬……四二六
渡江……四二七
兵破江口途趨東原挈妻子入山道
　次相失復聚……四二七
尋人家至石嶺下衝雨入大村夜宿
　羅坑……四二七
午憩石鼓坑嚴復亨寓舍問米過
　灌塘尋康氏姊……四二八
憶故廬消息……四二八
秋旱井涸致水爲勞有浚而得泉者
　喜而賦詩……四二八
南岳祠前古松……四二九
出社下嶺望九洲流陂稻田可愛
　……四二九
初遊長興寺……四二九
入百記望王嶺諸峰……四三〇
山中……四三〇

蒲磵奉次長兄子中韻……四三〇
再遊蒲磵與子中子彥題名于磵
右之嵌壁因賦詩而歸……四三一
觀密房……四三一
九月三日由長坑入南山寺將過里
良暫憩合龍寺聞饒兵已逼新安
二日矣……四三一
至里良之明日聞抄兵已入長興因賦
以自慰……四三二
感事五首……四三二
得舅氏消息……四三四
雨坐下郛田舍閱案上道書……四三四
晚興次珪上人韻……四三四
離里良別寺僧則師……四三五
聞江上兵退挈家稍出村至三坰嶺
適從弟懋和亦自藍田陂歸同門
久離喜遂復聚……四三五
悼女姪端……四三五
謝李克貞送鹽……四三六
遭亂……四三六
食無菜……四三六
聞贛兵已駐萬安……四三七
社日……四三七
重遊長興寺……四三七
哭元卿……四三八
哭韋纘……四三八
劉氏西樓小集和呂仲善韻……四三八
重過梁塘訪郭與恭……四三九
題彭伯圻芹寓……四三九
聞鵂鶹……四三九
題劉誠本爲子彥弟作山水圖……四四〇
由雀兒嶺入閬川青梁尾……四四〇

夜渡溪水見月憶流江諸友……四四一
對月……四四一
嘗山藥……四四一
山樓即事……四四二
晚望……四四二
寄蕭翀……四四二
奉次吴縣丞兵後見寄韻……四四三
夜晏次王伯衢……四四三
宣溪餞李提舉一初席中和王子
讓韻……四四三
西嶺……四四四
和蕭漢高歸省水東……四四四
雙溪……四四四
四月苦雨次郭吟翁……四四五
九月一日泛舟赴上麓擬柬劉子琚
……四四五
過仙女釣臺石……四四五
郎湖……四四六
見有畜鵁鶄于庭者因賦一首……四四六
家犬爲虎所斃以致悼……四四六
聞子規……四四七
酬友人見問……四四七
詠金鴨爐……四四七
送吴太守之韶陽……四四八
水精葱……四四八
憶平原……四四九
哭胡思齊……四四九
憶蕭一誠……四四九
贈黄孝子庭端……四五〇
答龍北池求詩……四五〇
寒日……四五〇
寄青原福上人……四五一

九日雨離流江……四五一
詠早禾溪水……四五一
夜宿東原同子彦弟食楂梨示姪觶……四五二
覽鏡……四五二
遇鄰人道舊……四五二
題天地山水圖……四五三
南溪山上賞月……四五三
至日……四五三
秋懷七首……四五四
賦壁煤……四五六
十二月十日晚同吟所郭先輩奉陪溪南隱君與其諸郎羣從觀舍傍蔬畦仍出山後臨眺江上周覽林麓追念舊遊撫余羈懷益深感慕因賦五言近體六詩柬同遊諸君亦以識嘉會也……四五六
題曠子西山讀書圖……四五八
贈定參政自南海抽分還省三十韻……四五九
大官供宿膳分韻送友人中書掾……四六〇
挽楊學録安吾先生……四六〇
題劉善初草意亭十二韻……四六一
乙巳閏十月十五日聞永新破諸兇就戮無遺喜賦三十二韻……四六一
觀漲二十四韻……四六二
陪溪南隱君入山玩竹十二韻……四六三
鄒母蕭夫人挽詩……四六四
奉和孫真州伯剛南軒種竹十二韻……四六四
賦玉笥山送楊主簿公望之

清江……四六五
送况吏目歸西山……四六六
題江亭春望圖爲劉仲章賦……四六六
陪練伯上同飲王氏南園櫻桃花下
得巾字……四六七
題雪庵……四六七
臘月朔日紀懷十八韻……四六七
冬日同諸友訪蕭國録登西樓復會
宿山房分韻得連字因懷往昔夜
過監學訪蕭國録會宋學士周員
外諸公賦詩舊事明日賦柬鵬南
伯仲并分韻諸作者……四六八
八月三日晚聖駕夕月清涼山上
陪祀禮成喜賦……四六九
進甘露詩十六韻 有序……四六九
楮巢詩爲彝仲賦……四七〇
詠雪……四七一
七言律詩
大赦恩詔和李子翀二首……四七二
題畫松……四七三
送王石泉之金陵……四七三
題快閤和萬德躬……四七三
寄萬德躬……四七四
送周德剛歸九江併柬其兄仲常
……四七四
承家兄自石城南歸消息述賦五首
……四七四
秋林圖題贈曠伯逵……四七六
次韻一首奉寄孟浩彦弘二友……四七六
對雨有賦柬蕭篪……四七七
憶廖氏池亭牡丹因寄文英友兄併
約同餞范實夫……四七七

寄范實夫…………四七七
寄題黄氏竹所…………四七八
寄贈馬良卿歸九江…………四七八
次韻奉寄孟浩彦弘二友…………四七八
舒君彦許送菊未至…………四七九
寄贈周德剛自萬安歸九江…………四七九
贈黄近賢自宜春過青原上贛州訪
周録事…………四七九
題曾氏篘西小隱…………四八〇
五月十日雨讌集周氏亭子適溪水
暴至不得歸因留夜晏樂甚後數
日叔用將之豫章次韻贈答以識
感也…………四八一
寄曠伯逵…………四八一
晚興…………四八二
寄王希顔二首…………四八二
聞贛江泛溢衝決金魚寺有懷弊廬
感賦…………四八三
棲霞觀…………四八三
寄贈盱江郡教劉公稷…………四八四
秋夕…………四八四
憶鄧子益…………四八四
九月廿二日承鍾元卿六月二十日
書且有卜鄰之約未知能遂否也
賦答意…………四八五
贈别屈悠然歸豫章二首…………四八五
送脱因州判之新淦…………四八六
承瑞州萬户劉公衡移鎮寧都道出
南平枉顧敝廬以故人書問邀致
其塾賦贈一首…………四八六
過萬安憩達觀寺坐對水西芙蓉諸
峰與客談舊遊久之是日得風船

先上灘因步至神潭登舟 …… 四八六
大蓼灘 …… 四八七
登鬱孤臺 …… 四八七
謁古石固祠因觀宋高宗御賜遺物 …… 四八七
將發舟承曾自道留宿舟中臨別賦贈 …… 四八八
由會昌江口分路之寧都賦別五弟 …… 四八八
題山水畫 …… 四八九
春日奉次羅肇簡鄭同夫 …… 四八九
齋前隙地列三石峰因植叢竹其下小雨隱映可愛 …… 四八九
贈墨客陳東谷 …… 四九〇
火港長老聞公遊金精將歸珠林三德院有懷先廬因別感賦二首 …… 四九〇
再陪劉守帥許同知勞經歷遊金精山 …… 四九一
題一樂亭 …… 四九一
南山寺夜憩柬鄭同夫羅孟文 …… 四九一
感懷四首寄呈李子翀鄧子益 …… 四九二
寄韓希説 …… 四九三
奉和劉侯對月一首 …… 四九四
至谷口亭下聞伯友久候不至復歸山中矣再賦 …… 四九四
寄贈廣昌盛縣尹 …… 四九四
贈戴武子 …… 四九五
秋日燕集鄭廣文呈趙伯友 …… 四九五
答劉誠本寄畫 …… 四九五
贈鄭子素迎父東歸 …… 四九六
題引翠樓簡元善張兄 …… 四九六

張仲良燕餞鄭子素于黃竹逕之梵
閣時天氣暖甚桃花盛開後四日
爲重九矣得攜字 …… 四九六
曾氏蕙花 …… 四九七
孫景武從趙伯友先生遊寧都茲歸省
豫章詩以贈之併柬知己者 …… 四九七
贈董宗文歸樂安 …… 四九八
贈魏伯諒歸豫章 …… 四九八
送吴德茂歸崇仁 …… 四九八
送詹守仁歸樂安 …… 四九九
贈慧上人 …… 四九九
送曾茂文歸樂安併柬其兄祥文
…… 四九九
送董國賢歸樂安 …… 五〇〇
過度門寺訪隱上人 …… 五〇〇
題唐氏蒼然亭 …… 五〇〇
送慧上人之九頓嶺 …… 五〇一
送杜九皋之金華 …… 五〇一
奉次王子啓寄敍春初別時事 …… 五〇一
送王監生以就試歸浙未獲薦仍赴
太學 …… 五〇二
送喻仲淵歸省東吴 …… 五〇二
劉元善彈琴詩 元善，真定人，嘗游臨川，爲虞學士彈琴於天藻亭中，學士爲賦詩贈之，故云。 …… 五〇二
贈劉元善 …… 五〇三
送胡明初自西磵歸省柳山 …… 五〇三
戍樓燕集呈熊子莊常子中岳維高
併懷公衡萬户 …… 五〇三
送何天碧歸龍虎山 …… 五〇四
舟次樵墩憶故人鄭文學同夫 …… 五〇四
春同曠伯逵周叔用徐仲孺登秋屏

閣是日聞淮郡有警風沙黯然賦
呈萬德躬孫伯虞諸君子……五〇四
羅巡檢一中由袁府告羅于贛道阻
留西昌久之將歸袁州詩以爲別
……五〇五
送劉掾歸贛……五〇五
次項可臣感懷……五〇五
匡山砦中奉和梅南劉府推韻呈
公望楊主簿……五〇六
春日過薛益書舍小酌得春字……五〇六
雲亭蕭氏園池雜興次韻四首……五〇六
送丁惟中棄家入五峰脩道……五〇八
憶鼎兒……五〇八
晚集舒氏山樓有戲予不飲者賦此
寄懷……五〇八
三月會宴城南花圃分賦

石榴……五〇九
寄贈瑞金曾尹……五〇九
題古木幽篁圖……五〇九
送陳仲寶之南雄府掾……五一〇
同可用文甫孟文昌祖過連氏池亭
觀網魚復酌丁氏別墅……五一〇
贈天與熊煉師歸閣皂山……五一〇
至正乙未秋九月憲司潘郎以巡歷
來吉省掾馬郎以徵糴過贛於其
歸各賦贈一首……五一一
喜水退過南園問勞子與伯仲兼懷
水東別業……五一一
早春寄譚若驥時寓居桐林……五一二
西樓晚興……五一二
訪羅允道值出城晚歸……五一二
寄曠伯逵……五一三

十月二日假館下徑羅氏莊予兄弟所寓相距若東西家喜賦一首柬子中子彦……五一三
過清節先生故居廢址遇野老談舊事……五一四
卧病山中承如川王侯寄贈青綾被……五一四
贈别龍非池……五一四
書所懷……五一五
舟中與葉堯有丘弘道同載和韻一首……五一五
感興次劉以和二首……五一五
答王孟極過訪荷山書館不遇之作……五一六
送李敬之赴廣西帥府……五一六
七月十一夜宿蓼洲……五一七

槎翁詩卷之六……五一八

七言律詩……五一八
題劉道士杏林圖……五一八
題山水畫……五一八
題鄧漢英所藏山水圖……五一九
寄羅明道……五一九
陪同年劉霖劉鶴皋歐陽銘題三德院……五一九
和答萬訒……五二〇
題滄洲書舫圖送張子明歸武夷……五二〇
題縻朝英園居……五二〇
題芝草圖……五二一
題張彦輔枯木坡岸畫軸……五二一
奉寄辛檢校好禮總兵進賢之北山……五二一

題定元帥清江横槊亭…………五二二
晚酌胡守中湖亭同曠逵賦二首…………五二二
題珠林江口謝公廟與曠伯逵
同賦…………五二三
秋日同曠掾史諸友會飲文溪道院
時王子啓不果至分韻得深字…………五二三
奉和李府判行華九日遊三華山…………五二三
陪虞管勾幼悦坐王子啓南園竹林
同賦…………五二四
題友蘭堂文丞相所書爲子沂賦…………五二四
羅明道載酒出江寺與曠伯逵痛
飲經夕而去因共賦詩爲别得
江字…………五二四
寄題麾羽軒…………五二五
送别虞管勾幼悦上贛迎候御史却
還省中…………五二五
題草堂…………五二五
送蕭子所之九江謁劉太守楚奇…………五二六
别淮南帥府戴照磨因使還鄉復赴
淮南…………五二六
出西郊登山望城中感賦…………五二六
答定上人將歸青原…………五二七
送别陳宜歸龍興…………五二七
賦通天巖送曾魯卿歸贛巖後有小
巖名曾公巖…………五二七
九日登大塔次楊公榮感事一首…………五二八

寄鐵柱觀左煉師……五二八
蕭鵬舉以生雉貺余賦詩答之……五二八
送杜德明歸豫章……五二九
奉和孫景賢遊韶口永福廢寺……五二九
元日述懷和答楊公平……五二九
新年次鍾彦卿……五三〇
春日書懷次胡中翁……五三〇
賦白鵲臺送王子敬之贛……五三〇
齋前山茶盛開承胡申翁王厚德攜
酒賞之賦茶字……五三一
送袁煉師胡思齋過南溪併柬
蕭孝友……五三一
再贈王石泉……五三二
答定上人留覩陂隆福寺寄示二首
……五三二
和劉府推中孚劉學録仲美諸君遊金
華山兼懷曠監州二首……五三三
快閣僧房賞瓶中牡丹賦呈王使君
……五三三
遊武山……五三四
贈徐山人……五三四
寄贈印山黄巡檢進賢……五三四
題生色海棠……五三五
挽鄧子益……五三五
夜宿永古寺與孤峰上人談詩……五三五
過淘金站……五三六
過永和同子永劉憲史遊清都觀謁
蘇黄二先生祠……五三六
曠維寧於舟中架屋名臨清軒……五三六
送芳上人遊興國清涼寺併柬竹間
禪伯……五三七
雪夜宿武溪温氏明日賦詩柬存與

茂林……五三七
答胡思齊寄山花數枝……五三七
胡思齋遊武山寄松花一枝古詩一首
賦此奉酬……五三八
和答舍弟子彦自雩都寄詩併喜性
舉亂後歸自殊鄉……五三八
寄蕭文學……五三九
奉寄周思忠其先丞相益國公於余
六世從祖常德府君爲同年進士
凡誌銘哀挽及倡和詩文概見於
周氏所藏遺書當時嘗録以歸遺
亂逸去因再請於思忠必有以相
慰答也思忠有弟思廉極相友愛
余往來城中嘗寓其書舍云……五三九
過武溪江南吊故人劉仲美墓……五四〇
聞鶯……五四〇

武山下夜宿同蕭子所分韻得雲字
……五四〇
題螺川秋望圖寄周思忠……五四一
汪陂館中贈蕭子儀……五四一
六月自汪陂聞警登武山宿雲峰寺
余弟埜有詩依韻述懷……五四一
遊觀山寺觀山谷太史留題詩刻
……五四二
題蕭氏竹所……五四二
余弟子彦歸自雩陽程尹幕中承寄
墨檜畫軸併題以詩其尚友高致
可嘉因賦以答謝之……五四二
答劉誠本寄贈墨檜色竹二軸……五四三
有感……五四三
將入富田過深溪聞康山長宗武以
視親藥留義山堂不果訪賦詩

奉寄……………………………………五四三
宿下澤顔氏山齋奉柬允大昆仲
……………………………………五四四
過鳳岡趙憲史仲思隱居茆堂……五四四
八月十五夜玩月龍塘黄氏館中
聽王伯允歌詩時值夏江上警
報甚急 ……………………………五四四
田舍夜坐呈子中兄子彦弟 ……五四五
攜妻子入石龍山 …………………五四五
幽事…………………………………五四五
九日奉柬劉方東 …………………五四六
曉起…………………………………五四六
過沙村聞思庵因記往年孫理問奉
參政全公檄命駐兵山中招徠柬
南之負固者時余客軍中留劉君
方東所常從孫侯遊庵中溪山不
殊風塵方張懷念今昔因賦詩柬
劉并識余思 ………………………五四六
悲風…………………………………五四七
仲冬二日由下徑輿疾還珠林悼
風景之頓殊幸茆廬之無恙喜
賦一首 ……………………………五四七
二瑞詩 有序 ………………………五四七
東園雨坐書懷 ……………………五四八
哭曠逵………………………………五四八
訪張其玉山居 ……………………五四八
世亂…………………………………五四九
題竹圖贈鍾子與 …………………五四九
方丘生自號蒲衣道者由安成武功
山避亂贛之興國邑令陳文彬爲
築長春道院以居之 ……………五四九
贈別袁性淵併寄舍弟子彦 ……五五〇

夜宿三台東楊煉師……五五〇
謝陳尹文彬惠瓜……五五〇
會飲東鍾仲安……五五一
留别方丘生……五五一
秋日承薛克恭馬君佑艤舟相問留
尊酒而别……五五一
入城……五五二
遣送茶器與歐陽仲元……五五二
和彭伯圻由武溪寄示……五五二
春日江上對酒東僧惟善湯子敏
蕭居仁……五五三
送僧惟善歸省豫章……五五三
送湯子敬之寧都併東王太守姜煉師
……五五三
憶伯兄子中仲弟子彦……五五四
閬川……五五四
見搗竹爲紙者人多貨爲楮幣感而
有賦……五五四
山樓秋興和友人韻……五五五
九日卧病戲東王伯衢……五五五
讀薩天錫詩……五五五
病起述懷……五五六
水口田家……五五六
和答湯子敏山中寄示……五五六
有詠胡麻花者同賦一首……五五七
寄謝可用……五五八
送青原無塵虚室如海三禪僧往
東山迎湛上人一首……五五八
寄孫子林白描芙蓉……五五八
題趙子深山水畫軸……五五九
承曠維寧寄詩併惠茶紵依韻奉答
……五五九

乙巳正月八日雨避抄寇由南富入王山……五五九
戲答郭慶守子文……五六〇
雙鸛巢松次蕭先生韻……五六〇
蕭後峰有詩約諸君暫歸流江賞花因更賦奉酬併呈同遊諸作者……五六〇
春日述懷二首答蕭翀……五六一
雨坐東湯子敬……五六一
再和題故里田舍……五六二
喜家僮至……五六二
別王子讓……五六二
閱王子讓所集長留天地詩……五六三
讀辛好禮閩中詩感賦一首……五六三
和歐陽仲元流江留別……五六三
八月十五夜承夏仲寅停舟邀飲江上有作和韻……五六四
奉和彭伯圻過流江相尋不遇之作……五六四
和蕭子所舟次流江相尋不遇題壁洲字韻……五六四
花朝和王伯衢寄示……五六五
春暮承劉子禮枉顧喜聆近作賦此奉酬……五六五
客情……五六五
初舍弟子彥將赴贛後聞留荷山曾氏館中喜而賦詩奉寄并呈子中大兄……五六六
題曾鳳山居奉母圖……五六七
題楊懋臨所畫平遠圖有左煉師題詩其上因賦此繼之……五六七
送白石上人遊江東……五六七

秋日承廬陵曲山蕭壽春過林居謁文林別賦贈一首……五六八
題羅巖雲樹圖贈丘弘道歸雩都……五六八
和答表兄嚴允升留別暫歸興國寓所因促其還鄉云……五六八
富田文彦高先丞相信國公諸孫先是丞相故第及祭田類爲孫寇所奪事平彦高盡復之爲新祠祀丞相於故第蓋盛舉也余過富川拜丞相祠因與彦高相見道舊於别也寫墨竹爲贈復題詩以美之……五六九
賦金精橘和蕭漢高因呈李提舉……五六九
泛舟赴上麓道中賦……五六九
題趙子深雪溪圖……五七〇
過西嶺下臨眺和蕭漢高韻……五七〇
江上即事柬雲衢王徵士……五七〇
須歸……五七一
題楊補之六七十歲時所畫淵明像併寫歸去來辭後……五七一
寄湯子敏伯仲……五七一
歲暮南溪柬諸君子……五七二
寄題會昌陳氏近村小隱……五七二
早春登古城和羅惠卿……五七二
春夕有懷……五七三
偶然……五七三
詠春草……五七三
漫興……五七四
春暮……五七四
春歸……五七四

春日登樓和溪南韻……五七五
去秋承王希顔自贛歸舟經白沙祠
有詩相憶比會延真約以卜鄰江
上兹春尋往聞又復西上矣賦詩
一首奉寄併答往懷……五七五
江上風雨驟作……五七五
林卧……五七六
八月……五七六
將歸南平發舟喜賦……五七六
寄答劉仲脩……五七七
送羅楚材赴廣東之辟……五七七
和郭慶守秋日相憶……五七八
奉和廖子謙先生江南舟中酒渴
思茶見貽有作……五七八
送吴明理歸贛州寓舍……五七八
次吴明理登快閣留别韻……五七九
寄表兄嚴允升……五七九
題蔡子敏墨梅……五七九
觸事……五八〇
題復初師松雲山房……五八〇
寄答劉子禮……五八〇
東舍新成偶題……五八一
山中有懷左煉師……五八一
九月八日述懷……五八一
九日和溪道中和尹秉文韻……五八二
題劉艮山莊……五八二
題和溪釣叟幽居……五八二
贈别劉如玉……五八三
贈歐陽生棄家入道……五八三
題一鏡亭……五八三
觀同年劉雲章詩集有留題三德院
聽琴老君壇等作感念存没輒題

一首於左方因以柬雲章云 …… 五八四
嘗柑子果 …… 五八四
雨中送蕭翀還南溪 …… 五八四
賦秋江寄贈友人 …… 五八五
贈曾如鑑山人 有跋 …… 五八五
江上見早梅 …… 五八六
度梅嶺 …… 五八六
出須陽峽二首 …… 五八六
題海角石 …… 五八七
越王臺 …… 五八八
廣州水驛除夕 …… 五八八
正月十二日肇慶府觀迎春 …… 五八八
將至藤州喜賦 …… 五八九
正月二十二日赴容州道中 …… 五八九
將至高州憶僉憲潘士謙時分按
雷瓊 …… 五八九
望雷陽城 …… 五九〇
二月二十九日三更渡海之瓊府 …… 五九〇
瓊山即事 …… 五九〇
三月十四日渡海將北歸 …… 五九一
述懷寄蕭翀 …… 五九一
有懷山中故人蕭學文因題於古木
畫圖之左併寄 …… 五九二
兵曹對月念家問不至有懷子中
大兄并子彥諸弟 …… 五九二
送友人奉旨侍親歸山西 …… 五九三
鑑湖清隱爲趙圭玉賦 …… 五九三
寄水南劉叔和羅惠卿併古城
竺西上人 …… 五九三
寄清平絶聽長老并柬一如上人 …… 五九四

予甥龍務大以侍親南歸來告別因
懷兒子平原書五十六字遺之 …… 五九四
題贈樸闇醫士 …… 五九四
寄孫如心 …… 五九五
題蜀山草堂爲上人賦 …… 五九五
自東海還京得子彦弟所寄期字韻
因和見意仍用其首句云 …… 五九五
奉和秦僉事文剛分巡保定道中見
寄韻 …… 五九六
竹友軒詩 …… 五九六
題山水畫爲趙可久參政賦別 …… 五九六
送北平省都事樊仲郛齎洪武七年
正旦賀表上南京二首 …… 五九七
題李銘古木竹石圖 …… 五九七
寄萊州太守趙圭玉往在兵部與君
實同事余後乘檄出海上乃相失
於交臂之頃今年秋余亦調官北
平望萊州復隔千里追憶舊好詩
以訊之 …… 五九八
贈李克雋主事還京 …… 五九八
早春燕城懷古 …… 五九九
早春 …… 六〇一
二月十六日將赴臺留別樊都事仲
郛黄理問元徽 …… 六〇一
題前崇文直長趙居敬令子所藏
翰林諸老詩卷後 …… 六〇一
和子彦涼字韻 …… 六〇二
贈醫鍾本存因勉其歸故里 …… 六〇二
送燕相府知印張楚芳省親還贛
…… 六〇二
九日追和虞太史韻東徐僉憲

叔明……六〇三
聞伯兄中翁有水竹居之樂賦此
奉寄……六〇三
春日即事二首……六〇三
出麗正門……六〇四
北齋晚涼即事……六〇四
晨起憶陪禁城早朝……六〇五
庭下……六〇五
書事……六〇五
秋日過宛平縣學坐射亭觀梅子
荷花……六〇六
送贊禮郎黄困静監北平秋祀畢
還京……六〇六
有懷王太守子啓時爲崇慶府往時
子啓自廣西赴京與予相見未幾
予赴官北平嘗約敍别以病阻

未至……六〇六
八月二十五日夜偶閲地圖至西
川崇慶州因憶子啓王太守感
賦一首……六〇八
不寐有懷故里南澗舊遊……六〇八
聞伯中兄家居日課兒子平原讀
書小女信女紅之暇亦時時弄
筆學字偶因家問中見近寫二
紙喜而賦詩寄伯中長公當發
一笑耳……六〇九
十月十三日夜於故帙中獲再覩大
兄伯中去年六月所寄京字韻七
言律詩爲之感愴不已因録而追
和之以見友于之意……六〇九
附伯中詩……六一〇
北平一冬無雪風沙特甚雖土曠

人稀而車運不絶良可嘆也……六一〇
題涂伯貞静深堂在南昌府……六一〇
海子橋午憩……六一〇
送黄叔勉自天台來北平收其先尊理問君行李却歸天台……六一一
故元侍講學士邵庵虞公嘗作送趙子章還新安敍論述考亭夫子所以爲學之方甚悉於篇終復系以詩意甚惓惓焉吾友壽陽繼道吕君獨好而録之以日誦而自省其必有得於斯言者矣因追和一首以屬其後亦將以交勉而更勵也……六一一
送徐僉憲子姪得全暫還三衢……六一一
夜宿南城彰義門遞鋪承曾元鼎擕酒敍別……六一二
過河間府遇高陽鎦思道乃吾鄉先生元友嚴公之高弟自云舊藏公遺文若山水記等作類多遭亂散佚不存而山水記存者又以遠而不得見慨念今夕爲之惘然明日賦此爲別……六一二
早出獻州南門望京都有懷……六一二
夜宿……六一三
寄東阜城張知縣宗遠……六一三
將至東阿喜望隔河穀城諸山……六一三
至東阿已遷穀城舊縣水潦之餘民物蕭條可感……六一四
詠河中流澌……六一四
北風……六一四
舟中對雪近邳州十餘里而

不到……六一五
邳州舟中對雪有懷故園梅花……六一五
小年夜對酒憶呂徐二僉憲……六一五
維舟……六一六
舟出龍江奉次廖教授同舟述懷之作……六一六
送王巡檢宗道還卓口……六一六
和胡思孔見贄韻……六一七
廿三日過石頭江下訪表兄蕭則善因賦一首……六一七
爲南山張道士題黃石圖……六一七
夏月游殊山寺登圓通閣和子彥弟開字韻……六一八
夏月游横岡憩於盤古石壇賦柬袁從善康子建……六一八
訪易復初雍塘新居……六一八
題醫士劉允文松老詩……六一九
和陳敬則寄贈二首……六一九
七月七日東原席上喜賦示子彥弟……六二〇
過楮源訪羅雲從同舍弟子彥各賦一首……六二〇
八月十五日夜宴南溪蕭氏追憶舊遊有懷自成庚兄時以事留滁陽未回……六二一
秋日過汶溪義塾承蕭國録有詩謹用奉答……六二一
隱雲詩……六二一
雲東杏塢……六二二
過雙溪訪敬則不遇……六二二
明日喜雲從隱君自湴坑歸再賦一首……六二二

吉水曾士與訪予南富山中却歸梅岡賦此贈别……六二三
入兩小口將過東坑……六二三
入東坑……六二三
寄答王希顔……六二四
同蕭九川游菰塘龍城院賦贈象初上人……六二四
題故人郭隱君篠坑故居因吊新墳有作……六二五
題石塘舊隱……六二五
和靈隱蒲庵長寄二律……六二五
寄天寧雪印文上人……六二六
雨夕柬鵬舉……六二六
奉和長舅蕭聘君紹宗館中見寄之作……六二七
南溪館中和答湯生元哲……六二七
和蕭子所同游韻……六二七
晚下北巖過臨溪和蕭國録子所韻……六二八
謾題子彦弟孟浪集詩稿……六二八
聞子啓太守自歷下書報來春還家又新有鳳雛之喜感念舊好爲欣躍不寐輒賦二首先寄難兄竹庭徵君宜載酒一慶也……六二八
題萬安劉丞望雲軒……六二九
奉和本原教授臈月二十九日過白家橋訪彦弟之作……六二九
公文偰尚書由參政山西入拜禮部而予以侍郎起於家同日拜命赴南宫今承恩致仕又適同日公文有别業在溧陽予將南還泰和於别也不能以無詞焉因賦二律詩

爲贈……六三〇
送箭局大使王仲良還南昌……六三〇
五月十五日早赴奉天殿右角門謝恩明日出通濟門登舟感賦一首……六三一
大赦後一日出京城聞崇慶王太守子啓自和州屯所攜其佳兒南歸喜而有作……六三一
過風火磯……六三一
過湖口縣……六三二
投老歸田承敬則陳兄有詩見寄依韻奉答……六三二
毛生從龍陪予由藍陵入小莊歸賦此爲貺……六三三
題丘生種杏圖……六三三
柬劉方東……六三三
和答陳孔郁……六三四
題泰和縣丞陳舉善所畫山水圖……六三四
冬日同鍾舉善諸友登蕭氏一經樓留飲醉歸承子所國録有詩依韻奉答……六三四
冬日過延壽寺訪玉壺上人賦柬同遊諸君子……六三五
題胡耽橋……六三五
由紫岡坪過西岡劉氏山居憶往年同廬陵王如川避地於此今十六年矣撫念存没愴然興懷……六三五
臘月廿三夜會西岡劉氏書房以傳奉邀竹庭徵君子所國録俱以事不果至因寫此述懷録示以傳并柬同賦者……六三六

冬日登高遠樓爲朱子瞻賦……六三六

槎翁詩卷之七……六三七

七言排律……六三七
題蕭静安所藏歸隱圖……六三七
春日蕭氏静安堂同諸客賞蘭賦
長律一首……六三七
雨中道出薌城將訪新安希顔王徵君
不果有作奉寄……六三八
峽山寺……六三八
奉題王氏勤有書堂十四韻……六三九
長律十四韻送彭公權教授還永新
……六三九
贈汝南韋布……六四〇
書懷廿四韻奉柬范實夫李子翀
……六四〇
題劉氏遂初堂……六四一
五言絶句……六四二
古意……六四二
題胡思齋水禽墨戲四首……六四二
昭君詞……六四三
上北巖……六四四
石磴……六四四
憩白雲庵……六四四
壇樹……六四四
浮萍逐流水……六四五
松下垂釣圖……六四五
題墨竹圖……六四五
枯木竹石圖……六四五
月落……六四六
小松……六四六
古意……六四六
白頭並立圖……六四六

題春江垂釣圖……六四七
題竹林觀奕圖……六四七
獨坐……六四七
四皓對奕圖……六四七
殘雪……六四七
寄弟子彦……六四八
懊恨曲……六四八
渡江……六四八
富田築城歌二首……六四八
題延真陳煉師東庭四時詞……六四九
城下青草歌時饒府調湖南青草軍守太和日與南鄉有構隙之意……六五〇
水南歌……六五〇
子中兄子彦弟同遊石龍潭余後至失山路……六五一
子彦弟相尋至山左復同到潭上觀巖溜 有跋……六五一
登西坑龍下高嶺歸里良和康志行韻……六五二
遯迹山中日有幽事因即澗沐雲卧草栖木食爲四題與子中兄子彦弟同賦以自釋……六五二
離人……六五三
懊恨曲……六五三
題歐陽仲元墨梅……六五四
晚望……六五四
題竹石贈湯子敏……六五四
笋竹圖……六五五
雨竹圖……六五五
題幽篁古木蘭……六五五
題蘭……六五五
古意六首……六五六

同舒伯源自雙溪口度橋登高山望幽谷諸峰賦八絶……六五七
題墨蘭……六五九
感舊……六五九
過山下見人有將蒔子者……六六〇
題鴛鴦……六六〇
戲題墨蘭……六六〇
古意四首……六六〇
題雪枝伯勞……六六一
題瘦馬圖……六六一
題墨竹五首……六六一
柳寄生……六六二
題乘槎圖……六六三
豫章感事三首……六六三
題彈琴圖……六六三
百花洲……六六四
漉酒圖……六六四
問月圖……六六四
月夜與曠逵夜坐……六六四
題莫慶善翎毛戲墨三首……六六四
題莫慶善墨禽二首……六六五
上山……六六五
題竹石圖……六六六
題墨鷹二首……六六六
遊金華二首……六六七
夜半……六六七
題四時花木……六六七
和郭慶守秋日相憶……六六八
牧童……六六九
墨蒲萄……六六九
雨過……六六九
題墨竹二首贈陳子仁……六六九

道中偶見……六七〇
詠鳥毛……六七〇
古意五首……六七〇
别王子讓……六七一
江上……六七二
古意……六七二
武山十四境 有序……六七二
光風轉蕙泛崇蘭……六七八
獨憐幽草澗邊生……六七八
峭壁蒼蒼翠色新……六七八
風寒翠篠娟娟浄……六七八
二蕙……六七九
題滄洲釣魚圖……六七九
題環州草亭圖……六七九
題雨竹圖……六七九
題竹石圖……六七九
余爲善舉寫墨竹因題二絶其上……六八〇
爲黄巽成題墨竹二絶……六八〇
題山亭避暑圖……六八〇
題墨竹……六八一
古意……六八一
題牧牛圖爲鄒季章賦……六八一
題蕭與靖所藏古潭墨竹四首……六八一
蕭子所國録山齋書所見……六八二
題李唐牧牛圖四首……六八二
題熊自得山水四景 赤壁、武昌、洞庭、東林。……六八四
塗若谷月下攜酒相飲賦此戲贈……六八五
題陳舉善山水圖小景四首爲蔣志明賦……六八五

偶賦……六八六
月夜舟行……六八六
題馬圖二首……六八六
題清溪圖……六八七
題山水圖二首……六八七
題鎦道權扇面山水……六八八
題趙子昂竹石圖……六八八
題李時小景二首……六八八
東園課瓜菜十絶……六八九
書所見……六九一
九日絶句七首依韻奉答許存札
教授……六九一
感興二首……六九二
題北山上人雜畫二軸……六九三
六言絶句……六九三
題唐子華小景……六九三
題山水畫……六九四
題陳摶睡圖……六九四
題墨竹四首……六九四
題秋江待渡……六九五
余以官滿赴京十一月十四日出
北平順承門賦六言絶句八首
……六九五
雪中騎驢口號……六九七
出景州始登牛車……六九七
景州道中……六九八
茌平道中……六九八
晚出恩縣南鎮市中……六九八
七言絶句……六九八
題秋江圖爲陳錬師賦……六九八
題飛霞圖爲江錬師賦……六九九
題江錬師飛霞蘭圖……六九九

題江虛白懸巖蘭竹……六九九
題江飛霞湘蘭沅芷……六九九
題金碧山水……六九九
墨蘭一幅贈胡思孔併爲之題……七〇〇
爲南山張道人寫墨竹併題……七〇〇
題竹石圖寄贈湯子敏……七〇〇
寄謝左子方聲寄沈均德筆二枝……七〇〇
夏日過玄暉舊隱賦二首以寄之……七〇一
題紅梅爲易謙賦……七〇一
爲益謙畫竹併系以題……七〇一
晚興和周所安韻……七〇二
余歸自南京與舍弟子彥相見於清江舟中別去承寄絶句六章
依韻奉答……七〇二
江上……七〇四
步月……七〇四
窺圃……七〇四
田家……七〇四
八月十一日自水南渡江道金華過北巖訪蕭鵬舉氏是日雲陰掩冉殊不見日色道中賦絶句三首明日因録柬舉善暨鵬舉伯仲……七〇五
題歲寒圖……七〇五
題滄江垂釣圖爲王宗韶賦……七〇六
奉和廖教授相過不遇之作……七〇六
題李居中所畫雪景爲羅與敬賦……七〇六
和羅仙觀王子啓題壁韻……七〇六
題江上抱琴圖……七〇七
題萬初上人枯木蘭竹圖……七〇七

題高僧圖二首爲心傳上人賦……七〇七
題孫碧霄畫四時小景爲王存睿賦
……………………………………七〇七
題山水小景……………………七〇八
題山水小景畫…………………七〇八
題蕭安詔所藏崔羣白鵝………七〇九
余歸自南京承永新歐陽子詔寄書
輒賦奉答………………………七〇九
爲王孟極覓桃李栽……………七〇九
題捕魚圖四首爲松觀曾一愚賦
……………………………………七〇九
題捕魚圖爲郭士端賦…………七一〇
題墨竹爲郭持中賦……………七一〇
題墨竹爲郭履恒賦……………七一〇
題清江釣艇圖爲與靖賦………七一一
題三笑圖爲蕭與靖賦…………七一一
題墨龍贈起予彭進士…………七一一
夜宴陳氏聞鼓吹有懷南溪諸友
……………………………………七一一
題所翁墨龍……………………七一一
春日承鵬舉過余林居適留隴陂
山中不果會蒙寄詩三絶趣余
入武山依韻奉答………………七一二
墨龍贊…………………………七一二
往舍弟子彦歸自清江承匏庵徵君
題惠素扇索及拙筆因勉爲寫此
仍倚題其端以答遠意…………七一三
題墨梅奉寄子詔歐陽御史……七一三
題墨梅寄友人…………………七一三
春莫歸自石壁瀧偶題柬鵬舉…七一三
賦得臨清亭四時詞四首就録奉寄
竇逸士…………………………七一四

題松下彈琴圖……七一四
題疏懶生卷……七一五
題蕭氏永思……七一五
往時楊清溪爲鄉先遠菊存陳公作種菊圖工妙逼真去之六十餘年其五世孫繼先乃得之於其仲父有實家蓋其家故物也出以示余因題其後以致景仰之意……七一五
題墨梅一枝寄瓜州慶守郭大使……七一五
題尚仲份爲陳孔碩作松岸輕舟圖……七一六
題舉善陳縣丞渭川清曉圖……七一六
題東園畊隱圖爲友羅敬所賦……七一六
奉青李一盛寄子淵楊判府……七一六
奉題復公蒲庵四首……七一六
雷港夜泊……七一七
黃泥洑阻風……七一七
女兒港聞笛……七一八
舟中望南塘酒樓再賦有懷故人曠伯逵孫伯虞……七一八
看月……七一八
過臨江銅塘灘阻風偶坐江廟憶故人彭聲之天寧雪印上人……七一八
寄平川吕仲善……七一八
題李晟寒泉枯木圖……七一九
同子瑗梁徵士上圯入小莊投宿下郭周氏草房賦此奉柬……七一九
題杜草堂戴笠小像……七一九
題子昂散馬圖……七一九
題王叔明竹石圖　叔明，趙文敏公之甥。……七二〇

題高彥敬青山白雲圖……七二〇
題江天雪鴈圖……七二〇
題龍……七二〇
題虎……七二〇
山水畫……七二一
龍氏書室圖……七二一
楊柳曲七首……七二一
春日絶句三首寄李子翀……七二三
江上絶句四首有懷故里……七二三
題墨梅……七二四
寄鄒君浩二絶……七二四
松畫……七二五
歲暮述懷……七二五
正月十九日……七二六
入西山……七二六
舒氏池亭晚興四首……七二六
過縣學偶書……七二七
金鳳花……七二七
謾題……七二七
小雨約李克正過池上……七二七
出溪四首……七二八
雲松軒雜韻六首寄呈軒中諸君子……七二八
憶李氏茅堂三首奉柬克正兄……七三〇
題表明誠書館……七三〇
浄妙寺讀李少鴻所書山門記過東院看百結花其枝皆紐結之而香氣大異感賦二絶……七三一
入黃金峽夜半聞漁唱……七三一
過鸊鵜灘望月……七三二
白頭翁……七三二
題許侯藏臨江楊萬户所燕餞

詩後……七三二
題竹石圖……七三二
題青山白雲圖……七三三
題笋蕨圖……七三三
題琴士艾如蘭……七三三
題枯木竹石……七三三
同夫嘗大醉過予齋壁作枯竹一枝仍題曰與吾子高掃塵而去
戲答一絶……七三四
題竹石圖贈陳仲實之南安……七三五
題木石圖……七三五
題古木幽篁圖……七三五
題芭蕉……七三六
再别同夫三首……七三六
贈傅正卿墨容……七三七
贈鶴林上人……七三七
贈刻工戴古心四絶……七三七
題洞賓像……七三八
題畊獲圖……七三八
題故宋太祖十二世孫孟堅所賦寶鼎現樂章賀其叔母太恭人淳祐八年戊申歲上元日壽旦也其祠用官綾書之……七三九
贈賴永年……七三九
題水仙梅馨華圖……七三九
贈王以成歸廣昌……七三九
賦别丁文甫之藍田得水字……七四〇
贈醫士孫允道……七四〇
八月十九日戲題東湖大梵寺……七四〇
九月二十五日有傳秋闈兩榜至書舍見思永楊直以詩中乙科喜鄉閭之有人學業之不振因

賦三絶以自釋……七四〇
題墨蘭……七四一
贈海月相士……七四一
蕭自脩將赴維揚不果思鄉西昌
　次韻二首……七四一
避水西軒述懷……七四二
筠陽春述懷七首……七四三
題帖德裕江亭秋思圖……七四四
秋江風雨圖……七四四
題陳叔起爲枯林上人作海口
　送別圖……七四四
題水村晚影圖……七四五
題枯林上人墨蘭四首……七四五
水溪口望三顧山……七四六
承譚府史若驥春日贛州之作因賦
　絶句八首奉答……七四六
過桐陵楊公平別業不遇……七四七
汪樓偶題……七四八
義犬詩……七四八
奉次楊主簿軍中感懷四首寄康山
　長宗武……七四八
君子堂夜起……七四九
題江景畫……七四九
寄薛益……七五〇
題超上人墨菊……七五〇
題山水扇面……七五〇
戲答鍾元卿……七五〇
題春江小景畫爲鍾元卿作……七五一
題蘆鴈小景……七五一
過新吴寺哭嚴煥旅柩……七五一
再過新吴寺聞嚴煥已擇卜尚未葬
　感賦一首……七五一

題和靖觀梅圖……七五一
題墨鷹下有一熊……七五二
題竹禽墨戲……七五二
同曠伯逵登揭氏山雨亭觀石上虞
太史刻字退池上觀魚而歸……七五二
寄易撝……七五三
贈萬訒歸清江定侯帥閫……七五三
夜飲扁鵲觀同魏煉師坐竹林下
……七五四
題泰華春雲圖……七五四
題楊補之臨宋徽宗湖口鸂鶒圖
……七五四
題明皇行樂圖……七五四
題墨梅……七五五
題蕭曙所藏曾同可畫水四首……七五五
題李遵道幽篁古木圖……七五六
承張弘毅林居奉和一絶……七五六
松雲軒四首爲陳宜賦……七五六
題梁叔剛小景贈故人令弟歐陽以
誠歸會昌……七五七
題山水圖爲興國監縣帖侯賦……七五七
題徐文珍畫林塘幽居圖……七五七
贈全真徐本山當淮兵作時本山
負其師以逃凡八遇難皆先幾
而免轉徙千里至贛之興國與
余會於治平觀因贈以詩……七五八
題生色粉茶……七五八
題秋江小景……七五八
題林下高士圖爲王存常賦……七五九
題稚川山水……七五九
題枯枝幽禽圖……七五九
題君子忠孝圖乃畫竹與葵

萱也……七五九
夜宿丈溪道院喜賦和呈蕭同知縣經歷……七五九
題古木蒼鷹圖……七六〇
題墨梅贈進士劉允恭……七六〇
題墨鷹……七六一
題趙子深折牡丹圖……七六一
五月十五夜聞沔兵將上擕家入黄塘州……七六一
槎翁詩卷之八……七六三
七言絶句……七六三
晚遊興福寺奉和從兄本泉韻……七六三
過普覺寺訪青原定上人不遇……七六三
題聞子與池魚爲水所漂賦此以寬其意……七六四
登白石塘高峰三首……七六四
題歐陽氏仲元墨梅……七六五
題梅圖爲萬砯賦……七六五
題文溪道院四首……七六五
題萱草葵花圖……七六六
承王子與伯仲枉顧弊廬不果迎候奉次留題二首……七六六
題墨蘭……七六六
題散蘭圖花葉狼籍若採而棄之者有松枝竹葉雜之蓋戲墨也進士劉仲炯以示余因爲賦此……七六七
偶閲胡思齊詩追憶故友范實夫李子翀……七六七
三月十日承辛侯好禮南赴臨汀艤舟寄詩而去……七六七
題曾道士嶺後退居……七六八
出西巖下寄蕭翀……七六八

和答陳宜山居寄示四首……七六八
和鍾廷方韻贈其弟廷亨南歸……七六九
夜宿城西聞雨有懷新堂瓦覆尚缺
　感賦二絶……七六九
墨鷹……七七〇
余兄弟因避亂山中復有衾枕團欒之
　樂喜而賦詩……七七〇
癸卯歲日者推閏二月或傳閏三月
　……七七〇
舟出流江……七七〇
入峽潭……七七一
聞劉友文病起二首……七七一
題墨竹……七七一
題墨雀……七七一
三月五日同鵬舉蕭茂材白水道
　人遊三華未至留宿山下袁氏
　明日雨作望三華在咫尺不能
　至乃冒雨步歸袁君追至山外
　不果留途中因賦柬同遊者……七七二
過柳溪道院……七七二
過江南高城訪孫景賢知事途中
　有作因録奉柬……七七二
題雲松圖……七七三
下北巖適舉正鵬舉自溪上來迎
　道中賦此……七七三
五月二十二日晚來南溪諸友過
　武山避暑……七七三
題墨鷹……七七四
白雲……七七四
雨來……七七四
月落……七七五
題山水畫……七七五

題墨蒲萄爲古心上人賦……七七五
題竹石棘圖……七七六
題折枝葵花梔子畫……七七六
承蕭翀相過不遇留詩而去次韻
奉答先時翀避地羅團聞已歸
南溪……七七六
武溪道中望武山……七七七
數日風雪不見武山稍霽出溪上見
雲氣鬱然喜賦一絶……七七七
題雪中歸獵圖……七七七
竹笛……七七七
題風雨歸舟畫……七七七
蘭舟詞 有序……七七八
以風雪不果遊龍門承故人羅允道
寄詩相問依韻奉答……七七八
題秋江小景畫……七七八
石橋道中……七七八
訪胡隱君山居……七七九
蕭翀常早起讀書畜鳴雞於樓上
以爲候爲賦一絶……七七九
度三華飛仙橋因憶往年同遊者
……七七九
題桃源仙隱……七七九
書山中老人語……七七九
戲題蕭子所書舍……七八〇
雨中見杜鵑花……七八〇
送家……七八〇
蒼石硤中見道人庵居隔水山花
盛開……七八〇
石塘山家……七八〇
玉隆山晚望……七八一
題墨鷂……七八一

春晝……七八一
聞吹笛柬蕭翀……七八一
見城西有撤民居爲城濠者……七八一
中酒……七八二
題觀泉圖……七八二
題折枝梨花……七八二
重過高城孫景賢寓舍……七八二
題雙竹……七八二
題鄧尚詩稿……七八三
題盧仝煮茶圖……七八三
重過義山堂憶蕭晉兄弟與清江劉仲修同飲園空室中今十年矣感念存殁爲之黯然……七八三
王山蕭氏館中感舊 館中嘗畜白鴈，今已燬，惟一杏樹存耳。……七八三
入山登絶頂望珠林故里……七八四
入深山度嶺聞故人劉方東寓里良寺喜有相因之地……七八四
聞東鄉婦女爲亂兵驅掠南上甚衆……七八四
見山中結草爲舍者……七八四
夜驚……七八五
出村……七八五
過老虎口……七八五
憶家藏舊書……七八五
聞思庵中有羅漢柏二株一花一實或以爲有雌雄云……七八六
余憂憤中戲作墨龍于報恩寺之西壁明日余兄子中復圖於東壁有高視闊步之意或請余弟子彦贊之子彦笑而不言因賦一絶以見意……七八六

感懷寄友人二首……七八六
西鄰……七八七
病中喜蕭翀送買鹽錢一百……七八七
題墨竹贈楊煉師……七八七
題歐陽仲元所寫墨梅……七八七
得舍弟子彦贛州消息……七八八
夜宿闊塘與陳有慶别……七八八
山樓偶題……七八八
尋春……七八八
入山……七八八
見種松苗者……七八九
春望……七八九
南園……七八九
癸卯兵亂吾州文廟祭器樂器散逸無遺……七八九
題三岡寺……七八九
石鼓坑田舍……七九〇
望仙壇嶺……七九〇
夜聞布穀……七九〇
觀插秧……七九〇
聞歐陽仲元入南門山……七九一
田舍早起……七九一
雨晴……七九一
田家謡……七九一
重遊李良感賦……七九一
題泰源堂壁上墨龍蕭煉師畫……七九二
題牧牛圖……七九二
題枯蓮水禽圖……七九二
題子昂趙公竹石圖……七九二
題秋江晚渡小景……七九三
題竹石圖……七九三
題石上鸖鴒圖……七九三

題馬圖……七九三
題江天小景……七九三
出長逕藍陂……七九四
度嶺……七九四
茆坪……七九四
小莊……七九四
猪龍潭 有序……七九四
老兵……七九五
與郭約别……七九五
東原對月……七九五
寄湛上人……七九五
流江春日……七九六
過郎湖……七九六
酒醒……七九六
紀夢……七九六
題上元周伯寧所贈僧惟善山水小圖……七九七
出水口望牛頭諸峰不見……七九七
早次楠木塘……七九七
過山塘坂……七九七
題竹石贈王伯初……七九八
觀野燒……七九八
題石泉山人隱居……七九八
題李復中所畫髯龍圖……七九八
攬鏡初見白髮……七九八
二月二十日述懷……七九九
望横塘諸山懷玉性蕭先輩……七九九
端午月夕……七九九
絶句……七九九
食楊梅……七九九
夜過南溪聽吹夏笛……八〇〇
憶平原……八〇〇

送劉海鵬之金陵三絶……八〇〇
初入荷葉陂看月……八〇一
十一月十四日入葉坑……八〇一
十二月十日出金原道中……八〇一
題瘦馬圖 有序……八〇一
同王伯圻諸弟登眺宅後林谷茂鬱可愛因題谷中松竹二首……八〇二
寄家書……八〇二
蝶……八〇二
題宣和瀫鶄畫……八〇三
春日謾興柬鄒使君……八〇三
題楊自明萱草鶺鴒圖……八〇三
入苦竹潭聞笛……八〇三
入天河……八〇四
墨潺山中聞鴈……八〇四
藥湖書所見……八〇四
題古城畊釣圖爲王子讓賦……八〇五
題松竹居士集 有序……八〇五
余留宣溪曠氏幾半月于別也承惟寧惟南伯仲率諸客送余江滸停舟賦詩眷眷有留戀之意明日到流江書此寄謝……八〇五
雨坐候故人不至……八〇六
燈花……八〇六
重遊洞玄壇……八〇六
題墨竹贈同升……八〇六
題明皇優戲圖……八〇七
寄示楊生元哲……八〇七
見池上梨花……八〇七
春日見豫樟落葉有感……八〇七
題宣和墨禽……八〇八
金沙盛開……八〇八

春夜論詩和王子讓三首……八〇八
夜雨……八〇九
寄羅惠卿……八〇九
戲咏紅錦帳……八〇九
偶見……八〇九
池上偶賦……八〇九
溪上晚眺……八一〇
珠湖……八一〇
初聞木犀……八一〇
秋夜送伯衢别……八一〇
出石門灘舟行書所見七首……八一一
過平陂望南平王廟……八一二
題温日觀蒲萄……八一二
五嶽道士攜至故人梁仲聞詩因和
奉答……八一二
題雪竹……八一三
題雨竹……八一三
題石竹……八一三
題墨竹……八一三
爲郭吟所題竹……八一四
賦南園莪笋……八一四
題伯衢扇……八一四
題扇畫……八一四
聞鶯……八一四
觀禾川新漲……八一五
江上聞鶯……八一五
謾題……八一五
奉和吟所翁二首……八一五
松棚……八一六
湖上曲……八一六
夜半……八一七
訪杜巡檢不遇留題早禾官舍……八一八

石鼻潭……八一八
和溪道中……八一八
雨坐讀史記憶子中兄茆堂已開北渠賦此奉呈三絶……八一九
溪上晨起承舉善鍾茂才書自白馬源來問近作因賦二絶……八一九
過東門故居廢址感賦……八二〇
蔣崦道中……八二〇
和蕭翀江上紀別二絶……八二〇
望月吟……八二一
聞百舌……八二一
大寒雨……八二一
遇周道士……八二二
早朝七首……八二二
英德江上……八二三
廣州雜韻……八二三
宜陽里過雷家寨……八二五
甘棠里遇山人粟千鍾見道傍奇峰問其名舉無知者戲贈一絶……八二五
下入陽烏石二瀧初聞猿聲二絶……八二六
過德慶憶萬户劉公衡……八二六
過梧州懷廣西僉憲王子啓胡子祺時分按各郡……八二六
至容州將赴北流聞陸川道梗題綉江亭……八二六
宿胡塘村……八二七
粉壁道中……八二七
入高州界值雨……八二七
化州聞戍卒夜歌……八二七
題遂溪同由驛……八二七
望海……八二八

過雷陽有懷永年胡倉使奉寄二絶……八二八
題鶺鴒圖爲都事李鴻漸賦……八二九
吳司令友云於磨勘公廨隙地鑿兩池以種蓮而植柳其上五月過之見柳陰荷花盛開既恨不能久留又歎不能數往因賦二絶奉寄……八二九
題沈子仁青山白雲圖……八二九
題推篷觀梅圖……八三〇
題扇……八三〇
偶賦……八三〇
漁村圖……八三〇
九日寓因勝寺有懷晚上人渡江未歸……八三〇
題日觀墨蒲萄爲東山泰上人賦……八三一
十月十五日早離鎮江……八三一
題墨梅爲省掾郭尚文賦……八三一
墨梅爲掾史梅季和賦……八三一
正月元旦奉陪車駕蔣山寺祠佛夜歸追賦五絶……八三二
初嘗杏……八三三
題秋江釣圖……八三三
題雲閒圖爲高員外賦……八三三
題山水圖奉別沈都事彦祥之廣西……八三三
題司丞張孟兼白石山房圖……八三四
題墨梅贈友人歸毗陵……八三四
題秋江垂釣圖……八三四
題雪山飛瀑圖……八三四
宗啓劉君由泰和知縣入爲工部

侍郎先時縣丞陳舉善爲作山
水圖以識別及會京師劉屬題
詩其上余邑子也故云……八三五
題墨菊圖爲楊員外公輔賦……八三五
題練帶桃花扇面爲都府斷事官
韓敬明賦……八三五
題甘溪歸養圖爲蕭國録子所賦
……八三六
文登縣……八三六
自濟南堰頭開舟溯黄河西上……八三六
東河道中……八三七
茌平縣……八三七
清明日所見……八三七
高唐州……八三八
癸丑除夕口號柬古英上人……八三八
正月二十六日得表弟梁遠南京
消息且云比江西來者皆未有
書感而賦此……八三八
余自去冬閏十一月遣人還泰和
迎候舍弟子彥與家人偕來今
經九十餘日矣未知果來否偶
燈下獨酌有懷愴然援筆題此
俟余弟至而共讀之時正月二
十七日夜也……八三九
偶書……八四〇
題李兵曹竹石圖奉寄中翁長公
……八四〇
題江亭秋望圖……八四一
題春江載酒圖……八四一
過萬歲山下……八四一
初晴……八四一
核桃樹……八四一

庭下牡丹盛開感賦二首憶徐吕二僉憲分巡未還 …… 八四二
觀城外練兵 …… 八四二
種柳 …… 八四二
海子橋晚眺 …… 八四三
題黄淵静贊禮墨竹紈扇 …… 八四三
秋日燕城雜賦五首 …… 八四三
秋雨口號 …… 八四四
命童子買酒看後庭晚菊 …… 八四四
何日 …… 八四五
秋意 …… 八四五
十月對菊 …… 八四五
狂風 …… 八四五
寒夜 …… 八四五
歲暮戲柬天英上人 …… 八四六
題棧閣晴峰圖 …… 八四六
題畫 …… 八四六
四月承叔銘僉憲二絶句問西廳牡丹開未併寄罌粟令予種之以娱目因戲用韻以答之 …… 八四六
既四月末予西軒牡丹一枝最後開與戎葵掩映特盛時叔銘適自保定歸隱若有相待之意因命酌快賞叔銘再用前絶句韻爲寄興不能已仍用韻奉答併憶吕本拙僉憲按事中山未還歸日當共一笑云 …… 八四七
叔銘以紈扇索予題詩因戲作叢竹于上仍繫以詩 …… 八四八
題古木幽篁圖 …… 八四八
秋日見鴈有感 …… 八四八
送别叔銘僉憲出順承門 …… 八四八

題晦庵先生書畊雲釣月四大字墨本爲王敬之知事賦 …… 八四九
七月一日得大兄去年九月寄書來其午魏直夫來自京師聞大兄哀訃而未領家問是夕燈下且信且疑輒賦絶句以寫悲愴 …… 八四九
夜宿雄縣東館會文學李秀士自云嘗從游圭齊歐陽文公及臨川曾子固清江胡居敬二先輩之門其風流醞藉有足觀者於是予去鄉七年矣爲之慨然明日書此識別 …… 八五〇
出雄縣望西山賦一絶寄呂繼道僉憲 …… 八五〇
望漢獻王陵 …… 八五一
夜宿逯家店 …… 八五一
入德州界 …… 八五一
過茌平懷馬賓王 …… 八五一
高唐州道中 …… 八五一
碌獨 …… 八五二
觀野燒 …… 八五二
野老 …… 八五二
至甜水鋪夜宿水惡不可飲早起趨高唐州 …… 八五二
入東平渡北關外長橋見採樵冰上者 …… 八五二
出東平南關始聞周侍郎賓自京還家而不及相見賦此寄意 …… 八五三
東平道中問酒不可得 …… 八五三
夜宿司徒鋪以送徒喧雜鍋釜不空童僕不及炊爨而去因憶嶺南舊事謾賦 …… 八五三

余自北平赴京十二月五日道出濟寧會伯高齊君於公館君本唐縣人素擅顧吴之妙草草爲予點真觀者咸以爲肖而余獨覺其老醜也臨别賦絶句三首奉答併柬趙晉卿夏時佐曹伯仁三先生……八五四
夜宿城南天井閘候水憶孟鄰王貳守時許爲余寫弄琴小像未至賦此以寄并柬府公趙大參秉彝……八五五
出趙村閘爲魏鑑題墨梅一首……八五五
南陽河口曉望……八五五
過谷亭二首……八五六
過黄河見隄岸有古墓雙石表感賦……八五六
題雞鳴臺……八五六
即事……八五六
黄河道中……八五七
沙河閘……八五七
過留城……八五七
過恭城望九里山……八五七
將至徐州見人種樹者……八五七
臈月十五日夜徐州洪對月……八五八
泊徐州洪鄉人有攜酒相餉者喜而賦此……八五八
雪中見鴛鴦感賦……八五八
淮安舟中夜聞吴歌戲作二絶……八五八
觀鑿冰捕魚者……八五九
題關山秋霽圖……八五九
由邳州入房村……八五九
過南陸山中……八五九

馬上望泰山口號……八六〇
入濟南城……八六〇
鳳村阻雪贈曲秀才……八六〇
河上謡……八六〇
過邵伯得風喜賦……八六二
聯句雜體 附……八六二
遊金精夜宿桃閣余與鄭同夫張
燈置酒且飲且吟命田仲穎書
之余二人飲益豪吟益奇趙伯
友從旁醉卧聞喧笑聲忽躍起
大呼好句好句仲穎亦時時瞌
睡不黁羅孟文從旁大笑不已
道士姜近竹以繼燭不給先退
矣迨明綴之得五十韻……八六二
露坐南城石橋與鄭同夫羅孟文
聯句……八六四
湖亭午宴與曠逵歐陽銘蕭曙聯句
三十韻……八六四
湖上聯句……八六五
湖上聯句同常允讓黄肅伍理……八六六
池上聯句……八六六
白雲軒聯句 有序……八六六
晚涼同常伯敬黄子邕過楊伯謙
湖上書舍值伯謙出未歸子邕
買酒小酌聯句……八六七
同禮部主事張孟兼國録蕭子所焚
香夜坐同賦線香聯句二十韻
……八六八
玉兔泉 有引……八六八
北園池上聯句……八七〇
聞黄子邕數日出飲不歸因與劉
鼎子鉉張智子明聯句戲柬之

併寄楊憲史伯謙……八七一

南園聯句同王佑曠逵劉霖蕭諶……八七一

詩歌補遺……八七三

詩歌補遺……八七五

五言古詩……八七五

秋興……八七五

七言古詩……八七六

陪虞檢校燕蕭一誠書樓即席上芙蓉花賦得玉字……八七六

長短句……八七七

雙翠軒詩爲劉汝弼賦……八七七

五言律詩……八七八

山中早發……八七八

題陳贊府山水畫贈皂江高君永齡……八七八

五言排律……八七九

解姪出館玉隆山下因示八韻……八七九

過都嶠山八韻……八七九

七言律詩……八八〇

過故人湯子敏松石山房併憶其弟子敬……八八〇

贈豫章東溟上人與進士胡斗元同賦……八八〇

挽謝君章……八八〇

同虎仲威夜宿曠氏小樓得月字……八八一

春晚奉同王子讓王進士江上臨眺因賦奉柬……八八一

分題得金魚洲送別……八八一

題山水畫……八八二

蕭居仁以山中抱琴圖寄曠維南索賦因題其上 …… 八八二
奉柬劉方東 …… 八八二
訪王子讓大村幽居借書戲題壁間 …… 八八三
有懷鄒明府九洲溪居 …… 八八三
送王子與徵士南歸 …… 八八三
崧臺 …… 八八四
舟中題山水畫屏 …… 八八四
承練教授伯上由南岡市出州途中有作寄示依韻奉賦 …… 八八四
題連子琦澹如齋 …… 八八五
夜宿金精分韻得洞字 …… 八八五
贈畫師楊德洪 …… 八八五
題李志謙書舍 …… 八八六
遊觀山寺和王子啓 …… 八八六
匡山砦中奉和梅南劉府推韻呈公望楊主簿 …… 八八六
送虞管勾還省 …… 八八七
奉答康尚忠併留別小春諸友 …… 八八七
過董正心先輩故居周睎遺址瓦礫蕭然因賦詩以寓追悼 …… 八八七
奉酬會昌詹同知寄詩干文紀乃祖御史遺事 …… 八八八
送周啓周之贛謁顏都事 …… 八八八
奉寄劉子琚併柬其兄子綸時築館于山中將迎李提舉就居 …… 八八八
寄謝同游諸君子 …… 八八九
贈劉以謙 …… 八八九
送王子與赴艾氏書館 …… 八八九
送楊以誠遊青華山謁張天泉 …… 八九〇
春雨宴鄒氏春雨亭得日字 …… 八九〇

奉答王希顏秣塘山中寄示之作 …… 八九〇
題蜀口歐陽氏三峰堂 …… 八九一
送別黎文舉歸萬安山中 …… 八九一
送韋纘之雲亭陳氏館中 …… 八九一
題朱鍊師貧樂窩 …… 八九二
贈三華山胡法師 …… 八九二
贈趙推官 …… 八九二
承王召南送春衣 …… 八九三
梅間爲張漢英賦 …… 八九三
聞客夜談豫章諸友感念存歿爲之悵然余同年貢士譚埴客授南昌紫陂劉氏劉同氣以兵相仇埴與其禍是尤可哀也因賦詩以寓意 …… 八九三
夜宿西樓柬蕭居仁 …… 八九四

題熊克庸齊居山水圖 …… 八九四
賦相石　宋文丞相勤王兵敗，走興國，元兵追至空坑，忽有巨石自墜塞道，追者不能越而退，後人爲築亭石上，命曰「相石」云。 …… 八九四
觀富田新城 …… 八九五
過崇先寺拜信國公像 …… 八九五
同鄒孟信過三教寺納涼 …… 八九五
遊三教寺有懷鄒縣尹 …… 八九六
拜掃姥原雙企祖塜次朱孔立韻併柬鄒縣尹 …… 八九六
與子彥弟夜宿具翕堂時北岸寇警方急起睎月色感而賦詩呈子中大兄 …… 八九六
謝鄒縣尹送米 …… 八九七
與舍弟采山果南富嶺西遇雨

暮歸……八九七
投迹……八九七
出梁村路經老虎口因憶馮嶺入瀘源龍上有龍腰龍尾之險異時欲往而未能乃兵亂未已將遂初願顧視虎口良用愓然……八九八
校理家具……八九八
六月九日宴陳文彬席上賦……八九八
會飲鍾惟賢書舍因憶其亡弟惟一……八九九
寄孫伯虞……八九九
和蕭德輿寄示二首……八九九
送別蕭尚貞……九〇〇
寄同年劉雲章……九〇〇
聞舍弟東歸消息喜聚居有期……九〇〇
嘗豌豆……九〇一
去年……九〇一
戲咏爉鵝……九〇一
答湯子敏惠扇……九〇二
三月十五日陪南溪諸公載酒渡溪至山下掃墳……九〇二
春望……九〇二
承劉子琚吴孟勤惠書併扇賦此奉答……九〇三
去秋承王希顔自贛歸舟經白沙祠有詩相憶比會延真約以卜鄰江上兹春尋往聞又復西上矣賦詩二首奉寄併答往還……九〇三
秋日聞鶯……九〇四
承王伯衢剪送芷花賦此奉謝……九〇四
詠敝扇……九〇四
度溪入梅演山中……九〇五

寄杜巡檢……九〇五
見道傍早梅……九〇五
贈鍾萬……九〇六
題松雪翁書杜少陵城西陂泛舟
詩後……九〇六
謝吳明理送籜冠……九〇六
送黄伯輝侍親歸豐城……九〇七
伯衢侍親自金陵歸以所賦還鄉樂
見示喜賦奉答……九〇七
雪……九〇七
晴……九〇八
三衢徐節婦詩……九〇八
題錢叔昂畫杏林圖寄江陰林元英
……九〇八
送劉寬仁以徵士赴京告老還鄉
……九〇九
十二月十六日早朝雪霽月色澄朗
喜賦……九〇九
十九日早朝大雪……九〇九
晚朝左掖大雪……九一〇
題青溪釣隱……九一〇
正月二十日雪早朝……九一〇
題吳友雲所畫蒼山雲松圖……九一一
題吳友雲所畫鍾山春曉圖次鍾
字韻……九一一
夜宿龍窩……九一一
寄王徵君子與并懷乃弟子啓廣西
僉事……九一二
叔明徐僉憲示其先君仁可解官
感懷之作因追和以致意叔明
前爲監察御史云……九一二
承康丈履謙寄贈畫水一幅賦此

奉答……九一二
寄北山上人南岳冰雪庵……九一三
聞伯兄中翁有水竹居之樂賦此奉寄……九一三
過高麗廢寺感賦二首……九一三
東園杏花盛開三首……九一四
夜坐……九一四
三月二十日憶子彥弟……九一五
八月二十五日夜偶閱地圖至西川崇慶州因憶子啓王太守感賦……九一五
舟次耿山夜宿……九一六
和陳敬則寄贈三首……九一六
十三日過金相寺脩省先塋和舍弟子彥教授韻……九一六
十六日同舍弟子彥過彭坑先塋祭掃承雲從羅隱君有詩依韻奉答……九一七
過天塘原訪曾朝用田舍答羅雲從……九一七
題龍洲羅氏合葬新阡……九一七
入湖感賦……九一八
湖上望匡廬追憶古人……九一八
送菊山黄道士朝覲後還九宮山……九一八
五言絶句……九一九
古意……九一九
入三德院……九一九
題莫慶善翎毛戲墨……九一九
題半軒先生梅竹二圖……九二〇
扇景……九二〇
七言絶句……九二一

題墨龍……九二一
阜城道中早行即事……九二一
題南嶽廟壁……九二一
廣州雜詠……九二二

槎翁文集……九二三

槎翁文集卷之一……九二五

銘……九二五
道心堂銘……九二五
鍾銘……九二六
硯銘……九二七
紙帳銘……九二七
紙扇銘……九二八
界方銘……九二八
養志堂銘……九二八
吾存堂銘……九二九
星虹硯銘……九三〇
梧陽齋銘……九三〇
箴……九三一
稽古箴……九三一
仰齋詩……九三二
美危孝子詩……九三三
題王克温江亭宴别圖……九三四
頌……九三五
興國陳令尹德政頌……九三五
枯桂復榮頌……九三六
驅燕解……九三七
詰鉅樟文……九三九
題辭爲陳宗舜作……九四〇
贊……九四一
神農嘗藥畫像贊……九四一
十三人贊……九四二

高允齡像贊……九四七
自贊……九四七
又……九四八
又祭服圖……九四八
子彦弟像贊……九四九
龍玄間像贊……九四九
蕭斯和像贊……九四九
胡濟川像贊……九五〇
王榘奉母圖贊……九五〇
魁星贊……九五一
槎翁文集卷之二……九五二
傳……九五二
石潭漁者傳……九五二
胡巫傳……九五四
華山樵者傳……九五六
楚江先生傳……九五七
達理馬識禮傳　泰和州監……九五九
胡夫人傳……九六三
李時傳……九六四
孫先生傳……九六八
葛孝子傳……九七二
花子傳……九七四
逢掖生傳……九七五
澹觀先生傳……九七六
貞女龍琇傳……九七七
劉芳遠傳……九七九
夏日孜傳　紹興路會稽縣尹，吉水人。……九八一
五荆傳……九八五
槎翁文集卷之三……九八八
説……九八八
録南園灌隱説……九八八

乳犬説……九九〇
鍾舉正字説……九九一
蕭鼎子彝字説……九九二
蕭鵬舉字説……九九三
塵外説……九九五
錢佛説……九九六
王氏子名字説……九九六
楊氏二子字説……九九七
無邊説……九九八
龍非池字説……九九九
仁山字説……一〇〇一
毁楊太伯公祠説……一〇〇二
羅用達字説　篇亡……一〇〇四
録鬻婦説……一〇〇四
王伯昂字説……一〇〇五
羅克浚字説……一〇〇六
張彦實字説……一〇〇七
平遠圖説……一〇〇八

槎翁文集卷之四……一〇一〇

書……一〇一〇
與周伯寧書……一〇一〇
與王紹南……一〇一三
與譚若驥……一〇一五
上熊提控……一〇一七
與聞長老……一〇一九
與陳心吾……一〇一九
與王子與……一〇二一
同前……一〇二三
與蕭鵬舉……一〇二四
同前……一〇二六
與本泉兄……一〇二八
與王高……一〇二九

答劉天一……一〇三〇
與高永齡……一〇三二
同前……一〇三三
與祝仁壽……一〇三五
答郭慶守……一〇三五
與歐陽仲元……一〇三七
與張炳文……一〇三八
與李提舉……一〇三九
慰鍾應龍……一〇四二

槎翁文集卷之五……一〇四三

記……一〇四三
三友亭記……一〇四三
魁字大旗記……一〇四四
遊武山記……一〇四七
遊潮山記……一〇五二
高溪書隱記……一〇五六
紫霞滄州樓記……一〇五七
其樂堂記……一〇五九
蕭氏芝草記……一〇六〇
興國縣修儒學記……一〇六二
長春道院記……一〇六四
旌陽道院記……一〇六七
鍾廷珍翠庭記……一〇六九

槎翁文集卷之六……一〇七一

記……一〇七一
興國縣脩城樓記……一〇七一
三檀寺興復記……一〇七二
泰和州鄉貢進士題名記……一〇七四
窪泉記……一〇七五
虎咥木偶人記……一〇七七
欒氏重建追遠堂記……一〇七九
遊梅田洞記……一〇八一

蓬軒記……一〇八五
北巖禱雨記……一〇八六
湖山清勝堂記……一〇八八
茅亭記……一〇八九
世綵堂記……一〇九一
泰和縣天一院重修記……一〇九二
重興院佛殿記……一〇九五
讀書所記……一〇九六
永新重建靈應觀記……一〇九八
愛日堂記……一一〇一
挹翠堂記……一一〇二

槎翁文集卷之七……一一〇四

記……一一〇四
東竹軒記……一一〇四
柳居圖記……一一〇六
寸草堂記……一一〇八
按察司官朝會題名記……一一〇九
登濟寧太白酒樓記……一一一三
菊所記……一一一四
瞿預齋記……一一一六
予隱堂記……一一一八
重脩青松觀記……一一二〇
武山義塾記……一一二一
臨清堂記……一一二四
杏林後隱記……一一二六
遠山樓記……一一二八
鳳岡精舍記……一一二九

槎翁文集卷之八……一一三一

序……一一三一
送劉學正序……一一三一
萬德深滄江稿序……一一三三
送劉侯赴廣東憲副序……一一三四

王斯和遺稿序……………………一一三六
舒伯源抒悶集後序…………………一一三七
送周士廉序……………………一一三九
送王伯初序……………………一一四〇
贈蕭一誠赴召序…………………一一四二
王以直文序……………………一一四三
送隆師之青原序…………………一一四四
贈段復初序……………………一一四五
梅邊初稿序……………………一一四七
送張萬中赴咸寧序………………一一四八
鄒氏春雨亭讌集詩序……………一一四九
送歐陽孔述還鄉序………………一一五〇
秋日宴中和堂詩後序……………一一五二
劉尚賓東溪詞稿後序……………一一五三
楊氏族譜後序…………………一一五四
送薛伯謙序……………………一一五五
贈鄭生序……………………一一五八
送康履謙序……………………一一六〇
送焦廷璋序……………………一一六一
送張經歷序……………………一一六三
芳上人詩序……………………一一六四

槎翁文集卷之九……………………一一六五

序……………………………一一六五
陶德嘉詩序……………………一一六五
贈地師丘弘道序…………………一一六六
玉源劉氏宗譜序…………………一一六八
贈地師丘弘道序…………………一一六九
送畫史李約禮序…………………一一七一
蕭子所詩序……………………一一七二
東行倡和集序……………………一一七三
贈毉士馬如春序…………………一一七四
鍾廷方録癸卯壽詩序……………一一七五

送王以誠之武昌求父喪序 …… 一一七六
贈鍾大觀序 典吏 …… 一一七八
送葬師胡從正序 …… 一一七九
贈熊掾史序 …… 一一八一
朗溪曾氏瑞石序 …… 一一八二
先塋記自序 …… 一一八四
陳曾遺稿序 …… 一一八五
鍾祥詩集序 字舉善 …… 一一八七
王先生挽詩序 …… 一一八八
送友人遊浙序 …… 一一九〇
贈日者曾蓬萊序 …… 一一九一
美夾谷侯勸農燕勞詩序 …… 一一九三
送吉水縣知縣費侯赴覲序 …… 一一九四
羅氏族譜序 …… 一一九六
株木余氏族譜序 …… 一一九七

槎翁文集卷之十 …… 一一九九

序 …… 一一九九
送羅朝舉序 …… 一一九九
贈孫如心序 畫史 …… 一二〇〇
南岡陳氏宗譜序 …… 一二〇一
蕭氏族譜引 …… 一二〇三
送吴明理遠遊序 …… 一二〇四
送别聞人禹疇圖詩序 …… 一二〇六
劉以震詩序 …… 一二〇七
送許伯達序 …… 一二〇八
贈徐永年序 …… 一二〇九
鄒氏獨村堂詩序 …… 一二一〇
贈驛丞謝子良詩序 …… 一二一二
巢雲詩集序 …… 一二一三
柳溪陳氏慶源圖序 …… 一二一四
陪祀方丘應制詩序 …… 一二一六

自序詩集……一二一七
張氏族譜序……一二二〇
北平山東事蹟目録序……一二二一
楊氏二貞婦序……一二二三
蕭氏族譜序……一二二五
西齋雜録序……一二二九
送黃贊禮還京序……一二三一
夏日醼集仁城蕭氏臨清亭詩序……一二三三

槎翁文集卷之十一……一二三五

序……一二三五
三衢徐叔名詩稿序……一二三五
送王撝南歸序……一二三七
鍾氏仁存方論集序……一二三八
送蘇平仲先生還金華序……一二四〇
送王縣丞赴黃巖序……一二四二
送程子正還三衢序……一二四四
送陳德中歸省序……一二四六
送劉嗣慶還安福序……一二四七
贈醫士郭和卿序……一二四八
閒中風月序……一二五〇
虎溪蕭氏第三房族譜序……一二五一
月渚圖序……一二五四
蕭九川詩稿序……一二五五
三窮詩序……一二五六
贈任保宜序……一二五七
沙溪劉氏静安亭詩序……一二五九
横岡袁氏族譜序……一二六〇
東屯朱氏族譜序……一二六三
丹山羅氏族譜序……一二六四

嗚盛集序 …………………… 一二六六

槎翁文集卷之十二 …………………… 一二六八

題跋 …………………… 一二六八

跋贈鍾學正詩卷後 …………… 一二六八

跋曠伯逵所藏康瑞玉和詩後 …………………… 一二六九

書文丞相蔡安撫遺像後 ……… 一二七〇

跋周宜沖所藏黄庭帖後 ……… 一二七一

跋張真人達侯遺像圖贊 ……… 一二七二

書劉叔清四清圖贊 ………… 一二七二

跋趙文敏公行書千文 ………… 一二七三

跋鍾廷方所藏汪愚翁所作瀟湘八景圖後 ………… 一二七三

跋張某所藏劉夢良掀篷梅圖 …………………… 一二七四

跋王明極所藏文宣慰書古意二大字卷後 …………… 一二七五

跋周氏先塋誌方録後 ………… 一二七六

跋達侯手帖後 ……………… 一二七七

書廣水鎮都巡王珪死事本末 …………………… 一二七八

跋所録求志堂詩文後 ………… 一二八一

書蕭縣丞贈陳理問序文後 …………………… 一二八二

跋宋殿中丞歐陽發奉議郎官誥後 …………………… 一二八三

跋張務民所藏褚書後 ………… 一二八四

跋文信國公三詩墨蹟後 ……… 一二八五

題趙文敏公書杜後 ………… 一二八六

跋書虞先生贈畫師劉宗海敍後 …………………… 一二八六

永州府君遺像引 …………… 一二八七

書先大父所作後溪序後 …… 一二八八
跋顔中行避地稿 …… 一二八九
跋蕭氏鄉校記後 …… 一二九〇
跋劉大博爲湯信叔墓誌及核山堂記後 …… 一二九一
跋宋袁州分宜主簿鍾紹安賜修職郎誥 …… 一二九二
題龍氏書香世科録後 …… 一二九三
題王伯畿赴金陵道中詩集 …… 一二九三
題十八學士飲圖序贊 …… 一二九四
槎翁文集卷之十三 …… 一二九六
題跋 …… 一二九六
跋吴傅朋與瑞昌令李西美四帖後 …… 一二九六
書宋高宗三詔後 …… 一二九七
羅子理族譜引 …… 一二九八
跋西臺慟哭記後 …… 一二九九
書揭學士撰彭夫人墓表後 …… 一三〇〇
書吕氏均産記後 …… 一三〇一
題所書宋吴太常安國誌銘等文後 …… 一三〇二
書巢居野人序後 …… 一三〇三
跋唐太宗手敕後 …… 一三〇四
跋吴傅朋送張顛書帖後 …… 一三〇六
跋王璋書宋真宗汴水發願文 …… 一三〇七
跋北山上人所藏昔獻之保母帖 …… 一三〇九
跋文丞相書集杜感興絶句 …… 一三一一

跋揭翰林李吴二進士所賦和贈從兄以德甫詩後……一三一二
跋書黄州學記後……一三一三
題唐學士勘書圖……一三一三
書皇甫君碑後……一三一四
跋顔真卿所書雲雨有作五言律詩卷後……一三一五
題和靖咏梅圖……一三一五
跋葉照磨所藏東坡帖……一三一六
書山谷黄太史題醒心軒詩後……一三一七
跋東坡與彭城士友帖後……一三一八
跋黄華山人墨蹟……一三一九
書范文正公與時相論守環慶事宜帖後……一三二〇
題王左丞墨蹟……一三二〇
書吕僉憲本拙二篆字併漢陰抱甕圖後……一三二一

槎翁文集卷之十四

題跋……一三二四
題黄氏宗譜後……一三二四
書元吴真人二代封贈誥詞副書刻本後……一三二五
書孫氏復姓文後……一三二六
跋徐叔銘家傳後……一三二八
書王氏慈烏記後……一三三〇
書樗散生傳後……一三三一
題鍾氏所藏飛白書存存齋三大字後……一三三二
書張馮子翼字説後……一三三三
跋王明初全軒記文後……一三三四
題文丞相劉大博與胡古澗

二帖後……一三三五
題宣和山水畫後……一三三六
題胡忠簡公所畫清江引并詩後……一三三六
跋宋國學生王叔可母胡氏孺人敕誥……一三三七
題蕭子所所藏擷蘭墨龍二圖後……一三三八
書郭氏隱居記後……一三三八
題蕭九川所藏先世諸賢往來啓牘後……一三四〇
題晉七賢圖……一三四一
跋洞然諸公詩卷後 快閣天王院……一三四二
跋長興令蕭德瑜所遺其甥郭履恒漁栖圖後……一三四三
跋戴克恭所藏先世德熟及幼二堂記後……一三四四
書荷山劉氏敬先圖序後……一三四五
跋孫獻簡公族譜後……一三四六
跋周所安所藏周元公年譜後……一三四七
題蕭鵬舉戊巳稿後……一三四七
書羅晉用傳後……一三四八
書冠朝郭氏家録後……一三四九
跋西溪八景圖詩序後……一三五〇
跋菊逸堂記後……一三五一
跋蠶織圖……一三五一
槎翁文集卷之十五……一三五三
辭……一三五三
招魂辭……一三五三
胡山人哀辭……一三五四

故提舉李公哀辭 有序……一三五五
哀張以脩辭……一三五九
郭南叔哀辭 有序……一三六一
祭文……一三六二
祭叔母文……一三六二
祭蕭敬修文 代……一三六三
祭廖子所文……一三六四
祭泰和州監達正道文……一三六六
祭劉元帥文……一三六七
祭蕭提舉文……一三六九
告先府君墓文……一三七〇
告太夫人墓文……一三七〇
祭先考文……一三七一
祭先兄中齋先生文……一三七二

槎翁文集卷之十六……一三七五

行狀……一三七五
故承直郎贛州路總管府推官
陳公行狀……一三七五
胡母樂夫人行述……一三八一
清溪居士行述……一三八三
元故秘書蕭芳洲先生行狀……一三八四
故貧谷居士曠君行狀……一三八八
墓表……一三九一
故進義副尉臨江路清江縣主簿
楊君墓表……一三九一
劉國器先生墓表……一三九五

槎翁文集卷之十七……一三九八

墓銘……一三九八
楊君公平墓銘……一三九八
謝夫人墓銘……一四〇一
鍾母李孺人墓誌銘……一四〇三
亡妻陳君墓誌銘……一四〇五

張夫人墓誌銘……一四〇七
二子壙誌……一四〇九
先府君遷厝壙誌……一四一〇
先夫人遷厝壙誌……一四一一
拙存蕭先生墓碣銘……一四一二
元故奉訓大夫廣西道肅政廉訪
　司僉事詹公墓誌銘……一四一四
吾廬嚴先生墓碣銘……一四一九
曾母周夫人墓誌銘……一四二四
元故養蒙劉公墓誌銘……一四二六
明故羅君和卿墓誌銘……一四二九
槎翁文集卷之十八……一四三一
神道碑……一四三一
敕賜開國輔運推誠宣力武臣征南
　副將軍靖海侯追封海國公謚襄
　毅吴公神道碑銘……一四三一
開國輔運推誠宣力武臣征西右副
　將軍濟寧侯追封滕國公謚襄靖
　顧公神道碑銘……一四三五
王秀才墓誌銘……一四三八
東屯朱處士墓誌銘……一四四一
應詔陳言疏……一四四四
附録……一四四七
附録一　序跋……一四四九
劉子高先生詩序……陳邦瞻　一四四九
劉子高先生詩序……戴九玄　一四五〇
劉職方詩集序……宋　濂　一四五一
劉職方詩集序……劉永之　一四五三
劉職方詩集序……烏斯道　一四五五
劉職方詩……楊士奇　一四五七
刻劉槎翁詩選序……張應泰　一四五七

續刻劉槎翁職方詩集序……鄭　佟　一四五八
續增刻劉槎翁先生詩集序……袁純德　一四六〇
續刻劉槎翁先生詩集序……曾聞勇　一四六一
劉槎翁先生詩集跋……劉　昂　一四六三
補刻劉職方詩選跋……劉匹熊　一四六四
新刻槎翁文集目録序……羅欽忠　一四六五
槎翁文集後序……鄒守益　一四六六
再鐫劉槎翁先生文集序……吴　雲　一四六八
劉槎翁先生文集跋……劉光被　一四六九
續刊劉槎翁先生文集序……曾聞勇　一四六九
重刊槎翁詩文全集序……蕭敷政　一四七一
跋嶺南録……陳　謨　一四七二
附録二　傳誌……一四七四
壙誌……劉　埜　一四七四
行述……劉　埜　一四七五
劉崧……一四七九
司業劉公言行録……尹　直　一四八一
劉崧……一四八三
劉崧……一四八四
劉崧……一四八五

劉崧……一四八六
劉崧……一四八七
祭酒劉公……一四八九
劉崧……一四九〇
劉崧……一四九一
司業劉子高先生……一四九二
劉槎翁世傳　父成器　兄麓　弟埜……一四九三
劉崧……一四九六
劉崧……一四九六
尚書司業劉公……一四九八
劉崧……一五〇〇
劉子高……一五〇一
劉崧……一五〇二
劉崧……一五〇二

附録三　哀祭

……一五〇四
輓國子司業槎翁先生詩……一五〇四
諭祭文……一五〇五
同寅祭文……一五〇六
季弟子彦祭文……一五〇七

附録四　酬贈

……一五〇九
廣州雜咏和劉主事子高……徐賁　一五〇九
送劉子高尚書致政歸廬陵……釋來復　一五〇九
送劉子高重赴北平憲副……釋來復　一五一〇
西園雅集圖爲劉子高憲副題……釋來復　一五一〇
寄廬陵劉子高……釋來復　一五一一

劉子高尚書訪予瓦館之梧軒以四首留別次韻答之 …… 釋來復 一五一一
寄劉尚書子高 …… 鄧雅 一五一一
懷劉憲副子高 …… 孫蕡 一五一二
求志亭詩序 …… 胡行簡 一五一二
具翁堂銘 有序 …… 王禮 一五一三
槎軒記 …… 王禮 一五一四
坦端堂記 …… 梁潛 一五一六
附録五　敕誥 …… 一五一七
附録六　年譜 …… 一五二〇
泰和劉恭介公年譜 …… 一五二〇
附録七　評論 …… 一五五六

槎翁詩

槎翁詩卷之一

四言古詩

言志贈友人

深山邃谷，虎豹所憑。玄霧翳雲，蛟龍斯升。芸芸暮蜉，緝緝秋蠅。嘅彼下士，志何由興。歲年云徂，冰雪侵凌。睠彼皓首，含涕撫膺。契予夙好，嘉爾友朋。亦有旨酒，如溜如澠。可以樂衎，高融咸登。仰睇白日，翩其相仍。道誼罔敦，憂患式增。不曰尼父，飲水曲肱。媢貨附桓，聖人不能。我行東原，以陟崚層。言采榮木，手挽其藤。素秋以風，霜露乃凝。黄鵠斯舉，天高氣澄。送子于邁，服子徽稱。理棹河湄，頳霞晨蒸。何以益我？敦教而承。友道之薄，噫其春冰。爾弘其居，夕惕兢兢。人亦有言，谷增而陵。聖途云遐，氣力曷勝。勗爾躑躅，曁于騫騰。

題唐子華江居平遠圖

宛其長洲，在彼中流。上列灌木，旁引高丘。彼君子居，于林之右。言敞東軒，緬覿平岫。盤石在渚，叢蔭在門。有風夏涼，維日冬温。豈無方舟，可以遊釣。言曳其杖，於焉遐眺。油油行雲，靡靡逝波。歲既晏矣，云如之何？鳥鳴于谷，魚麗于罶。君子之居，君子之友。

題寧都州學圖 有序

同夫鄭君修郡庠之禮殿，垂成而代去。其友人唐旂、王禮、田覲懼君之去此無以慰其思而繫斯情也，乃命繪工圖其新廟，併肖其環州山水之勝以贈君。於是南平劉楚敬贊于圖之右隅，以申美之。

出自西門，至于泮宫。我游伊何？以觀民風。乃覿新殿，翼翼崇崇。伊誰修之？維鄭之功。鄭其戾止，弁巾俅俅。爰率童冠，以詠以游。屬兹暮春，言眺中州。慷當以歌，企彼前修。何以樂此，薄寫我心。濯纓于泉，援琴于林。求我良友，言陟雲岑。苒苒雲木，交交鳴禽。山則有石，川則有波。君子維教，乃切乃磋。翩其白駒，越于澗阿。逝將去此，憂如之何！日月于邁，山川逶迤。懷君之來，方何爲期。爰繪于圖，亦頌以詩。歸言觀之，式慰爾思。

題蘭

山則有石，谷則有蘭。我思美人，兹之永歎。奕奕翠羽，翹翹紫蕤。何以求之？山阿水涯。迴風猗猗，白石皜皜。山中無人，念此芳草。深林之幽，式聞其香。安得佩之，蓉裾芰裳。

書帶軒詩爲鄭同夫賦

讀書何所？西山之陽。崇軒朝躋，其雲蒼蒼。有艸有草，垂帶而厲。匪伊垂之，君子所藝。濯以甘雨，揚之谷風。有蔚其苗，則靡所同。人亦有言，匪韭匪薤。不有君子，孰曰書帶。在昔孔聖，仰鑽庖羲。或韋其編，亦三絶之。我樂我書，爰啓其紐。我其藏之，或繫于肘。相彼良苗，亦緜其藨。譬之樹蘭，毋混彼艾蕭。我思不其，山名。遠而莫至。宜爾孫子，是有是似。尚勿翦薙之〔一〕，以蕃厥世。

【校勘記】

〔一〕「薙」，原作「雉」，據四庫本改。

七噫歌 有序

昔梁鴻由灞陵山出關，過京師，傷漢室之亂，作五噫歌。西昌，予父母國也。一旦掩覆於鄰搆，殘毒甚矣。是日予從水東登高丘，望予弟不見，因增其辭，賦七噫以抒其悲憤，且以竊附於昔人遺意云。

陟彼高丘，言望新城。烟焰勃烈，金鐵鏘鳴。噫！豺虎狉狉，啗人肝腦。陰風薄雲，僵尸横道。噫！彼奔曷從，楫人相仇。牽衣蹈河，骨肉漂流。噫！負載橐囊，牛羊交馳。號哭振野，俘係纍纍。噫！孰繁生息，而玩厥虞。城壘葺矣，而無人乎。噫！曰予有弟，孰往訊旃。河不可馮，淚下如泉。噫！白日下照，幽幽其光。孰訴上天，爾民卒痒。噫！

尚友齋爲曠伯逵賦

緊予之生，乃後古人。豈不尚友？遠而莫因。譬彼方夜，思見出日。狂走大呼，祇益其疾。及求吾心〔一〕，夫豈遠而。晝讀其書，夜夢見之。我疑其生，世謂其死。不曰斯今，亦有君子。有鳥有鳥，鳴於高林。彼君子兮，懷之好音。睎彼日月，滔滔其邁。人而離居，曷云不戒？聞子今日，涉江遠來。何以來思，贈之瓊瑰。穆穆其風，菀菀者柳。何以永日，且以酌酒。汎汎中流，招之以舟。一日不見，余心則憂。居則同襺，出則更屧。云胡拒之，彼則有挾。我友曠逵，友道則隆。維彼所尚，實獲我同。蓬依於麻，禾亂於莠。嗟爾君子，式尚爾友。

【校勘記】

〔一〕「及」，蕭編本作「反」。

觀劉將軍禡旗詩

辛卯秋孟，吉維己酉。藩使來筠，以飭我糾。曰命爾樞，往禦羣醜。惟此羣醜，善良是讎。于彼南恩，于此新州。蝘出蜮没，羣嚚以咻。將軍承命，陳鞠我旅。閲籍點行，頒令齊伍。荷戈百千，來集如雨。穀旦之禡，庚戌令辰。赤日載熻，我服具陳。擁旆設次，壇壝則神〔一〕。有旻者戈，氂毛蓬蓬。繚以緐葩，屹其在中。兵刃旁合，雜沓其鋒。將軍升壇，笳鼓三奏。爾士爾卒，孰或敢後。肥牲大樽，工祝在侑。指撝六丁，呼召五方。靈風颯然，我旆載揚。殺氣成雲，蔭於中央。斬雞磔牲，瀝酒以血。將軍灌徹，大啖雄餟。觀者愴惻，行者忭悦。我兵我旂，出于南門。長刀在佩，雕弓在鞬。羣馬振鳴，塵埃晝昏。將軍從容，衣不重甲。顧盼流威，匪玩匪狎。我勇方張，爾燕則洽。於赫將軍，幽并之豪。世鎮南土，服於弓刀。豈恫而逸，惟賢斯勞。昔戍封州，昔征漳境。先登破圍，梟黠受領。藐焉西寇，曾足以騁。何山無石，何海不波。山高海深，我行如何？蠻方既同，曷其還歌。北瞻淮河，傜役棼泯。嗟嗟海隅，乃試其蠢。肆而殄之，天子所憫。天子所憫，四方底綏。將軍秉虔，是究是思。策勳有奇，視此頌詩。

【校勘記】

〔一〕「蟦」，四庫本作「蹟」。

題畫魚四章

我觀于河，其魚維鯖。豈有潑潑，而困於笭。
我觀于河，其魚維鮊。水深月寒，聞其瀺浞。
我觀于河，其魚維鱖。羣鮮則微，孰飲爾噬。
我觀于河，其魚維鯉。雷雨斯作，一舉萬里。

題九鷺圖 有序

廬陵李君慶遠示余所藏九鷺圖，其潔白清厲，有媲德之義。而或峙或翔，有出處之道焉。南平劉楚爲作贊曰：

振振者鷺，在渚之藪。我儀圖之，其麗維九。顧盼和鳴，八跱一飛。昂首跂足，覬其具依。彼飛而旋，亦念羣處。清風載颺，濯濯其羽。乃睠渚曲，維石巉嶻。上延松梅，下蘙叢蓧。爰得其所，游咏一方。或羣而飛，蓋未可量。嘉爾君子，潔白無二。可儀于朝，亦簉于位。嗟嗟百鷙，不如一鶚。式詠振振，以繼舞籥。

南門司柝詩贈玉珊克温

嗚柝何所？南門之下。孰其司之？肅肅有儀。出日自東，我柝既閒。行道憧憧，我闢我闢。日之既夕，行道滌滌。我時其閉，我柝載擊。柝聲揚揚，萬夫之防。一息弗戒，予職之荒。相彼高車，其禄有餘。慮殫力劬，憂患是居。我司我柝，是力是度。貧卑之居，君子之樂。古之抱關，亦有晨門。勿果忘哉，敬爾司存。

觀瀾　有序

湯君堯佐，嘗作亭於浠水之陽，而以「觀瀾」名之，將以志學也。以他日告其友西昌劉崧，聞而嘉之，爲賦四言詩，俾識諸亭上。

子曷觀乎？維水有瀾。其瀾伊何？厥觀實難。我觀河江，其量弗殫。積石岷峨，本鉅力完。萬折千支，溗滃瀰漫。激爲大波，瀠爲文湍。其來無窮，其迴無端。

既來既迴，齊并汨攢。如車之旋，如風之摶。浩乎沛而，莫之或干。相彼斷港，潢汙所敦。漂浮幾何？忽焉中乾。有斐湯君，維學是安。作亭浠厓，物無遁觀。臨淵者危，望洋者歎。卓彼孟軻，是仰是鑽。我詩於楹，永以弗刊。

墨龍贊爲蕭時卿賦

躍于墨池，見其鬣鬐。雷動雲從，而時雨之。

比丘觀音贊

補陀如如，人天具瞻。現真實相，不假莊嚴。如蓮得水，灌溉滋悦。如水注瓶，表裏洞徹。光彌覺海，香滿旃檀。得大自在，作如是觀。

題鏡面二水圖

此二水者，實本一源。或翔而潮，或激而湍。海闊風高，雲蒸霧摶。混然同歸，庶無異觀。

題山雲居圖爲樊都事仲郛賦

我居何所?南山之下。油油者雲,窈窈其阻。衡門在阿,翳彼嘉林。上有鳴鳥,懷之好音。良晨載興,游睇川沚。榛蹊邈緜,有客戾止。琴瑟在庭,清罇載羅。掃地布席,援絃咏歌。我歌我酬,白雲在谷。聊可爲娱,孰云不足。雲之升矣,風或颺之。曾于是處,而忘世爲。凄其滰矣,雨亦濡只。羣生烝烝,澤施曷已。雲斂而舒,山高以深。彼君子兮,悠悠我心。

古樂府

門有車馬客

門有車馬客,光彩一何都。謂從天上來,意氣傾萬夫。銀鞍耀流星,丹轂夾華月。白馬驕且馳,浮雲遮明滅。鳴鞘赴咸陽,執戟趨承明。二十事征戰,三十成功名。出護塞上軍,入典禁中直。五侯與七貴,調笑同出入。相如早還蜀,季子終相秦。如何衡門士，抱膝長苦辛。

結客少年場

結客少年場，少年本同調。肝膽各自懸，持之以相照。我有百鍊劍五花驄，不敢自愛惜，拔劍贈馬期相從。憧憧車馬都門道，花發鳥啼風日好。顔朱鬢緑艷青春，第一成名須在早。銅盤登壇歃血時，白日青天聞苦詞。男兒賭命報知己，莫遺衰老徒傷悲。手持一尊酒，自唱馬上歌。目光稜稜髮上指，年少無成將奈何！

將進酒

高堂帟帳圍暖烟，繁絃急管喧兩筵。主人敬客奉觴酒，再拜客前百千壽。玻瓈鴨緑鵝乳黄，紫檀夜壓松花香。吴姬窈窕解歌舞，眉黛嬌春凝煖光。古來豪傑重然諾，意氣相傾等山嶽。腰間自有雙吴鈎，换酒醉君君莫愁。

芳樹篇

芳樹好容華，深深映狹斜。二月三月時，千枝萬枝花。夜舞留瓊珮，春遊礙寶車[一]。折榮貽遠者，含思獨咨嗟。

【校勘記】

〔一〕「礙」，詩淵花木門載此首，作「愛」。

少年行

乍出建章宫，還過酒肆中。聽歌留寶劍，數鴈試雕弓。烟草一片緑，風花千點紅。馬驕嘶不住，直驟渭城東。

東方行

東方閃閃啼早鴉，美人愁眠隔窗紗。桐葉樹下人來往，銀牀轆轤夢中響。

鳳笙曲

洪水蕩八極，丹霞標五城。仙人從東來，邀我吹鳳笙。鳳凰雙飛錦翼明，三十六管排崢嶸。長風卷入碧雲裏，仙仗忽擁千霓旌。六龍騁駕若木晴，仙樂沓奏天中京。雙成起舞韓衆聽，此曲似是升天行〔一〕。天門窈窕九陛平，聞有雲霧雷鼓相砰鍧。手招仙人馭奇氣，乃是山中龍虎精。張公鍊丹金液成，洞門石室餘秋聲。雲中仙駕如可待，願逐盧敖遊太清。

【校勘記】

〔一〕「似」，原作「佀」，據四庫本改。

照鏡曲

蟠螭雙銜錦帶紅，妝臺刻玉秋玲瓏。綵雲忽開紫鸞舞，明月夜墮香奩中。美人妝罷房櫳香，鸜鵒呼寒帳中曉。拍簇花迎笑靨開，低飛黛緑秋娥小。滿庭桃李各嬌春，顧影含羞便惱人。愁來獨掩雲屏宿，手持寶釵扣寒玉。吴錦蜀粉暗消磨，淚滿菱花奈别何！不知昨夜愁深淺，但覺朝來華髮多。

空城雀

空城雀，鳴且飛。一朝驅入羅網去，雲天有路何時歸？

空城雀，飛且止。林棲有匹巢有子，分飛不知後生死。空城雀，遭網羅。塌翼垂頭憔悴多，不能高飛將奈何！

古離別

天蒼蒼，地靡靡，東西相距幾萬里。日月來往朝夕間，遊子一去何當還。羅衣血淚紅斑斑，芳塵掩鏡愁朱顔。昔時送別長安道，幾見春風蕩芳草。金鞍錦韉不可期，紫燕黄鸝坐中老。知君自有心，賤妾空自憐。一束錦字書，何能到君邊。海中珊瑚泥底藕，不見青天終不朽。

漂母吟

蛟龍失雲雨，或與鰕蟹儔。壯士偶窮困，寄食何足羞。淮河之水東北流，母心直爲王孫憂。黄金無光劍失色，白日又落城西頭。請君置魚竿，進此盤中脯。丈夫性命未可輕，君獨胡爲在塵土？咸陽王氣如雲馳，壠上亦有呼兵兒。風塵滿眼慎所之，但願王孫無饑時。

江南弄

江浦晴雲作水流，鴛鴦哺雛花滿頭。沙堤十里寒溘溘，湘娥踏槳摇春愁。菖蒲葉齊寶刀緑，珮魚雙剪琪花玉。酸風吹雨不見人，一夜啼痕繡叢竹。

姑蘇曲

姑蘇城頭烏夜啼，姑蘇臺上風凄凄。芙蓉露冷秋香死，美人夜泣雙蛾低。銅龍咽寒更漏促，手撥繁弦轉紅玉。鴛鴦飛去屧廊空，猶唱吴宫舊時曲。吴山青青吴殿荒，麋鹿來遊春草長。闔閭門户東風起，年年花落愁西子。

鴛鴦吟 有序

積雨澄霽，高齋闃寥。池有匹烏，於焉逍遥。未賡詩客之歌，遽動獵人之想。羽翼雙舉，華蘿四張。載止載飛，蓋亦危矣。使滄波萬里，雖馴狎不可得，况得而矰繳之耶？惕焉余懷，援筆賦此。

鴛鴦爾何來？蕩漾野塘水。塘水污不流，雙雙乃自止。雲霞下照青黛光，弄影宛在塘中央，惜爾錦翼多文章。翩翩遊俠兒，款款治羅罝。驅之向南飛，意欲投所設。成湯昔好德，三面或解之。爾獨不用命，咫尺罹艱危。洞庭瀟湘，春風緑波。芳草可哺，芙蓉可窠。飲啄失所，吾將奈何？

傷舉郎詞

有侄有侄兮出幼齒，筋骨充緊兮目光如水。重城忽隳兮風塵起，掠爾家兮驅爾以徙。短戈揮兮白刃指，母不得將兮父不得子。攔道長號兮衣載褫，山路夜行兮泥没其趾。汝書在牀兮庭有遺履，汝歸何時兮而拘于彼。月光明明兮在地，鴻鵠之飛可以乘汝兮，盍歸來兮故里。

烏鳶歎

乳鴨戲水中，三三五五羣相聚。烏鳶從東來，瞥然攫向空中去。我無勁箭射飛鳶，仰視青天還自憐。

塘水。

白練帶詞

白練帶，長且美，飛來青樹顛，宛轉修竹裏。南園日暮無人來，一雙下飲寒

秋夜詞

林烏夜啼金井西，蟋蟀在户聲相齊。中天無雲白露下，漸見梧桐青葉低。幽閨此時愁獨曉，蘭燈雙照蛾眉小。歌聲恐逐迴風高，掩抑冰絃破清悄。弦中語語心自傷，低頭却看明月光。羅衣一夜惜顔色，庭草明日沾秋霜。甘心霜下草，衹在堦庭好。不作白楊花，飛飛洛陽道。

紫騮馬

郎騎紫騮馬，來向門前下。馬尾捎赤雲，銀鞍色相射。願郎騎馬去復來，珊瑚作鞭絲結韉。縱令遠去玉關外，千里應須一日迴。

秋夜長

月出烏啼城上頭，閨中美人含遠愁。銀河迢迢當北樓，褰帷弄影揚清謳。月光如水地上流，珠箔微茫懸兩鈎。羅衣半捲涼颼颼，起坐數盡寒更籌。更籌數盡明不發，明日鏡中生白髮。

愛妾换馬

請以白玉質，换君青雲驄。豈不重顏色，所悲道路窮。朝馳月窟西，夕憩崑崙東。一去關塞遠，寧惜閨帷空。美人聞馬嘶，含涕出房櫳。愛移丈夫性，德稱慚冶容。素絲妾所理，薄奉羈與籠。願因承光景，流盼鞍轡中。君行倘未已，千里仍相從。

長相思

長相思，乃在青天之外，碧海之湄。我欲見之望不極，側身太息涕漣洏。昔與君别者，驅車臨路岐。車塵向南起，迴風吹滅之。君行遥遥，邈不可持。含悲蓄憒，鬱其累累。瞻彼出月，弦望有時。乃靡朝夕，如渴如饑。落葉飄飖寧返枝，東流之水無還期。重華一去萬里絶，湘江秋竹何離離。寧爲懊惱曲，莫奏長相思。思長意遠君不知，妾心所陳多苦辭。

荷葉黄

荷葉黄，荷葉青，四月五月風日清。荷葉青，荷葉黄，八月九月秋風涼。越湖女兒顔似玉，隔船窺郎心眼熟。赤尾鯉魚花下遊，白頭鴛鴦露中宿。歡會苦乖絶，歲月同飛揚。王母不西遊，蛾眉刷秋霜。少年之樂樂未央，莫遣老大徒悲傷。獨不見，荷葉黄。

烏夜啼贈友人别〔一〕

華燈張筵促弦急，隔簾霜落風吹入。琴中彈得烏夜啼，啼聲夜寒高復低。林烏何來飛撥剌，夜半啞啞聲不歇。姑蘇城上拂黄雲，銅雀枝邊繞明月。月行漸遠聲漸稀，揚彩各自東西飛。東邊日中有伴侶，看汝飛鳴日邊去。

【校勘記】

〔一〕此詩前原有賦戰旗詩，與卷四賦戰旗得營字重出，兹徑删。

祝船詞

岸頭擊鼓人聚蟻，吉日挽船下江水。新船龍行氣勢雄，頭搶入水尾插空。篙師跪拜祝船聖，牲紙前陳啓神聽。沿江靈廟八十四，聞請齊來共歡慶。五湖四海道路通，蛟虵不逢無惡風。大石低頭小石卧，吕梁灧澦輕輕過。吴粳蜀麻淮海鹺，大商滿載黄金多。年年早歸謝神福，酒澆船頭賽羊肉。

五言古詩

春日出郊和楊公榮

閒居惜陽麗，延睇川原平。憂端不自理，濁慮何由澄。怡怡惠風暢，杲杲旭日明。長懷杕杜嘆〔一〕，永睠伐木情。顧影褰我裳，沉吟撫我楹。林暄好鳥和，日暮浮雲生。蚤傷離索居，矧復世患嬰。素心在遠道，何以遺芳馨？仄聞集羣彦，近作南郊行。攄懷屬觚翰，結歡逾弟兄。委珮鳴雙璫，輕裘粲三英。意氣重許與，片言山嶽傾。蹇獨苦局促，不得聆清評。寧逐車底塵，不隨水中萍。末途及攀援，終焉策華名。棄繻去吴楚，驅馬邁幽并。所渝同心者，視此白水盟。

【校勘記】

〔一〕「杕杜」，原作「杖杜」，據萬曆橘徠軒重梓本、四庫本改。

古詩五章奉寄徐南卿鄒致和二賢良

涼風吹庭樹，摵摵鳴未已。中宵起彷徨，所思在君子。君子昔言别，二月柳始青。柳今成枯枝，白露泫以零。合并良獨難，日月行當晚。自非木石心，誰得不懷遠？

其二

攜書出重門，擬寄南飛翼。書中有深情，不道長相憶。相憶不相見，思攀芳桂枝。人言道路遠，持此將安之？豈無清夜夢，東渡章江水。水深愁復迷，一夕思千里。

其三

江干秋氣高，木落帝子渚。永懷羣彦集，清景契晤語。山南與山北，樂子豈無所。浮雲日暮合，羌獨久延佇。翩翩雙黄鵠，千里奮一舉。勿以遐我心，而多憚修阻。

其四

長林何逶迤，下蔭清溪流。芳茗戴墜露，黄鳥復鳴秋。遠色正蒼蒼，衆木一何稠。星垂水面白，雲落巖口幽。思得良友晤，可以汎方舟。

其五

巒巒山陰竹，結根廣庭阿。密雪掩茂葉，微風振纖柯。秀色正周列，繁陰亦旁羅。君子抱幽素，終然葆真和。熒熒澗底花，靡靡園中莎。及時詎不榮，晏歲當如何？

陪鄭同夫唐寅亮諸同志會飲管氏山亭分韻得出字

涉溪謁林祠，春日戒維吉。閒情既怡蕩，塵慮忽已失。當筵揖羣彦，玉雪動昭質。登高屬能賦，臨水思散帙。芳亭稍登躡，清醥屢浮溢。幽懷契綢繆，玄論入靚密。碧篠連深池，朱華耀初日。川原何逶迤，山水亦蕩潏。仙游匪無悰，雅詠當有述。冷冷風南至〔一〕，皎皎月東出。言志適所存，吾其舍鳴瑟。

【校勘記】

〔一〕「冷冷」，蕭編本、萬曆橘徠軒重梓本、四庫本作「泠泠」。

步虚擬詞贈紫陽蕭煉師

璿宫霽景澄，彤墀緑雲上。星聯黄姑渚，露下仙人掌。金文乍葳蕤〔一〕，羽翿亦森爽。翠林閃霞光，丹壑流清響。冥觀羣動根〔二〕，大化何漭漭。飛步凌紫清，玄幽契遐想。

【校勘記】

〔一〕「金文」，蕭編本作「金支」。

〔二〕「冥」，原作「寘」，據蕭編本、萬曆詩選本、萬曆橘徠軒重梓本、四庫本改。

述懷八首奉柬白景和

隆暑夏方熾，赤曦煽炎烟。六街流景中，車馬驅不前。引睇西北隅，煩沖抱悁悁。濯足滄海流，散髮崑崙巔。豈無瓊樹蔭，思爾風泠然。

其二

穆穆羽人館，肅肅君子居。清風東南至，層構邃且虚。左陳樽與壺，右列圖與書。燕休而翺遊，其樂恒有餘。乃知習静者，乘化本自如。

其三

聞君昔遊宦，四牡戒南騁。凌深陟廬阜，歷險薄炎嶺。才名時共推，剛毅夙所秉。竟辭金陵幕，旋理瀟湘艇。却卧山雲深，清歌動吴郢。

其四

美人出南國，皎若瓊樹枝。雲日麗春服，光彩不可持。粲粲白玉齒，宛宛青娥眉。含情盼天末，獨立以遐思。當歌復不發，聽者今爲誰？

其五

汎舟越江湖，晤言屬良友。朝辭鳳臺側，夕憩錦江口。思采蒲與荷，游咏樂且久。芳華隔秋浦，零悴復何有。懷哉托綢繆，結珮以瓊玖。

其六

琴瑟有正音，自異淫與哇。高張弦易絶，低促聲苦乖。敢傷知者寡，自愧鮮所諧。泠泠澗中泉，窈窈雲際厓。誓將千古意，托在君子懷。

其七

微生寡所資，素食在貧賤。枯如枝上蜩，飄若梁間燕。長纓非固違，短褐豈終戀。榮名難强致，華采羞自衒。獨處衡門幽，悲歌淚如霰。

其八

鴻鵠乘天風，摇蕩日已遠。聲沈蘭渚烟，影絶浮雲巘。高河入夕迥，列宿光烜烜。豈不顧其羣，前飛屢回轉。凄其霜露積，惻愴歲年晚。

會飲曾氏西軒

蓮塘水瀲瀲，涼氣秋始旦。西軒集朋儔，游咏日已半。當堦緣碧蘚，前垣出蒼籜。列席粲有華，飛觴急無筭。緬焉思遠人，振策方弭亂。笳鼓横清江，烟塵翳南岸。感之念時理，短曲不成按。中心忽如醉，沉吟睇遥漢。自非桃源邃，何以永樂衎。窮居且終日，黽勉增慨歎。

次王子啓夜坐懷曠伯逵

褰帷惜良夜，起坐臨清池。窈窕月奩合，逶迤雲珮垂。蟲響初寒候，烏啼欲曙時。况復念良友，遲回勞所思。

寄贈余元帥

客從舒城來，爲言好舒城。寇來不敢近，主將專雄兵。舳艫亘長江，笳鼓中夜鳴。流電激飛砲，浮雲夾長旌。前衝有游騎，士卒魚麗行。既戰東城郛，復守北郭營。開闢忽縱擊，入陣欻縱横。獻捷轅門下，日晏賓從盈。飲至列綺食，迴歌調玉笙。悵然登高臺，四顧但榛荆。淮襄既蕩析，江漢何由清？擊劍抉浮雲，彷徨念周京。至今戎服事，六載憂患并。皇眷有嘉賚，思底東南平。藩翰有如此，爲君誦休聲。我實經喪亂，永懷仲宣情。揮涕謝客言，感激此平生。安得駕雲翼，從之以東征。

遐想亭詩爲劉元善賦

登高望神州，邈矣何渺緜。西窮弱水涯，東極扶桑巔。劍閣連蜀棧，幽都涉水天。巀嶪帶衡嶽，逶迤注秦川。駕車安得馳，汎河苦無船。君子暢玄覽，構亭向林泉。睠言寄遐想，臨眺豁以宣。高深亦何窮，古今浩無邊。豈但四海外，亦在千載前。撫劍懷壯游，攬轡思高賢。對酒不能飲，丘塵正駢闐。下士傷局促，高人乃超然。神情苟弗曠，跬步先尤愆。窅窅天際雲，悠悠海中仙。茫茫安可極，耿耿徒自憐。

答次羅斗明感懷一首時道阻留滯江上併柬曾魯卿令尹

川原下寒日，笳鼓喧清秋。異郡阻時危，客心終夜浮。華簪感徂年，志士悲同仇。羈吟本思越，哀怨仍傷周。道路邈以□〔一〕，林泉深且幽。邃館俯中河，兩賢此淹留。林鳥戀舊棲，池魚思故游。愕夢劇飄風，愁腸甚攢矛。理亂自相乘，勉爲汎虚舟。悠然任化運，窮達安其由。

【校勘記】

〔一〕「□」，萬曆橘徠軒重梓本作「闊」，四庫本作「遠」。

與周思忠劉孟文諸君子會飲李克貞宅分韻得三字

秋日凄以烈，華軒何潭潭。衆賓適燕止，涼飆颯崇楠。籩豆秋有光，冠珮蔚交參。嘗聞旅也語，式奏樂且湛。獻酬禮百千，言議陳再三。授簡慚末至，懷賢惕高談。兵戈屬時危，風塵蔽東南。羅疢祇自傷，太康寧敢貪。反顧企明哲，悲歌戀林巖。仰睇天際雲，中情何由緘？

送楊公望赴京得滿字

君行服初命，列讌當堠館。賓從塞道周，風烟激危管。舟航既汎汎，珮璲亦鞙鞙。滄江東流深，浮雲北飛遠。林含春雨潤，石抱蒼山轉。朝驅歷荆吳，夕秣邁齊究。凌雲紫殿重，栖日丹闕烜。玉塞繚都城，金河注林苑。薇垣甚弘敞，天衢實夷坦。鳳毛出西掖，鷺翿翳雲罕。誰論羽林直，自足郎官選。茂名勗樹立，令緒慎繼纘。茲辰悵言別，于餞宜樂衎。日麗花氣薰，鶯啼草香暖。承恩貴在早，返駕焉得緩。仰懷天外翮，俯愧溝中斷。竚立睇遐征，城闉月初滿。

擬古四章將過鍾陵贈别廖子所

南征有孤鴈，爰止河之洲。一鴈西北來，飛鳴以相求。厥初異生族，及此同泳游。唼食以終日，中情甚綢繆。月落霜正飛，繁星激中流。豈不念羣處，安居或多尤。肅肅待明發，逝此各有謀。鳴聲倘相及，猶足慰離憂。

其二

煢煢幽閨婦，裊裊當窗柳。盛年而離居，忽忽傷老醜。臨流採荷花，水深不見藕。愁如風中絲，錯亂紛在手。獨攜合懽帶，誰結同心紐？佳期諒不違，歲月浩難守。

其三

東鄰淘智井，拾得古時釵。並頭餘一扇，長股折兩叉。早辭膩粉污，甘就泥沙埋。至寶識夜氣，寒光出瑶堦。鍊多色不改，世遠製乃乖。沉吟傷老大，嗤笑來殊娃。淫巧奪衆目，諒非時所諧。藏之第勿言，毋以傷我懷。

其四

少小同里閈，不識里閈人。與君南北巷，何似東西鄰。束髮事遠遊，不得長相親。況復老大輩，長成先十春。飄飄林上風，亦逐車下塵。未必志氣士，相疏遂沉淪。乃者涉中澤，言採秋風蘋。持贈同心者，庶以麗佩紉。春華豈不榮，憔悴易傷神。高誼媲金石，終爲雷與陳。

春日述懷五首

螻國當夜鳴，禽鳥亦晨喧。豈不感芳序，乘時如有言。鄙人昧達識，沉鬱寡所宣。觸物懼乖違，噂沓焉得論。高言誰爲倡？欲吐且復吞。庶幾服玄默，於道契彌敦。

其二

青青道傍柳，鬱鬱園中葵。葵長有芳葉，柳生無完枝。所托勢則殊，榮悴固其宜。寄言乘時者，噭噭難自持。春雨沛嘉樹，動與旬朔逾。積陰滯羣品，流潦隘九衢〔一〕。摵摵西北風，冥冥混晨晡。雲解復旋布，出日不須臾。

其三

三農苦告雨，苗腐麥恐無。陵衍卒騫崩，洿汗擬瀛湖。居人懼沉墊，行者愁沾濡。明明青皇令，陽德乃不敷。至仁本滋育，豈曰肆毒荼。所憂後炎赫，閟嗇成焦枯。

其四

芳序積霪雨，凄其薄涼風。物情感催促，世故傷樊籠。宛宛陵中苕，嶷嶷江上楓。新荑掩茂緑，舊藹舒輕紅。調音愧流嚶，矯翼怍冥鴻。沉鬱坐中庭，幽賞誰與同？援琴發緑水，操翰縈文虹。志愜本理齊，處裕在德豐。推移有常運，深穆自玄功。永言契達觀，毋爲戚終窮。

其五

盈盈東窗姝，粲粲西樓姬。東風二三月，相向拂娥眉。娥眉各宛曲，玉珮光陸離。鳴筝左右彈，鳳管雙雙吹。曲意承光寵，惜此豔陽時。南鄰有少婦，閉門斂容儀。碧草掩行跡，白日守空帷。過時獨不售，徒爲當世嗤。

【校勘記】

〔一〕「隘」，四庫本作「溢」。

春日懷金精舊游

明月出東壁，衆星亦煌煌。念我平生友，邈在天一方。春風起中澤，百草何茫茫。歲月奄以逾，所悲半存亡。緬懷昔合并，言笑得共將。朝游將軍幕，暮宿羽士房。列騎奏鼓笳，飛觴鳴珮瑲。金精既攬秀，石華復褰芳。汎渚拾翠羽，憩林結玄霜〔一〕。情好夙所敦，嘯歌樂未央。浮雲一朝散，東西永相望。事往迹空存，時移心孔傷。我行屬緒春，懷遠登崇岡。跋彼重灘阻，雲石聿蒼蒼。石鯨久潛伏，木鶴安能翔。豈無一尺書，感此道路長。願因托飄風，宛轉吹君裳。終然慮迴遠，竚立以彷徨。

【校勘記】

〔一〕「結」，四庫本作「擷」。

贈黄君寳棄吏歸臨川

我性昧章律，舉世嗤其迂。奈何耽深刻，終戀詩與書。往年旅江縣，縣小煩追胥。道逢前呵人，意氣傾乘車。有美黄司曹，相睞意有餘。高堂罷鳴琴，退食當前除。零露沾衣裳，凄風薄髯鬚。悵然置公牘，爲我立須臾。苦云罷蹇姿，不任策與驅。清談與佳句，寧塞官上需。俯睞疲墊氓，何能援泥途。永念鶴髮親，經年倚門閭。胡爲事微禄，竟與定省疏。矧兹春事殷，鋤犂當荷扶。汝水東北流，鳳山須結廬。翩然事長揖，脱身復爲儒。此道誠厲俗，此志當不渝。安得駕黄鵠，乘風與之俱。

詠懷一首 有序

丁亥七月，聞閩寇破汀洲連城、寧化等縣。八月，聞已侵石城界。余兄子中主藍田黃氏，黃悉奔竄山中，而子中暫止淨果寺，今未知出贛否也。道里阨塞，有懷悵然。

驚風吹陰霾，慘澹從南來。羣山不可見，贛水流喧豗。浮梁限舟楫，蒼茫使人哀。竊聞閩寇發，跳梁驅駑駘。嘯呼千百輩，日甚蟻垤培。倒廩奪官粟，揭竿事行枚。汀洲前月破，屬縣如綴鋂。寨營少構結，倉卒罹罿䍙。脱身鋒刃徒，潛行哭焚灰。長纓隕巨弩，紫綬竄草萊。鄰邑號虎狼，具狀檄所該。月中羽書下，郵吏疲鞍韉。百步不回頭，夜呼城門開。人心實危慄，天意固久胚。夜者大星墜，血色燭九垓。見者不及瞬，曳尾東南隈。父老行歎息，兒童且嗤咍。承平亦既久，敢謂無遺才？干戈在窮谷，戰馬或虺隤。奔騰捷猿狖，何以收渠魁？石城界其左，剽掠易歷陔。繁雲接巉壤，殺氣侵崇峐。奈何墟燼者，直以封利媒。我兄藍田寓，阻修困炎埃。似聞饑竄日，飲水不滿杯。獨辭主翁宅，寄跡蓮花臺。消息苦不真，出灘何悠哉。令我引睇之，淚眼如凝衃。武山當我前，落日紅燉燉。大軍動地至，笳鼓生風雷。旌旃蔽積水，參差遡雲桅。所幸氣候時，清霜折羣荄。長風肅金氣，槁振枯亦摧。鼎湯寧躍鱗，沙日會曝腮。終然不遑寐，念此懷憂悝。起瞻華蓋尊，紫氣明三台。再拜覽餘輝，天庭正高傀。中原蓄精鋭，金城屹龍堆。計日荆棘除，道路終恢恢。便當引輕纜，往迎泛沿洄。歸來慰親婭，爲兄具樽罍。復此當幾時，愁腸日周迴。仰彼林表翮，雙飛故毰毸。誰憐失羣鳥，悲鳴正徘徊。

沿鄧溪登石盤嶺 有序

沿鄧溪登石盤嶺小憩，復緣嶺後出延禧觀，抵夕月上，同廖子所、胡思齊、劉仲貞、嚴文炳行歌而歸。

沿溪弄潺湲，舉首見絶壁。石脚插白沙，崩崖舊時劈。始登足輕慓，稍瞰心怵惕。圓峰覆錡釜，懸澗瀉瓴甋。常時風雨交，雲氣走霹靂。兀立蒼茫中，隤然欲無敵。夤緣背前路，陟巇欣後覿。委蛇冠彤霞，巀嶫挂赤霓。梯危出深窈，指道轉岑寂。寒葩泫零露，幽翳明的皪。迂迴落陂陀，清晨方蹴踖。喬林雜松檟，玄宇散簷檰〔一〕。逝將覲天人，披髮調笙笛。神仙豈在遠，塵慮恐未滌。行歌答清歗，次第記所歷。迴風散殘雨，列宿光可摘。羣動亦暫休，啼螀在葭荻。意行得無爲，念此增感激。

【校勘記】

〔一〕「散」，蕭編本作「粲」。

美彭澤王令尹建清忠書院

陶令本遺世，三逕亦已多。感慨起田園，從容理絃歌。一朝謝時人，去官如脱痾。至今門前柳，清照湖上波。狄公後來者，屏斥留山阿。維時改唐紀，翕翕張網羅。公也立高廟，拜之涕滂沱。至今林木幽，夜月聞珮珂。二賢去已久，兹事凛不磨。令尹建新亭，合祀理不頗。上以厲風節，下以陳菁莪。悠悠百世下，興感當如何？

贈別王令尹

聞君解印綬，將有山東歸。山東亦何好，毋使我願違。陰陰壠上桑，下有雛雉飛。沄沄九江水，虎渡不敢威。一邑幾百家，夕寐恒敞扉。矧復饑癘餘，瘠者今始肥。奈何去斯邑，山水無光輝。老翁卧行轍，婦女扣馬鞿。馬鳴秋風高，載驅正騑騑。歌謡有遺思，因之拊弦徽。不恨去者遥，但傷來者稀。

戊子六月喜雨 有序

戊子六月廿日，喜雨，適克正李茂材客舒氏館，告歸黄羅莊，館人弗許。既夕，因復命燈暢飲，客有言湘寇事者。明日，因以賦别。

溪原雨既作，暝色復慘黷。亂雲無時興，淫浸恐奔潰。居人坐當户，煩暑欣滌溉。冥冥飛鳥絶，窈窈横岡背。黄羅六七里，舉首一山對。念子暫阻修，而多發幽慨。神馳碧林表，思豁澄宇外。輿蓋强僕夫，逝將汩泥穢。親情見款曲，屢起捉衿珮。側足石逕微，頗亦慮迷殆。野航終不渡，潦勢方益大。且復連夜牀，高談慰憂痗。時維秋夏交，變惕蜂蟻隊。湘湖蕩流波，其色黯玄黛。將軍久駐馬，農畝應釋耒。簪裾恬食息，豺虎越闤闠。明王布德澤，此理竟誰昧。秋風落刀斗，夕露霑甲鎧。豈知藜藿味，優暇乃我輩。勉君遲遁思，過雨方可愛。持杯接華燭，登俎烝肴載。庭蕪欣濯濯，涼葉交茷茷。吁嗟治亂機，倚伏紛萬態。衆流終赴海，羣巘必宗岱。懽期且莫違，天道終有在。矧兹服平素，陳誼炯肝肺。誰能傷局促，而不思奮淬？會合如可常，能來勿辭再。

贈張橫舟

至人玩斯世，汎汎如虛舟。橫之或安止，運之亦周流。昔者張子房，此道恒優優。睠言百世下，之子仍好修。手攜綠玉杖，身着紫綺裘。折花駕白鹿，採藥騎青牛。栖遲木石居，笑傲王侯州。敲火燒靈砂，可以戲神丘。爲人葬白骨，可以生公侯。人言死生理，杳渺甚難求。君乃不自矜，睎之良悠悠。翩然思黄石，去作萬里遊。高視濁世間，下士如蜉蝣。玄元無窮門，出入誰與儔？緜緜日月運，茫茫天地秋。

八月枉希顏王孝廉自大唐別業相見靖安縣中辱贈長句甚慰旅懷臨別賦此

往與君別者，乃在南平州。此日復可惜，送君溪上頭。子留未五日，我客已一秋。感子遠來意，中情甚綢繆。此邦鄰新吴，山水亦頗幽。縣中數百家，青峰映朱樓。其木雜杞漆，其果多棗榴。土沃饒桑麻，陰陰夾良疇。近縣十餘里，負販亦易求。公庭草如戟，其俗不自媮。人言淳雅風，可以齊魯鄒。矧我之所主，讀書皆好修。開軒愛敬客，秩秩敍獻酬。亦有二三友，志合而道侔。共言吾子來，得以奉嬉遊。況當八月交，大火西南流。山蟬夜中起，黄鳥啼青楸。便當躡短屐，從爾陟林丘。西尋桃源溪，卧雲石龍湫。低頭飲美酒，萬事吾何憂。此意諒所悉，宣攄在朋儔。翩其食場駒，欻去乃不留。迴風捲行跡，我思實悠悠。脱葉鳴島沙，行雲遮中州。磬折長林下，躑躅廣道陬。常時恣言論，及此鬱不抽。盈盈目中淚，望子河之舟。子歸大塘里，偃息得所休。濯足坐垂釣，短衣行跨牛。田翁與稚子，相見何由由。視我遠親故，兀如鷹在韝。滄江漁樵具，何以爲遠謀。平生四海志，不直千金裘。聖賢誠諒直，庶用寡悔尤。感君昔贈章，慷慨契所投。

樹諼堂詩爲章仲勉賦

莫種南山葛，葛生滿堂前。其蔓滋以長，愁心苦纏緜。不如種諼草，花開自年年。朱英間緑葉，可以忘憂悁。雙飛玉蝴蝶，一往不可復。八月莎雞鳴，露花白如玉。白露秋復春，佳人在空谷。日暮翠襘寒，采之不盈掬。

桃源

青林被重岡，蒼石立絶磵。冥冥松風迴，高蔓弱可綰。驅車鶴嶺下，沮洳濕危棧。微茫烟霞集，披靡杉篘間。高秋灝氣豁，秀色紛屬盼。芸芸澼纊子，涉水恒及骭。山女行負薪，結髮垂兩丱。年豐粳稻足，食狃芻與豢。呼吏不及門，征租少稽慢。銀坑重茶賦，往往先月辦。緣山八九家，火耕習薅鏟。土屋桑樹高，雞鳴日方晏。清霜落原菽，夕露沾畦莧。吁嗟避秦人，歷世乃多患。豈知太平俗，鎧甲未嘗擐。永宜曠士懷，樂此謝游宦。種桃實吾事，荷耒乃不慣。窮源愁日暮，流水方汕汕。嘆息行險艱，南雲送涼雁。

鼇尖

日出西嶺赤，鳴禽度高枏。稍陟衣帶嶺，東尖屹危參。側身忽旁斷，擬步若幽探。勃勃草木霏，高下皆浮嵐。巨石當橫途，始復一解驂。崖古樹根瘦，谷深人語含。石角利攢劍，遠山突揞簪。何姑騎白鹿，緑髮長鬖鬖。坐令婦女輩，奔走祈春鼇。千崖動合沓，秋色晚正酣。鴐鵝飛益高，剛風迴東南。我行蒙翳中，罥刺寧所堪。山水能媚人，夙性所樂耽。奚能戀文字，局促如饑蟬。曠兹登覽際，躑躅忘憂惔。振衣復少憩，歷險不敢貪。片雲觸石起，流澤思遠覃。惜無晨風翼，照影雙溪潭。

靖安劉節婦詩

春花逐飄風，不復返故枝。婦人守中閨，死別生不離。借問閨中婦，守此將爲誰？豈但傷所天，恒恐宗事隳。念昔初嫁日，委幣充房帷。母也爲我笄，姊妹爲我褵。祝我出門去，事夫永相宜。夫家庭前樹，兩見春葳蕤。下有紫鴛鴦，雙雙戲清池。思同鄭雞鳴，忍歌秦扊扅。君子不百年，棄捐忽如違。高堂無老姑，所有乳下兒。不知後生死，身在義則隨。勢弱將易摇，衆言生間危。譬彼鳥方鷇，闞窺笑羣鴟。又如孤栖燕，徒勞飛雀思。親戚來相看，憐我青娥眉。歎息勸且言，憫我寒與饑。含悽謝所親，抆淚洗鉛脂。指天唾出血，誓死終不移。結髦覆兒額，裹衣承涕洟。妾身未即死，會見成人時。夜績坐達晨，晨理機中絲。賣絲教買書，讀書以爲資。上承祖先祀，下衍嗣續期。忽忽八十餘，子孫足娱嬉。甘旨雖在口，終然有餘悲。舉案奉歲時，升堂陳棬匜。被服豈無華，終樂縞與綦。明明王令尹，具録上府辭。母死不待旌，鄉里嗟惜之。我識賢母孫，温克而令儀。能言小學訓，實自祖母師。外有女鑑書，哼哼誨貞慈。遭燬乃弗傳，念之涕交頤。嘅彼穹壤間，孰不躬秉彝。安静或反悖，倉皇竟摧萎。豈知婦女輩，顛沛終自持。巖巖繡谷山，望之儼餘姿。太史倘有徵，視我貞節詩。

大湖灘

溯舟易安流，入石頻顧慮。盤迴四山合，所向欲無路。層湍障流雪，飛沫灑玄霧。嵸嵸山木交，肅肅風色暮。前登大湖灘，篙纜集羣助。躋危苦趦縮，一落乃脱兔。參差石角出，蚴虯松根露。兩崖走鳴瀑，抵磧開復聚。其流不可觸，齟齬復哀怒。聲騰百雷起，勢挾萬里去。舟行截其衝，□柁疾指顧〔一〕。觀其曲折間，肯綮豁玄悟。我行戒前途，起坐驚失措。心迷已乘險，事過翻積懼。悲悽遠遊子，蕭颯青楓樹。維纜暫棲息，霰雪驚寒注。俛仰宇宙間，誰能獲恒豫？

【校勘記】

〔一〕「□」，萬曆橘徠軒重梓本、四庫本作「捩」。

雪霽舟出釣洲斜望雲石諸山喜賦

晨出釣洲南，陂陀見雲石。紫烟晴欲蒸，白雪寒更積。喬林擁玄黛，流土雜墳赤。溶溶色流動，江水光盪射。定有高世人，棲神蔭寒碧。

永豐劉尊德自南雄歸過寧都別予將之豫章因懷曠伯逵賦別念二韻仍以呈曠也

鎦郎南雄來，高豁動晴昊。我行山水深，逢子恨不早。林亭春色浄，閉户思却掃。騎馬晨衝泥，沾濡愧羣艸。長灘石齒齒，舟楫得慎保。呼酒破旅顔，操觚見文藻。只今嶺南幕，頌爾伯父好。佐邦重贊諾，華髮未即老。久知階庭除，重爾甚琲璪。家聲激前聞，誰不思滌澡？矧子方青年，如日斯杲杲。求師復遠涉，下浦傷霖潦。落花隨飄風，何以慰中抱？南州有曠子，友誼獲深造。高歌忘羈窮，愁絶亦顛倒。我昔從之遊，艱危極論討。今年始適吏，顔色脱枯槁。獨不常見之，念我心慅慅。永懷川無梁，式賦山有栲。從邁諒匪難，躑躅悲遠道。浮雲遮崇岡，斜日下深島。會合諒有期，持身以爲寶。

送孫民瞻之廣西帥閫照磨

蔚蔚城闉柳，長條當路岐。行人服王命，策馬厲所之。登高望羣山，馬鳴風正悲。天連江廣交，雲隱湖湘湄。向西有大府，冠蓋何逶迤。分閫控百蠻，元戎總前麾。簡書豈不畏，舒卷在所持。懍彼猺獠徒，椎跣恒蚩蚩。絲毫苟失御，讎殺相紛披。聞君去參幕，道路今衍夷。兩江動晴色，八桂含春姿。王爵有優劣，官資無崇卑。烈烈塞上笳，泠泠月中吹〔一〕。感激丈夫氣，豈不在邊陲。聖人重文德，斯道貴撫綏。慎爾録邊勳，勉爲古人思。

【校勘記】

〔一〕「泠泠」，萬曆橘徠軒重梓本、四庫本作「泠泠」。

閏七月十夜獨酌

華月出漸高，飛光入危榭。幽人對尊酒，獨酌意頗暇。風林起森寂，方帙散狼藉。慮顧不成歌，微吟荅清夜。庭前有隙地，植木引藤架。蓬蒿日蕭條，雞鶩集其下。旁羅三石峰，培塿互駢亞。蟋蟀鳴中宵，悠然感時化。二年厭羈旅，奔走涉冬夏。思營堂中養，遂別江邊舍。不復理茅茨，焉能事耕稼。童孩纏痾疾，老大傷徂謝。天寒道路遠，灘水哀激射。止酒且莫斟，有淚迸欲瀉。鳴馬頓長纓，誰能縱其靶？

古詩九章贈別鄭同父　有序

古詩九章者，南平鎦楚儆古而作，以餞行者而道留者之思也。古之行者必有餞，其歸而亦餞之者，尊其所往，如始行焉。矧同旅于外，而有去留之異思者乎？故遠送于南，衛詩興歌，侯氏燕胥，周雅再咏。楚客寧都之八月，豫章鄭君同父以學秩滿代歸，屢會而遽違，方洽而遄往，德音斯遐，日月于邁，殆不能以爲懷也。乃餞之日，楚以客茲郡，獲次諸生之列而辱授賦詩之簡焉。始賦二章，至五章、六章達而至于九章，蓋不自知其情之至而詞之永也。使永其詞，果足以盡吾情乎哉？悵白駒之空谷，懷泮林之好音，我詩肆成，其懷孔殷。薄言述之，以贈同父。

君子如鸞鳳，肅肅儀羽齊。梧桐苟摧謝，凡木竟不棲。又如神馬駒，來自滎水西。有足追奔風，不踏沙與泥。明明希世瑞，自異犬與雞。所以賢達人，出處終不迷。

其二

明珠閟深淵，沈綆或求之。高人在巖谷，豈以遠見違。下勤州府薦，上感聖明知。濯足東溪流，彈冠南山陲。朝從烟霞别，夕與劍佩儀。小大思奮功，樹立當及時。芸苕豈無華，芄蘭亦有支。宜爾令德士，允爲善人師。

其三

翩翩鄭博士，起身自文章。冠帶講洙泗，忠誠百夫行。昔爲新昌校，今作寧都庠。六年繫儒官，兩州服其良。禄米月不充，蔬食飲水漿。弟子未執經，大夫爲承筐。革頑見揖讓，草偃風益張。人言兹道盛，豈獨齊魯鄉。懷爾金玉音，彈琴咏清商。

其四

積雨秋始涼，緑苔閟庭館。聞君起常晏，巷深人事罕。去年所種樹，兩兩當户短。初欣花盈盈，今見實纍纍。感此時物遷，愁思無時斷。美人當歌罷，向夕喧急管。獨復步前楹，城高月初滿。

其五

明月何皎皎，流輝青天中。美人褰碧幌，汎若晴烟空。露下白玉團，烏啼金井桐。永懷君子心，寤寐向秋風。道遠而别多，煩憂鬱忡忡。焉知南園下，昔日桃花紅。君看舊行迹，一一生蒿蓬。

其六

青林悲夕風，慘慘當北户。起眎河漢高，明星粲垂素。旅遊撫行轍，復獨傷遲暮。白露零中宵，柔條浩盈注。百草寒不芳，莎雞振其羽。悠悠思華年，悄悄積中愫。佳人碧雲表，渺漠乖良晤。晏歲來無期，徘徊企中路。

其七

秋水忽時至，百川浩漫漫。蒹葭薄晨露，芰荷激輕湍。聞子駕方舟，詠歌以盤桓。思結君子佩，所憂無芳蘭。天高碧海遠，坐恐秋霜寒。臨流顧其徒，酌酒不成歡。君行我當留，此别良獨難。踟躕岐路側，耿耿憂恨端。獨無凌風術，從爾乘飛鸞。

其八

冥冥陽靈洞，中有緑髮仙。世人不可見，出入乘紫烟。時來拾瑶草，獨立青山前。粲然發皓齒，玉井開紅蓮。我欲往從之，兹事今千年。似聞九州外，碧海迴青天。願攜兩玉笛，吹上崑崙巔。

其九

崑崙九千仞，浩蕩不可期。九州行無窮，會有相逢時。執子不忍别，贈子雙瓊枝。交道愧苟合，素心諒難知。油油山上雲，冉冉無定姿。松柏生澗壑，貞性終不移。天寒白日暮，秋風動江蘺〔一〕。悵然道路遠，何以慰所思？馬鳴城北門，長揖從此辭。但知行者樂，詎知留者悲？

【校勘記】

〔一〕「江蘺」，原作「江籬」，據蕭編本、皇明風雅卷二改。

秋日同鄭同夫羅孟文田仲頫遊蒼山訪宋曾子實故居遺址今爲陳氏居矣感賦一首

羣峰何蒼然，迴抱得幽曠。偶尋昔人居，遂歷青霞嶂。低連水竹交，高出雨雲上。瑰奇本天設，終亦由規創。梯危與鑿險，嵷嵷各異狀。子孫久漂散，兵火成凋喪。迴風吹禾黍，烟草亦漾漾。我行問其故，指點迷所向。嗚呼前代秀，詩名宗哲匠。蒼皇嘉熙末，戎馬日方張。拂石事冥棲，空餘白雲唱。百年總飄忽，過者一惆悵。長嘯豁清秋，吾將騁遐望。

醉後偶書

高人事飲酒，飲酒亦有期。一日十二時，三時斟酌之。麯蘖糜我腸，夫豈樂在兹。沉沉百憂中，聊以一解頤。兹晨復曠飲，困敗乃不支。牀前有小女，長跪陳戒詞。甚矣昨日醉，反爲醒者嗤〔一〕。今日可以已，明日當再持。百年亦良遠，豈獨今日宜。不見劉阮徒，沉冥竟奚爲。

【校勘記】

〔一〕「反」，原作「及」，據四庫本改。

園居述懷和王迂叟

園居背城闉，臯衍沐時雨。頗懷人事幽，豈計力作苦。秋麻青已黄，風露薄牆堵。荷鋤還獨往，脱幘時自舞。地偏閒已極，暑退涼亦甫。時來藉草坐，静與竹石伍。夕憩思嘗瓜，晨興問炊黍。高秋澄滙潭，返照淡林莽。亦欲具輕舠，從君釣中浦。

擬古贈友人別

上山采蘭茗，下山采杜蘅。采之何所爲？將以遺遠行。君行日以遠，懽會日以淺。鄉心一千里，日逐車輪轉。石林夏氣清，憩馬到江干。雜佩粲瓊玖，長袪峨弁冠。驅馳道旁子，頳顔觸煩熱。永懷高世心，眪眪照冰雪。秋風起天末，百草終摧殘。君子諒不違，攬芳發長歎。

苦熱

高館閟煩歊，蹙蹙思一騁。葉定風乍稀，蟬鳴晝方永。西偏梧桐樹，疏薄不布影。移牀坐歎息，仰見繡谷嶺。汗滋苦流踝，髮短壓垂嶺。黄葛秋未成，烏帽時一整。遐思翠竹林，下蔭青苔井。脩綆絡銅缾，時來漱清泠。

衣帶嶺

朝辭桃源溪，暮宿衣帶嶺。心同秋水浄，思與羣山永。白雲松際來，日入雞犬静。苔蘚依古垣，薜蘿罥深井。天清露氣肅，衣袂忽已冷。明晨當遠發，我駕思夙整。西上挹高霞，躡尖縱幽騁。

九日胡孟浩攜酒與客登官峰賦此

今日天氣肅，我心舒且閒。美人攜碧酒，與客登青山。矯首思八荒，意適忘險艱。雙流白日下，千室浮雲間。木葉露已黃，泉聲亦潺潺。時序忽若流，但傷遊子顔。歘彼南飛翼，可望不可攀。緜緜山下路，逝此何當還。

入蒼山下巖尋曾子實先輩故居遺迹往往有題刻存焉

層巖上蒼翠，下結赤石沙。題刻不復辨，莓苔見欹斜。始經茶巖幽，流泉注其窊。復登石樓重，谷呦奮以呀。躋攀出衆險，一目縱邇遐。窅窅平原中，羣山如削瓜。篔簹舊種竹，隱隱明秋霞。亦欲問青天，舉觴酬黄華。梯危且憩息，仰首聞歎嗟。蹊路梗不通，荆棘爲我遮。昔人苦好事，侈以名自誇。焉知百歲後，寂寞猶枯苴。途窮日將夕，鳴鳥紛已譁。暮出藤蘿中，還尋野人家。

題姜煉師山房有懷趙伯友鄭同夫二首

金精五千仞，之子住石屋。陰風晝夜寒，猿鳥下簷曲。暮歸斸松苓，朝出采簹竹。頭髮亂不梳，容顏美如沐。

往者趙鄭輩，聯句高巖中。吹燈坐深夜，露冷栟櫚風。一別山月白，再見仙桃紅。奈何行役者，容易各西東。

題暘谷出日圖

東眺嵎夷谷，夜陟泰山頂。天角爛五色，六龍駕方整。手攀扶桑枝，下瞰黄河流。陰風忽南來，烟霧半九州。安得古仙人，凌景事吞吸。我欲從之遊，憑虚悵孤立。

送郭韜之豫章

鼓瑟送行客，調高難爲情。感君萬里心，爲作秦中聲。紛紛江南弄，中有鳴鳳曲。静聽諧古心，毋爲眩煩促。

題蕭氏孝思亭

百草在中野，霜露零悴之。君子懷古先，愴悽以遐思。築亭墓田下，負土起崇基。疏敞而不華，脩楹帶高茨。歲時來祀墓，聚息恒於斯。目泫荆棘叢，手攀松柏枝。行人爲駐馬，問此今爲誰。人言蕭氏墓，孝孫能爾爲。教授得俸錢，不營寒與饑。結廬會宗族，買田供祭祠。父老共嗟訝，觀者垂涕洟。此意良已厚，此事俗已虧。永言錫爾類，視此蕭阡碑。

槎翁詩卷之二

五言古詩

登三顧山次王子啓

聞子避地日，南登三顧峰。長吟白雲裏，笑拂青芙蓉。芙蓉何亭亭，秀色相倚疊。仙人坐中頂，氣與元始接。俯睨白下城，纍然若蓬丘。淦水不可涉，西山焉得游。誰能擁長篲，蜂蟻罄一掃？莫遣秋風塵，驚飛污瑶草。瑶草萋以緑，繁華誰敢争？永懷東海客，身隱揚令名。拂衣本餘事，終亦戀冀闕。獻納倘未酬，從君卧蘿月。

南園灌隱詩

寇盜未殄，東南騷然。吾友王子啓方集隱城隙，灌畦以供具。其志節可尚已，因賦詩以道之。

獨尋南園隱，灌畦以逍遥。亢夏天勢高，鑿地不見水。鑿深地骨出，常恐見骨髓。朝抱一甕出，暮抱一甕歸。草間行道微，莰蔓沾人衣。良苗灌難蘇，惡草苦不死。一日灌十畦，采之不盈筐。懽然對藜藿，似欲忘朝饑。雨露自天澤，勞生須有期。

題淵明像寄劉仲脩

斯人管樂儔，而分山澤槁。豈無園中菊，念此霜露早。衡門卧日晏，幽徑時自掃。芳晨有旨酒，客至即傾倒。兹言樂游衍，春服麗輕縞。古道少人行，杖藜入秋草。神閒韻自適，意遠色逾好。鼎鼎百世師，遺榮以爲寶。

朝采南園粟

朝采南園粟，暮捧賢能書。賢書豈不榮，食力意有餘。念昔事先訓，讀書本菑畬。時危乃弗殖，竟與畊鑿疏。昨者出充賦，黽勉應里胥。擢秀或偶然，揣分良惕如。置筐忽嘆息，我奚以自抒。風塵蔽江海，戈甲滿州閭。再拜謝鄉老，返我林下居。行己貴實踐，狥人俱虚譽。惻惻念時序，悠悠隨卷舒。

題練江漁釣圖爲鄭伯威賦

練江白如練，千丈峽中流。客有槎上仙，歗歌在扁舟。風吹石楠樹，沙浪蹙微雪。潭影見垂蘿，懸猿弄明月。東望七里灘，蒼蒼雲霧間。尋源不知遠，時聽棹歌還。

采蔆篇爲林森賦

朝采湖上蔆，蔆實何離離。浮葉當雨亂，低華映日欹。清流苦難肥，濁水乃易滋。水面方羃䍥，泥間已委垂。中含白雪質，外襲頳玉皮。游魚畏芒刺，不敢揚其鬐。采采盈傾筐，皎皎吴中兒。密愁垂釣澀，深怯蕩舟遲。忽聞歌采蔆，借問歌者誰。褰裳往從之，烟水浩兩涯。懷德貴自充，中心諒無疵。永言托嘉好，及此秋風時。

遠游篇爲黄子邕賦

聞君有遠游，請賦遠游篇。上陳道里遥，下感時序遷。茫茫九州外，歷歷秦漢前。山行豈無車，水汎亦有船。豺虎忽縱横，蛟龍方糾纏。井邑化爲灰，墟里但荒烟。人生非鴻鵠，何以周八埏？君行忽踟躕，惜此全盛年。寶劍珠玉匣，結駟青連錢。談辨三軍帳，笑歌五侯筵。會合鄙毛遂，功成羞魯連。落日臨廣陌，迴風激繁絃。此别誠艱虞，忍爲離緒牽。不見里巷兒，封侯起關邊。毋爲北郭叟，白首事太玄。

八月十日同王睿劉霖曠逵蕭諶歐陽銘鍾哲焦瑜王佑燕集王氏南園賦詩有圖有序

南園淡將夕，北渚復已秋。欣言屬游詠，千里會良儔。乘月歌窈窕，臨觴結綢繆。高情諒無極，庶用慰離憂。

同蕭諶曠逵諸君子夜集蟠溪王新書舍得竹字

涉溪蛩始鳴，帶暝度原陸。及門會良風，月下照林屋。夜深露華集，衆葉浄如沐。曲徑罥垂蘿，虚簷響疏竹。周迴丈席間，坐者四與六。張燈接諧讌，分韻酬翰牘。居當惜盍簪，行勿念脂軸。親情正款洽，夕氣稍澄穆。明星乍稀微，羣鳥各已宿。明發詠白駒，悵然邈空谷。

題羅濬詩稿

遠有萬古調，寫之聲詩間。長吟不自已，哀響連秋山。問君何爾爲？蕭瑟多苦顔。抱志悲徂年，頹波不東還。古有大聖人，製作垂定删。清廟繼者誰？王風竟間關。悵言百世下，蹇獨傷時艱。祥鳳伏鴟鴞，猗蘭化草菅。感此坐嘆息，窮栖在寬閒。矯矯孤飛鴻，冥冥安可攀。

紅。

題高人汎舟圖爲鐵柱左煉師賦

刺篙度迴渚，解帶會微風。仰視青天高，浩歌秋水中。滄江渺空碧，嘉樹發霜紅。玄境有至樂，伊人若梟翁。遐思青玉佩，應過紫霞宫。

悼嚴煥

舊宅已蕪没，城烏終夕啼。新墳亦宿土，秋草還萋萋。誰爲拜盤蜂，永痛觸網麋。老母抱弱孫，投迹向山谿。新愁不可道，往事焉得追。故交半零落，夢寐增慘悽。對酒憶同醉，檢書看故題。茫茫風中塵，汩汩山下泥。維南三顧在，誰與重登躋？

過南圳訪友同王子與羅子理分韻得滿字

連阜衍平皋，深林閟虚館。揚襟暢遐思，散帙延清款。溪蓴花羃羃，田黍實纂纂。逕迴阡彌永，水落澗初滿。載欣秋稼登，矧愜人事罕。欲往悲曠途，言歸理倏曈。

題劉韶書屋

蕭蕭水楊樹，葉脱秋澗小。知是幽人居，聲歌出林表。啓窗挹風袂，散帙驚山鳥。即興已復遲，空傷晤時少。

陪蕭諶歐陽銘陳宜鄒吉泰諸君子晚宴興福寺汎舟夜歸三德院明日分韻得口字

時危昧經濟，適興在林藪。屏居甘事農，遠顧欣得友。初翺珠樹林，暮景颯高柳。復憩金塔園，清宵坐行酒。蕭蕭風露集，莽莽波瀾走。輕舟亂寒星，夜下秋江口。撫時增歎息，延論恣擊剖。披烟入林扉，列燭光照牖。感激懽會難，聞鍾坐逾久。

送歐陽孔述歸安城

晨出西昌門，北望鹽水岡。岡巒互迴伏，寒日慘其光。君行將所親，逝此返故鄉。故鄉豈在遠〔一〕，昔爲豺虎場。田廬既蕪没，歲月復茫茫。鄰里存者誰，童稚各已長。念此不遑寐，夜拂衣上霜。驅車入寒雪〔二〕，永望梓與桑。黽勉事生理，艱危安可忘。

【校勘記】

〔一〕「在」，蕭編本作「云」。

〔二〕「雪」，蕭編本作「雲」。

貧居二首

種瓜苦不實，閑草各已花。抱鋤忍朝饑，對之以長嗟。蓬門晝長掩，游釜亦有蝸。破屋乃無茆，雨來安可遮。聊持手中卷，展玩至日斜。榮枯與得喪，來往寧有涯。悠然達其會，憂戚焉能加。

其二

種麥在高丘，丘長草生滿。秋餘乃無雨，秀色遂枯短。朝行壠間蹊，暮息林下疃。荷鋤待春風，時至諒不遠。東鄰桃李花，終歲實纍纍。生理寧獨艱，如何樂疏散。

園居雜興八首

啓窗面脩竹，下蔭方池幽。兹晨微雨至，其氣颯以秋。芳時如佳人，徂矣安可留。草木性已定，禽魚狎其儔。披襟納良風〔一〕，掩卷睇崇丘。所欣城郭遥，歸哉此優游。

其二

幽居寡人事，日晏門未開。誰歟剥啄聲？謂有好客來。呼兒出洒掃，謝客無嫌猜。蓬室陋且卑，風雨生莓苔。起摘園中菜，自滌窗下杯。清風忽南至，好鳥鳴高槐。幽懷諒無遽，日夕方徘徊。

其三

北園蒔嘉蔬，生長各以時。入夏風雨多，衆草叢没之。夕花豈不榮，晨蔓亦自滋。終然因採掇，濯濯餘空枝。我貧本食力，澹淡固其宜。拔本懼有遠，植善非自私。

其四

種桃在牆陰，枝幹數尺長。今年始作花，秋實已可嘗。北園豈無李，西塢亦有桑。勉爲衣食貲，畊種安可忘。里胥昨相過，録我桑菓場。新令有嚴課，民生固其常。相送里胥去，悲歌念時康。

其五

種菊春樹下，樹蔭菊不榮。豈無雨露滋，蔽隔傷其生。嘉樹自芬敷，蔚然誰與爭？上延好鳥栖，下雜秋蛩鳴。風霜坐飄忽，摇落何縱横。終然保令姿，獨立揚秋英。

其六

荷鋤出東皋，我黍忽已苗。苗短不自持，百草勢轉驕。良苗異本根，蕪穢乃獨超。敢辭薅耘勤？永愧雨露饒。周雅永思古，王風竟頽凋。人生重所務，豈獨在夕朝。

其七

藝麻本欲疏，本疏乃繁殖。小人務多種，偪迮傷夭瘠。離離葉間花，旻旻雨中實。秋陽勢方烈，日夜蕃所息。寡欲而務滋，吾將食其力。

其八

南鄰有老翁，所居止茆屋。屋中兩夫婦，作息遂所欲。朝耘夫在前，夕稼婦相逐。同心向白首，終歲無不足。如何西鄰子，早歲傷局促。抱瑟守中房，空悲豔陽曲。

【校勘記】

〔一〕「良」，蕭編本作「涼」。

晨興

晨興理短髮，日晏聞兒咿。老妻向我言，何以具晨炊？畦蔬委霜雪，採摭無餘遺。年豐乏儲粟，矧此喪亂時。忽聞剥啄聲，謂有好客來。棄置出迎客，兀坐方哦詩。中有至樂者，相視亦解頤。烏能累妻子，戚戚憂寒饑。

尋雲陟累榭送嚴子善之上猶

尋雲陟累榭，遐覽以舒憂。皛皛天宇清，矗矗欄楹幽。静賞撫危構，浩歌睇崇丘。君子有遠行，佳期誰與儔？餞言以遵路，延佇更臨流。

養牛

養牛事春畊，春去畊苦遲。扶犂向牛嘆，我饑力已疲。宿草交舊阡，嘉苗蔚新菑。鋤荒豈不勤，稼事良在兹。無食乃勞生，有營常後時。所以驅牛行，不忍鞭朴之。窮達諒有定，放牛安所爲。

春畊

春畊恒苦遲，夏旱乃獨早。青青田中稼，忽忽同秋草。雨露久消歇，泉源亦枯槁。天高多驚風，赤日行杲杲。微生恒寡欲，衣食宜有道。勞力冀所資，遘凶豈云好。古人九年備，捐瘠得善保。孰能澹無營，飲水以終老。

憫旱

我貧無儲粟，我稼早已萎。朝夕懼不充，矧此歲月滋。朝飲南澗泉，暮採北山藜。苟焉免饑渴，庶無罹嶮巇。西里有高門，連囷積如茨。露溢到雞犬，烹炰窮歲時。乃知凶旱年，徒爲志士饑。

出門

出門見遥山，翠色紛在眼。不知所到處，更隔幾丘坂。烟雲何蒼蒼，道途方垣垣。策駕屬所之，悵然念時晚。

述懷

我有二畝田，力薄耕不勝。分田籍農父，所冀得斗升。豐年本狼籍，薄俗乃侵陵。一日凶旱來，顆粒遂不登。我廩既莫實，公租方急徵。嘆息謝農父，此豈人所能。天時一何常，盈歉古相乘。寧爲斂者嗔，毋爲貧者憎。

過劉氏廢圃阮生攜酒共酌

晨興念良友，駕言向南坰。良友喜我來，相邀坐高亭。兹亭豈無華，疏井交碧青。云是豪盛時，昔人所營經。綺羅日高會，花卉揚芳馨。十載事乃非，蔓草縈前檽。獨攜一尊酒，言笑得暫停。緬思昔人意，光采如流星。曷不適真趣，超然外骸形。如何累土木，徒使嘆凋零。

造田父

清晨造田父，設饌當前廬。呼兒出揖客，汎地先掃除。懽客啜糝羹，年荒無旨蔬。物薄禮乃豐，情親心已舒。感此坐復起，一飽不顧餘。誰云賤可鄙，祇覺貴自疏。不見閭里間，坐食常晏如。如何肉食者，闊絶嚴追胥。

歲暮南歸留别蕭翀諸友

旅寐不能旦，披衣坐床帷。屋角曉色動，鳥鳴已多時。起坐出庭際，雲物正華滋。殘雪未盡消，羣山鬱參差。即此念故園，焉得不懷思。豈曰無尊酒，足以懽相持。矧屬歲運周，返駕固其宜。理策望前路，揖君從此辭。窮簷有稚子，但訝歸來遲。

和答蕭翀春雨過林居之作

林居滯昏雨，不知白日西。窈窈窮巷陰，客至雞亂啼。舊梅既粲野，新柳復盈堤。感此歲序遷，中情忽如迷。簪盍慰遠勤，尊酒懽相攜。古交今則稀，世道方途泥。立善固所欣，企賢貴思齊。笑咏且永夕〔一〕，勿辭此幽栖。

【校勘記】

〔一〕「笑咏」，蕭編本作「嘯咏」。

辛丑正月廿二日述志

經年掩扉卧，迹與城市遥。誰爲拔茹意，乃以仕見招？本昧平生素，敢勞中道要？公檄臨我門，戒命在夕朝。九江今雄州，邁往方迢迢。有母誰與居？念之中心焦。起揖謝來客，我何希市朝。澹然一室内，燕坐風寥寥。

廿七日書懷

夙禀栖遁性，雅懷在丘樊。三十謝城市，高歌返田園。田園非有餘，衣食固其源。投筆且依仁，掩扉聊避喧。具湌適豐儉，酌酒任清渾。力微願不奢，志愜情自敦。所嗟茆茨下，老母抱弱孫。暮年饜藜藿，俛仰終寒温。賤貧非有餘，至樂諒斯存。誰能靦面顔，日枉豪盛門。

春日遊武山東同遊者

攜酒陟層巘，披榛趁幽途。眷言賓友集，樂此山水娱。烟巒既合沓，風磴復盤紆。濟濟麗服偕，洋洋清奏俱。維時春氣暄，谷鳥鳴相呼。叢柯自交葉，花萼方承跗。始登天寶壇，稍瞰北巖隅。丹井注紫霞，雲峰耀玄珠。龍洞闢南巔，層宫儼清都。縱目領衆奇，游心周八區。相勸各懽飲，擊鼓吹笙竽。立監視行觴，更僕佐傾壺。舒懷或同笑，憤志亦獨吁。所欣契誼齊，幸免禮法拘。言歸已向夕，落日相攜扶。奕奕花間燈，餘輝爛星湖。豈曰恣沉湎，庶用彌憂虞。寄言城市子，此樂今恐無。

獵犬篇

晨起同出獵，跳梁相叫嘷。歲久識主情，指顧能周遭。山石穿我蹄，荆棘罥我毛。爲主逐肥鮮，不辭奔走勞。窮深抉幽嶮，狂狡焉得逃。咂血不顧餘，一飽隨所遭。主人獲雋歸，意氣方盛豪。纍然妥其尾，偃卧牆東蒿。

二月八日對酒

對此春日酒，高堂樂未央。客從州城來，懷牒促我裝。問客今何爲，求賢寘周行。麾觴忽嘆息，我豈時所良。少小適情真，窮栖戀閒荒。譬彼蓬下鷃，敢懷雲中翔。岐路今已多，素絲昔何長。念之不成歡，展轉中懷傷。

登北巖眺望因投巨石宛轉爲戲

自愛北巖秀，緣雲窮翠微。迴見大江流，獨立一振衣。崖表人迹絶，燒餘寒草稀。繞澗聆暗泉，攀蘿憩危磯。投石轉陰壑，霆擊星火飛。奇探恣游衍，興愜忘嶮崎。日暝思更尋，逍遥望月歸。

遊三華山

龍門兩峰圓，一水下迴繞。蒼峽忽中開，飛橋出林杪。盤盤石磴引，羃羃松林窅。危欄正西挂，層閣復東繚。樹暗盡含雲，花明忽聞鳥。懸崖旁架棧，鑿石潛通突。早聞三仙人，栖化迹已杳。常疑雲月上，顔色覿清皎。丹井舊時深，朝真亂來少。荒壇翳霜葉，虚館閟叢篠。凝神觀衆妙，屏迹謝羣擾。懷賢慨重憩，振翼思遠矯。佳境能娱人，何因致清醥？

晚出溪上將登武山不果

理筴邁前路，將言陟高岑。中途阻且艱，忽復至夕陰。林木鬱蕭森，烟霧亦何深。不見好鳥翔，但聞哀猿吟。重明曷由際，悵望此嶔崟。恒恐歲年暮，遂爲霜雪侵。惻愴不能言，泪下忽沾襟。

數日無酒飲

數日無酒飲，閒居誰與娱？豈惟情懷惡，頗覺文字枯。乃知古賢達，飲酒恒有道。陶然乘運化，混混忘得喪。舉世桃李花，松柏摧爲薪。泰華忽破碎，梟獍稱鸞麟。如何今之人，有酒不肯飲。虋蘁終其身，豈不愚亦甚。

陪陳尹飲江上雨過夜歸明日賦此

渡江雲斷橋，把酒風振袂。芳園遂幽尋，良友適遠至。諧談且云懽，酬勸忽已醉。一雨洗塵襟，千山拂涼翠。柘林既迴薄，蘭渚復延企。月轉城東門，蕭蕭送歸騎。

别羅倫

日暮出九州，相送蓮塘下。林深歸路黑，虎出須可怕。雙塘青松山，山近有茆舍。今夜鷓鴣啼，思君山月低。

題竹石圖

何以秉貞節，而多抱苦心。幽情曠前古，高誼式如金。飄摇青霓澗，凌厲白雲岑。願裁伶倫管，遠諧鳳儀音。

會飲泮亭東郭存敬

泮陰弭軒蓋，游詠集高臺。感我平生友，中懷豁以開。穆穆涼飈振，翳翳流景頹。崇雲向空起，飛雨從東來。即賞心不違，懷古意悠哉。誰憐臨岐者？返顧方徘徊。

别焦瑜

故人異縣至，晨款林下茨。感此喪亂餘，會面非有期。土銼寒無烟，木榻壞不支。坐起謝再三，艱難方在茲。遠懷若爲浣，宴勞禮則宜。鄰酒忽告罄，虚觴但空持。孌孌秋菊花，蓬茆翳幽姿。君子惕馳騖，庶以善自怡。天長遠山没，日晏寒江遲。送子出門去，悵然從此辭。大哉天地間，委順復奚疑。

宿沓壠東胡敬蕭翀鍾祥

夜宿沓壠西，衡茆蔭平麓。起視虎鼻峰，岧嶢月中緑。懸巖引列宿，積水帶横陸。山鳥時一鳴，迴風應虚谷。庭寒翳華燈，露下響叢竹。朋情遂歡洽，世事傷否蹙。清游契寤寐，往事成昔宿。北巖有奇石，東園饒佳木。明當扣蘿扃，振舄騁遐矚。復恐驚塵飛，幽栖未能卜〔一〕。

【校勘記】

〔一〕「未」，原作「朱」，據四庫本改。

夜宿下郛

我行一山遠，雲逐一山近。山山雲相逐，何處得幽静？向來草木深，行者自有徑。古稱武陵津，或者亦謾興。止止吾且休，冥冥付天定。

登大莊高山

登山望風烟，四向烈焰紅。遑遑一身窮，且如罝網中。白日行青天，明明照下土。下土深幾重，不鑒生人苦。生者良不易，殺之獨何心。萬古一哀痛，青山應陸沉。

兵後過故里

種荳向南隴，秇禾滿東菑。不辭終歲勤，食力在所期。維時失總御，疆土有侵移。戎馬無定交，彼此更戕之。稇載已不遺，征責方在兹。三農舍之去，離析當告誰？念昔勸墾闢，里胥費言辭。如何場圃間，滿目但蒿藜。

晨興

露氣旦彌肅，況在山谷裏。秋高草木滋，羃𩆜浩如洗。微茫破雲霧，日色上蒼翠。乍寒感時序，向曉念行李。禽棲尚斂翼，客起方振袂。風動池上枝，時時聽清墜。

送湯子敏王伯衢由水口暫出流江

二友忽言别，孤懷易成惋。秋高北風急，日薄衆山晚。遲回各抗手，越歷猶在眼。前旌轉崇林，後騎擁脩坂。庭間怯初散，路緬驚漸遠。離離雲樹合，泯泯溪流漫。斯違諒匪遐，同車冀遄返。

田家

田家住山曲，兩兩結茅茨。雞豚互來往，桑麻當蔽虧。言笑情則均，動息理無遺。渾然天之真，豈以物自私。日入負薪還，斗酒懽相持。醉卧衡門下，營營非所知。

水口山居雜興六首

夙好慕山水，幽尋每忘疲。兹晨遂栖止，乃在山之陲。維時屬秋杪，萬壑斂寒姿。烟巒既合沓，風磴亦紛披。窈窕幽谷陰，秀木自成帷。俯聽流泉響，仰看浮雲馳。敻與人世遠，允契遯者期。永言適所性，庶以静自怡。便當謝城市，去去從此辭。

其二

登樓望危岑，愛此珍木林。上有好鳥巢，下有垂蘿陰。清風日披拂，可以滌煩襟。人言此迴遠，溪水汩以深。陰壑多龍蛇，山石自嶔崟。終然未能往，撫檻獨沉吟。

其三

山上一茆屋，知是何人居。時時白雲中，閒讀古人書。古人去已遠，言論乃有餘。清風颯然至，佳木周四除。篙卧以終日，不知庭户虚。斯人可相見，此樂當何如。

其四

秋氣日以厲，霜露日以繁。草木各變色，松桂何軒軒。物生有本性，天運恒不言。自非閉塞候，焉識春夏温。乃知天地間，盛衰同一源。乘時夸眦子，噭噭安足論。

其五

霜降休百工，將以戒寒服。翩翩蜉蝣羽，時至亦矜束。我無一株桑，又乏輕騎足。衣褐何由充，蕭條歲年促。

其六

野人省秋稼，引鍤決渠水。秋高粳稻熟，芒穗各垂委。翩翩山鳥羣，啄食秋田裏。驅去還復來，嗷嗷詎能止？彼饑豈無涯，我稼自兹始。一飽諒所同，如何較人己。

病瘧述懷六百字

我行兵亂途，遠以唁所舊。遭罹竊自傷，漂落懼莫偶。今夏入閬川，七月出南富。秋中上流江，深入窮水口。是中何岧嶢，山密林亦茂。陰風常夜寒，毒霧或晝瞀。砭人甚刀鏃，襲體驚激透。當途草木交，壓眼崖石湊。怪禽啼嘔哦，蝮蛇結繆糾。其風雜頑戾，土物恣所取。力作忘春冬，忻忻自雞狗。惟我賢所主，好客情則厚。授衣候寒温，設席墐蓬蔀。豈知體素弱，易與氣爲構。起居陟秋冬，焉得免疏漏。昨來遘寒疾，猝至紛莫救。始由欠伸得，更歷驚顫久。夤遠膂脊升，洒淅肌理奏。洶洶波濤翻，岌岌山嶽輳。初萌沍嚴凝，挾纊欲蒙首。中更翕炎赫，撤被更露肘。噤寒顫齒齦，熾燎薰耳竇。厭煩將懷冰，恨薄思曝晝。拳聯久僵伏，呼叫忽狂走。亭亭髮上指，屹屹骨交鬬。口咽失常嗜，情性昧初守。飽疑傷粟粒，渴欲嚥河溜。縮如蠶赴繭，噞若魚聚笱。困如虎喪乙，慼若鳥緘咮。氣蒸床屢撼，汗漉衣每透。暫蘇驚脱韝，久縶疑被扭。時來如有期，忽去若恐後。窘迫猶仇讎，纏綿其婚媾。朋來勉加飯，客至止陳酒。醫師劇攻剿，巫祝妄稱咒。或教潛隙地，或誘祭三牡。腊蛇謾時佩，畫獅空日覿。逢人畏詢問，進食忘腥臭。何由究情狀，且復述粗

 八三

苟。人生天地間，六氣等蟊寇。隄防一失所，顛倒竟誰咎！譬之朝廷治，綱紀在明懋。昏邪倘蒙錮，賞罰遂糾繆。周衰始幽厲，商覆由受紂。夭淫既内訌，狂惡復外揉。藥言苦乖違，國脉焉得壽。余生三遘厲，此日傷衰醜。炎荒苦奔竄，木石並臞瘦。矧兹中年際，盛氣難猝復。客居苟甦息，故里孰偵候。老妻感霜雪，單薄恒在疚。幼子額如玉，差差髮初覆。饑寒本吾事，緩急欲誰扣？指期傷遠涉，撫事怨寒陋。豈知道途者，方此困馳驟。看雲憤重掩，望月愁初彀。蕭蕭風鳴葉，揭揭天挂斗。羸軀既艱植〔一〕，愁緒焉得剖。荒村悄寒日，斷岸空殘柳。戎馬又塞途，歸期向何首？

【校勘記】

〔一〕「羸」，原作「嬴」，據四庫本改。

乙巳正月九日大雪避抄兵由王山將入富田至洞口與家兄相失

驚塵颯南至，妻子哭道周。出門四山雲，欲止安得留。嚴風裂我肌，行潦凍不流。入洞怪嶮巇，度嶺傷阻修。風波一相失，咫尺生愁尤。大哉乾坤内，性命若雲浮。譬彼孤飛鴻，冥冥安所投。嗒然向西望，泪下不可收。

兵退由佛原出南富

曉發龍頭江，江險絶危逕。躋攀出深窈，曙色破孤迥。人歸聞野哭，雪霽見崖脛。泯泯泥潦交，稍稍林壑静。出傷投遽遠，返覺行逾近。稚子識柴扉，相呼入烟瞑。

眎西園作

叢篁久刊落，穠李遂摧朴〔一〕。芳椒既垂萎，嘉橘亦含蠹。凄凄雜寒烟，泫泫浩零露。荒哉中林迹，寞矣西園路。蕪穢獨傷新，榮滋重懷故。抽茨感時曠，植杖勤所務。豈不戒栽培〔二〕，睠焉念遲莫。

【校勘記】

〔一〕「朴」，蕭編本、萬曆橘徠軒重梓本、四庫本作「仆」。

〔二〕「栽培」，原作「裁培」，據蕭編本、萬曆橘徠軒重梓本、四庫本改。

憶弟作

永夜不能寐，披衣起彷徨。念我骨肉親，三年辭故鄉。故鄉不得歸，越絶虎與狼。宛孌抱弱子，遠滯湘水傍。湘水自東來，不見征鴻翔。念昔遘難初，進退何倉皇。既興悼亡嘆，旋賦遠遊章。田園捨之去，秋草俱已荒。念子抱耿介，弊褐凋風霜。心危慮鮮舍，鬢落恐易蒼。徒聞篇翰積，矧嬰貧病傷。維時春澤敷，羣卉各揚芳。翳我手足情，淪落天一方。載歌常棣篇，具邇固其常。逝言事堂構，庶以永樂康。毋徒事游衍，闊絶勞相忘。

傷兄子解辭

植木懼傷枝，枝傷木易衰。念我猶子逝，主器當爲誰？鞠育二十年，學植方在兹。一朝隕奇疾，負絶恩與私。汝母骨已朽，汝妹久流離。而父理埋葬，怨爾銜深悲。汝有兩從弟，季也方孩嬉。仲也别三載，客游應未知。先廬故蕩析，舊書誰與持？傷哉珠樹林，失此喬特姿。春風倘重至，見汝當何時！

贈別嚴吾敬

客有款我廬，謂言平生親。倒屣起揖之，纍然翳其巾。問客此何來，惻愴不能陳。田園久荒落，道路多風塵。舊家南山下，存者今何人。春風入我里，繞屋但荆榛。念子十年别，喪亂長苦辛。豈無一尊酒，相與敍斯晨。良田有豐歲，盛時無棄民。賤貧不可厭，願子勤書紳。

寄題金精山凌雲亭爲王太守賦

仙女謝塵匹，歗歌雲霧間。一朝乘雲去，笙鶴渺空山。山山翠石盤，澗澗飛泉響。誰鑿洞門開？峰前見仙掌。虚圓若剖瓜，中抱玉清家。秋風石巖頂，吹下碧桃花。桃花不到地，化作雲飛去。紫殿十二重，重重映琪樹。太守騎馬來，解鞍憩青屏。馮虚斲山翠，特起凌雲亭。亭中秋氣高，濯雪嗽丹井。遥空明月上，欻見孤鸞影。露下白石床，滿林金橘香。緑髮垂千丈，祇今餘幾長。憶同姜煉師，載酒上雪摘〔一〕。手把女蘿衣，題名向東壁。仙人久相待，重往當何時？爲君掃苔石，更寫凌雲詩。

【校勘記】

〔一〕「雪」，蕭編本、萬曆詩選本作「雲」。

奉酬夏仲寅秋日枉顧見貽之

早歲去城市，思爲山澤遊。茫茫宇宙間，俯視若雲浮。飄摇風塵際，斂蹟此林丘。古道日榛蕪，悵然念東周。鳴鳥乃不聞，禾黍颯以秋〔一〕。登高渺四望，誰爲千載憂？客有從東來，盛年著芳猷。入林踐枉顧，維舟成羈留。貽我麗藻篇，釋我心煩愁。名誼良可尚，榮華安足求。江湖有箕潁，企子承光休。

【校勘記】

〔一〕「禾黍」，原作「禾黎」，據萬曆橘徠軒重梓本、四庫本改。

六月自流江返林居

始我去家日，温風臨緒春。兹還大火中，草木浩發新。念昔罹兵來，廬井屢摧湮。琴書委泥潦，桑菓蕩爲薪。悄無雞犬喧，焉得晤舊鄰。人生豈無營，返故各有因。譬彼南飛鳥，戀巢心所親。永懷事栖止，此里俗固淳。言笑撫弱子，息偃謝朝紳。誰爲物外嬰，而使憂患臻。天道諒不遠，吾行當力遵。所欣簷間雀，不厭今年貧。

續悼亡篇

寒暑迭更代，晝夜苦環循。斯人赴冥漠，一往不可晨。依依抱惻愴，耿耿銜悲辛。褰帷怯孤影，入室驚凝塵。稚子啼不聞，親戚至莫因。中庭掩徒舊，虛位設已新。念昔婚媾初，干戈日踆踆。荏苒彌一紀，傷哉仍食貧。昔歸恒恨遲，兹感憂患臻。殘月照我膝，凄風復傷神。彷徨見雞犬，感嘆動比鄰。婉孌閨中秀，今爲泉下人。鼎鼎百年内，誰爲平生親？如何西阡下，一夕生叢榛。

續止酒篇

吾恒賦止酒，所止寓言耳。今日止自公，焉得不遂止。古人止伊何？所止非一指。止戈戒殘暴，止水戒淫圯。止言恐傷佞，止得恐傷侈。所止止非僻，未聞止醪醴。此止蓋有由，止之以資理。止酤可蠲費，止釀可餘米。止飲可繕性，止酗可循理。鬭暴與沉溺，便佞而侈靡。苟不遂止之，禍將甚於此。抑聞古崇祀，燕饗備嘉旨。明禋本精意，德將在誠己。尊卑式隆殺，撙節有定紀。此時百禮成，止不待刑弭。止此時則然，尊罍未遑恥。肺腸謝薰灼，清醒從此始。苟無憂患嬰，飲水亦足喜。寄謝沈湎徒，吾今真止矣。

丙午二月一日同仲弟子彦道士陳允寧遊金華諸峰

早抱林壑想，而多嬰垢氛。閑來武山下，高挹金華雲。層岡既龍蟠，斷壠復瓜分。一嶺忽岧嶢，千巖盡繽紛。維時二月初，淑氣澄氤氳。江上日華動，空中仙語聞。樓臺映海色，泉石超人羣。風含青松響，雨蒸赤霞文。撫我芳桂枝，兼把芙蓉裙。願從廣成子，再拜浮丘君。俯睎塵濁區，擾擾蚋與蚊。高風激六合，逝此揚清芬。

言懷

處貴恒多懼，居富恒苦憂。富貴本在天，憂懼日相仇。煌煌將萬金，赫赫封五侯。一朝將傾戮，徒爲雞犬羞。逝者何滔滔，鑒之良悠悠。所以奇蹇士，超然謝機謀。日食止藜糗，所依止林丘。閑來閲書史，時至事園疇。允矣聊自嬉，庶無愆與尤。縱心南山雲，濯足清江流。豈曰昧聞道，四十忽已遒。庶幾後來日，復此成優游。

移竹舍南

閒居罕人事，植援在丘樊。誰爲斧斤禍？傷哉林木繁。舊宅已凋落，蓬茅暫依存。苦無蒙翳資，何以周籬藩？兹晨春氣達，荷鍤出前村。不惜微雨滋，遠移脩竹根。新萌且卷曲，故葉自欹翻。始分一枝奇，終異千幹蕃。植木既有托，發生良不言。我慚遺世好，於爾情孔敦。明當振蒼翠，蔭我西南軒。

感舊

我里經喪亂，親故存者稀。昨來尋舊溪，徑路各已非。石底塌枯井，草間遺敗扉。因仍十載餘，蕩覆兵與饑。但聞相攜去，不見一人歸。寒日下荒原，山水澹不輝。往事焉得詰，泪下忽沾衣。獨尋古道還，時逢山鳥飛。

寄湯子敏

芳序倏已判，卉木榮且偕。念我同年友，愴然動中懷。昔别冬始厲，波流咽喈喈。兹遊春日姸，顧瞻藐雲崖。操弦歎離索，抱璞悲沉埋。惻愴不成歡，偃息在東齋。理契聊自遣，憂來安可排。人生重合并，時亦暫違乖。勿以參商故，終當金石諧。

贈子元龍貢士别併柬劉雲章

畸人昧達識，閑居恤良時。感我平生友，賁然發幽思。昔别愴徂冬，兹來遂前期。交交中林鳥，濯濯垂柳枝。光儀蔚以都，流響一何悲。運移惕年邁，契合欣道夷。豈曰鬱沖抱，寫之在相知。誰爲緇磷尤，式秉金玉資。苦志諒所存，高風寧獨隳。執手不忍别，揚塵正交岐。巖構足自栖，食埸焉可維。大江抱羣山，流波浩東馳。曠野日載陽，微陰復凝滋。人生有顯晦，寧受外物移。寄言謝同志，永以慎於斯。

題筠雪齋

我昔遊雲中，愛此萬筠緑。蕭蕭錦江滸，亭亭鳳山澳。友有宋子者，卜居俯平陸。虚庭帶深窈，蒼繂擁森肅。時維玄冬厲，大雪遍原谷。倏條與佳卉，狼藉向摧蹙。維筠於此時，挺拔各在目。氣清神益王，心遠意愈足。澹然一室間，對此樂真獨。寒光射簷隙，縞素被林麓。凄凄歲云暮，晒晒情内屬。閉門有高卧，弊履無往躅。高潔良可希，貧困聊自淑。

題贈巢雲子

古有巢雲子，構栖山木中。淳貞既凋喪，土木窮人工。一爲侈心侈〔一〕，簪紱思華躬。積寵乃傾危，瑶臺成蒿蓬。所以避世士，永希巢雲翁。浮雲本無方，我居寧有終。凌厲六合間，飄飄若冥鴻。回睎下土方，埃塵方濛濛。青山幾千仞，攬結甘所同。安得往從之，邈焉仰高風。

【校勘記】

〔一〕下「侈」，萬曆橘徠軒重梓本作「使」，四庫本作「移」。

風從窗隙來

風從窗隙來，竽籟聲甚揚。忽起坐聽之，宛轉諧宫商。至器本自然，誰能執其方？天機一振觸，止作自成章。寄謝纖纖手，毋勞更鼓簧。

秋興四首

中夜畏煩促，起坐愛涼風。明月在東壁，流輝當井桐。翩翩林鳥翔，喔喔鄰雞起。感時不復寐，短髮聊自理。

其二

韶華不再返，春去夏亦徂。玄鳥逝安之，草木浩欲枯。風高豺狼横，日入禽鳥呼。獨有一尊酒，空山誰與娱？

其三

秋至倏十日，客歸定何時。傷哉摇落風，已復鳴高枝。海水不識寒，穴居乃知雨。觸事苦遲徊，憂端共誰語？

其四

少小事文翰，結交盡時髦。浮雲一飄散，寂寂淪江皋。存没今則殊，寵辱巧所遭。誰能返初服，永以善自韜？

見樹上浮查

浮查罥高枝，仰睎欲數丈。乃知春時水，更出喬木上。奔流一赴海，寂寞遥相望。落日餘悲風，蕭蕭語寒浪。

觀岸上人放舡下水

造舟向平陸，欲動難爲功。一朝集千夫，挽寘大水中。漂流既無滯，運轉寧有終。始知水力大，可以載虚空。

酬蕭翀懷别見貽之作

久闊易成晚，獨居難爲懽。如何天壤間，有此憂患端。永念昔别日，春花始資繁。一往落秋風，空閨餘蕙蘭。芳年坐超忽，故物俱摧殘。海水亦已冰，飛霜中夜寒。沉吟顧儔侶，傷哉涕汍瀾。素絲寧獨持，抱璞恥相干。感子問遠勤，志願得少殫。馳音發孤詠，擊節欣衆歎。白日照空谷，玄雲起崇巒。苟懷合并誠，道路諒匪難。眷言慎初服，黽勉同加飡。

挽楊子將因亂客袁州後暫還鄉復往寓所而卒

昔歸已傷遲，再往乃不返。雲萍忽散迹，玉樹猶在眼。高堂念夙昔，羣季軋歌筦。嘉穀森特苑，華星墜孤晥。凄凄去干戈，窅窅隔丘坂。至今念行李，何日候還轅？寡妻負孩稚，弱弟拾遺簡。獨不見斯人，誰能不悲潸？

題春山樓觀圖

川光媚春陽，巖溜含夕響。林花間欲飛，江草晴方長。迢遞樓觀陰，峰迴見仙掌。

胡侯五子詩 益津縣人，字彦美。

胡侯有五子，祜禧禮裕祺。五子名各殊，稱宗以同辭。暨乎所命字，實自與□師〔一〕。謙誠讓誼詳，申以伯冠之。宗以正其系，伯以重其儀。長字而幼名，立德端在茲。吾恒登侯堂，見侯鬢如絲。呼兒出拜客，磊落羣熙熙。祺也年最幼，束髮方參差。見人遠相揖，學語聲嚅呢。裕也長於幼，不好弄與嬉。踉蹡講論語，光彩浮脩眉。宗祜最居長，冠裾鳴珮鑴。應門肅賓客，進退何逶迤。中子禧與禮，充體而豐頤。粲然玉雪質，並是麒麟兒。方今重賢良，少壯咸登咨。有子如五男，奚以多懼爲。子也思順親，和樂恒孔宜。因名以求實，循字以反思。多福貴自求，所脩慎操持。天材實國用，授爾百職司。胡侯有淳政，子孫利其慈。允爲淳政告，視此五子詩。

【校勘記】

〔一〕「與□師」，萬曆橘徠軒重梓本作「父與師」，四庫本作「授經師」。

贈田觀

田觀頗淳朴，精神秋水清。往居西山下，師事凌先生。先生授之學，心眼豁開明。苦攻文字間，誓先諸子鳴。林居涉寒暑，閉户聞書聲。起卧斗室内，超然澹無營。一朝辭親去，出門人盡驚。遠從鄭文學，司計寧都黌。跋涉七百里，所冀禄養榮。升堂揖多士，冠帶何峥嶸。太守見之喜，重是瑶林英。征徂信出入，考稽綏其程。觀也益周慎，戒私甚防兵。被服大布衣，餟食不糝羹。閲歷三星霜，拮据迨無寧〔二〕。山田本磽确，廩積乃見贏。所以春秋祀，明明奉粢盛。憲司覈其綱，大府會其成。議聞升縣吏，檄下思返征。再拜謝官長，遠役非所營。願求靖安近，得伸孝子情。蒼茫十八灘，灘澀水不平。渾流雜哀怨，何以濯子纓？夜來秋雨過，羣星正縱横。念子獨不樂，起坐摇心旌。兹晨别我去，奮袂身欲輕。豈知失羣者，憂思方日盈。祝子服明訓，望子矜疲氓。萬勿爲酷辛〔二〕，庶以善自鳴。

【校勘記】

〔一〕「迨」，四庫本作「殆」。

〔二〕「勿爲」，原作「爲勿」，據四庫本乙正。

晏客池亭 有序

秋夜陪劉守帥晏客池亭，以尊禁圖行令無筭。同其樂者，同夫鄭學正、伯友趙教諭也。

飲酒有至樂，樂極不可湛。願奉尊禁圖，爲君警其貪。斯盤本規制，文理粲梓楠。闔闢恒虛中，隆址而穹弇。中畫五十行，令條雜周參。行尾各承竅，運珠隨所函。司令迭進之，盤動珠走龕。怡然信所值，啓睬紛雄眈。旅酬斯款款，大爵何潭潭。杜觶且浮二，漢醻乃行三。問奇懼乖應，別水愁誤探〔一〕。秉燭卜晝夜，飛觴偏東南。交酢賓主歡，對酒騶從慚。揖讓忽致敬，吟哦遂忘餤。交傳意孔均，自卜情乃甘。飲或與其免，量仍隨所堪。豈不重酬勸，終焉戒沉酣。山城淡月夕，尊俎浮飛嵐。鎦侯愛敬客，持以慰盍簪。常思賓筵悔，童羖恐酗談。孰知尊禁嚴，防衛甚鎧鋋。祭遵昔投壺，坐不擁戈錟。歌詠肅邊境，豈在多殺戡。顧我羈旅中，局促傷憂惔。懽然及數子，契合如神譚。下懷將軍仁，上感聖澤覃。乃知太平世，禮樂歸濡涵。

【校勘記】

〔一〕「水」，四庫本作「類」。

出贛灘讀伯友趙君知非稿奉同李以莊進士韻題其後

正冠坐方舟，晨誦趙子詩。風湍忽盪激，感此危苦辭。古人去已遠，來者知爲誰？正音墮空闊，遺響何差差。桂枝豈不華，天霜肅嚴威。春風在中澤，日長蒿與藜。乘休不得奮，吐氣千丈霓。徒令文字間，勃鬱含憤悲。兹晨歲云暮，矧當違遠時。且復對尊酒，高歌送寒曦。歌竟不重陳，潛心以爲期。

送孫伯起之鎮江司理

昔在朐山尹，爲政聲甚揚。朝廷重青籍，銓擢有耿光。永念赤子愚，罪罟罹披猖。讞覆苟非人，終焉阽危亡。東南有大郡，地廣濱海洋。豈不繁獄訟，擢尹推丹陽。維時大火中，暑熾日正長。上吉祖東門，瀝觴理行裝。侯吏千里至，得諏民俗康。矧兹服先聲，惡伏善且彰。政方實多岐，所先在慈祥。庶見囹圄空，秋蕪卧桁楊。惟君伯仲間，濟濟充周行。卓彼儀貞守，飄飄雲錦裳。摇摇江上波，兩兩發征航。邦人共嗟訝，符綬相輝煌。汀雲槐柳深，夕雨菰蒲涼。仕邦乃相望，何異家與鄉。永念幽谷士，抱書邁年芳。送行重言贈，敢以誠自將。舞文戒吏胥，操縱成條章。無刑乃至理，庶用登虞唐。

自興國過寧都度黄竿竹嶺險甚

客行青塘巖，却望黄竿嶺。陂陁緣大麓，嵽嵲陟孤頂。蹲身事潛行，俯仰立梯井。灌叢方截轅，巨石忽樹屏。冥冥日脚昏，瑟瑟風力緊。但聞陰壑呼，不見行雲影。僕夫筋力盡〔一〕，悽愴助悲哽。荆棘罥手足，跬步不得騁。虎狼恐奔突，魑魅或驕逞。怪禽當我啼，毛髮豎寒滓〔二〕。常時山下民，攘劫玩官警。殺人委溪洞，椎宰肆庖鼎。時平向置砦，恃險益頑狠。反思二水上，道路何昞昞。坐貧昧艱危，欲速煩慮省。但傷遊子魂，日夕更憂怲。安得剗高崖，連山豁畦町。

【校勘記】

〔一〕「筋力」，原作「觔力」，據四庫本改。

〔二〕「滓」，四庫本作「瘁」。

答贈王子啓

晨得故人書，握髮再三讀。纏綿數百言，肝膽豁傾覆。上承起居問，下感進脩勗。雖勞鴻燕思，且慰泥塗辱。去年所寄詩，徵我當和復。讜材本遲鈍，往報愧不速。置書懷袖間，汗出顏靦恧。永懷通家好，先世輯婣睦。嗚呼我大父，文雅動季叔。追惟所自出，實本王氏族。風流齊閥閱，情誼均骨肉。兔絲附長松，柔弱易摧蹷。矧我後生輩，疏略坐拘束。饑寒役道路，時序少攀屬。緬思老成會，光景同轉燭。每過城西隅，低回愴心目。時尋賢者居，邈在龍灣曲。方畦帶寒蔬，斜徑出脩竹。升堂奉甘旨，宴客湑醽醁。委蛇伯仲間，顔色何婉郁。往時客南浦，公館蕃樂育。學子來趨風，簦笈奮遠躅。襜襜講帷側，濟濟森立玉。敷揚六義旨，駢疊雅頌録〔一〕。詠歌逾金石，剖析見絲粟。似聞厭塵鞅，欲訪匡廬麓。重湖涉深渺，把卷面飛瀑。雲林固深窈，問學傷寡獨。豈必遠人羣，終然起巖谷。賤子罕所諧，微陋等樸樕。偶從將軍幕，未決詹尹卜。老親困痺疾，稚子抱寒瘃。内顧環堵空〔二〕，何以甘藿菽？筠陽近留滯，風土漸諳熟。錦水流郡西，閭閻散平陸。長雲亘浮梁，車馬競馳逐。風激仙洞涼，江浮鳳山緑。蘇揚遺賦詠，草木含清淑。至今民俗淳，守業不出屋。反思好游子，奔走何碌碌。故園久蕪穢，荷耒思種稑〔三〕。軒裳苦乖違，農圃豈汙瀆。勉意慰所親，志願在昔夙。感君同心言，義重秋蘭馥。抽辭酬遠意，焉得不醇篤。勖矣合并期，悲歌睇鴻鵠。

【校勘記】

〔一〕「雅」，原作「稚」，據蕭編本、四庫本改。

〔二〕「顧」，原作「願」，據蕭編本、四庫本改。

〔三〕「稑」，原作「陸」，據蕭編本、四庫本改。

題西山五仙圖

西山多仙靈，往往宅幽阻。飄然不可招，作者焉得數。昔在漢晉間，淩厲出梅許。偉哉之機士〔一〕，泯迹事納吐。千載仰高風，誰能究其緒？披圖覿古像，先後得四五。蒼茫越王山，颯沓文繡虎。陳陶終市藥，伊業解歌舞。把卷識肩吾，曳杖知蘊古。神情各沖逸，簪褐雜襦袒。觀其英邁姿，宇宙一仰俯。超遥雲中物，安得繫纓組。徉狂或玩世，精鍊得無補。終然委大化，豈必事矯舉。吾恒登鶴嶺，覽勝睇玄圃。長松夾皓月，陰壑振清羽。藥廬與丹井，一一恒歷覩。獨不逢若人，高懷竟誰語？

【校勘記】

〔一〕「之」，萬曆橘徠軒重梓本作「知」，四庫本作「忘」。

奉答丁克誠擬古四首併各因其首句云

昨日去如箭，去者焉得追。今晨復不念，無乃甘棄遺。孳孳孔尼父，老至忽不知。贊易著自强，昭若星日垂。泉流當達海，落葉寧返枝。聖狂本一念，所異公與私。永言惜去日，鑒此川上辭。

其二

誰將寶瑟彈，逸響故超絶。得心應之手，有口焉得説。宫商諧律吕，高下本定列。至音不自發，假器以舒泄。狥名而求聲，淲灃乃乖劣。懷哉葛天民，爲我陳一闋。

其三

秋月白且涼，金風豁森爽。錚然高林葉，墜地不復響。感君平生言，慰我清夜想。攬衣起彷徨，秉燭增嘆賞。允懷江海觀，敢怠泰華仰？古人在當日，政亦企前往。末予疲鈍資，焉得中脱鞅。

其四

幽蘭湛秋露，遠繫君子思。繁華逐飄風，乃以色見知。春陽無悴容，冰雪有令姿。感物固貧賤，反躬服芳菲。鹿鳴咏好我，永謝貽令辭。願言慰離别，勗德此其時。

題筠軒

脩竹夏向深，層軒晝逾静。沉沉幽蔭交，洒洒衆緑浄。微風枕簟入，落日琴尊並。攬枝發清嘯，撫節延孤咏。悵望生夕霏，幽期在蘿逕。

題枯林墨蘭

山中石纍纍，百草寒不芳。猗蘭如高人，跡隱名愈揚。我欲采其英，繫之芙蓉裳。林深路迴窈，竚立以彷徨。

題蘭雪齋

陰巖凍欲斂，芳穎寒初破。迴風汎纖緑，時見白粉墮。援琴不復鼓，委佩空沉吟。掇此花上雪，比君塵外心。

壬辰感事六首

生長承平日，亂離非所知。垂髫讀史書，痛彼艱危辭。儒紳謝徭役，生理固云夷。雖無二頃田，亦不蒙寒饑。歲時洽親故，聊厚相娛嬉。出門不賫糧，四達隨所之。萬里若户庭，道路方伾伾。牛羊被原野，桑麻翳邊陲。四方絶争鬬，兵寢城亦隳。積薪而厝火，治道乃日虧。理亂自相乘，誰歟啓猖披。

其二

猖披者誰子，昉自邪説興。香火崇幻教，肇彼有髮僧。其源始涓瀝，弗遏終沸騰。宜陽一倡亂，和者紛駕乘。赭巾忽充道，殺戮相憑陵。蔑法恃妖讖，江淮竟先登。古來心腹地，廣衍德所稱。乃知爲厲階，不在憑丘陵。

其三

汝潁始媒蘖，徐沛乃螽起。浸淫及荆湘，浩蕩入彭蠡。風摇草木動，殺氣薄炎記。蒼皇九江守，血戰扼孤壘。海門白日暝，烈士先鬬死。雄波失天塹，北舸竟南艤。我師豈不鋭，勢奮易披靡。歎息江之流，艱危欲誰倚？

其四

豫章屹孤城，出戰當水背。退移石頭渡，橋絶偶奔潰。紅塵蔽江水，白晝驚慘昧。呼號振淵魚，山石忽破碎。桓桓章將軍，勇鋭百夫倍。登城一指麾，奮擊出前隊。戈船久遮列，堅壁方擁對。隄防蓼洲急，控扼龍沙會。自斷忽縱燎，危哉岌蓬塊。斯人盛經濟，兵略衆所戴。肘腋將弗支，誰從振其匱？

其五

寇移石頭渡，南掠烏山驛。新吴與修水，變起何絡繹。長驅逼筠陽，守者亦堅壁。連雲忽傾陷，烈焰半天赤。猖狂府中坐，慘酷肆臠磔。艷媚娟女羣，爛熳金帛積。倒倉散游惰，奪印援兇逆。坐令荷耒民，反戈半紅幘。人情苦遑惑，王事方否隔。摧廓諒匪難，荒荒濟危策。

其六

廬陵古名郡，繁盛何雄哉。井邑十萬家，一炬同飛灰。寇來背南岑，豕突勢莫摧。白晝呼市中，城門四邊開。居民望南走，千步不一回。官馬如流星，絶橋竄山限。府中方繕兵，填委粟與財。我糧寇之資，我兵寇之媒。一罅弗自謹，致此千丈頽。向來闤闠區，赤地生莓苔。慎勿東望之，茫然使心哀。

出南門

送客出南門，客行苦躊躇。前有血流地，暴尸臨路衢。借問守關兵，云是妖賊徒。往者東西鄉，歘聚如羣狙。跳梁恃山谷，根結未易鋤。潛行巧闞伺，動與鬼蜮俱。官中急召募，搗穴將掃除。往往禽捕之，束縛來獻俘。械繫置庭下，詰問非枉誣。每戮三審之，仁哉賢大夫。豈不憤彼逆，終然惻其愚。先時獲游諜，揭揭梟首顱。州人食其肉，刌剔無完膚。嘉禾化糧莠，紅紫竟亂朱。下爲人所忍，上干天所誅。吾聞聖人教，伐惡人之符。一姦伏刀躓，萬姓安其居。官軍北來近，此輩溝壑餘。行者勿愴惻，黽勉慎所趨。

賦白馬祠送曾照磨領兵防龍泉寇

將軍騎白馬，朝出西門道。初日射旂竿，秋風動原草。問君此何之，鞍馬甚光儀。新承大夫命，去逐紅巾兒。笳鳴武溪曲，鞭指石州路。手持白羽箭，却射林間虎。深行五十里，提卒三千人。定擢中軍帳，獨清西北塵。丈夫誓殺賊〔一〕，老劍耀如雪。簫鼓城南樓，歸來宴明月。送君白馬祠，因吟白馬篇。殷勤折楊柳，贈比珊瑚鞭。

【校勘記】

〔一〕「賊」，原作「賦」，據四庫本改。

和全參政別王照磨至剛

慘惻壯士別，哽咽止復説。妖塵污后土，臣子憤所切。揚威激驍勇，振義戢頑劣。差差戰飛霜，屹屹壁立鐵。崆峒兀危倚，章水不可越。舳艫亘縹疾，旌旆森側疊。熊羆方蓄鋭，蛇虺政蟠結。由來國中士，當作天下傑。軒軒掃霾霧，炳炳揭日月。側聞王師至，冠蓋相填接。雙江波濤急，浩蕩壯心折。往者靖四隅，屢戰非小捷。何由濯炎酷，萬里洒飛雪。永慰塗炭民，呻吟化欣悦。

陪王珊克温薛益伯謙王睿王佑嚴焕夜宴焦瑜宅看薛舞劍分韻得深字

高樹涼風下，叢蘭夕露深。賓客集高館，遥憐當別心。起舞出古劍，迴歌罷瑶琴。焉知夜寥闃，清賞豁煩襟。

贈州掾李復亨

李君青原英，早辟此州掾。遭時極艱虞，酬酢周萬變。軒昂七尺軀，磊砢出羣彦。攄詞猶轉丸，制勝若激電。以兹悟賢侯，允矣獲深眷。請從去年説，從事實展轉。寇興自淮河，焚劫徧寓縣。倉惶蹙大府，聞者驚戰眩。我侯力區畫，建義急防援。戈矛首奮勇，城壁次修繕。睎民勿驚畏，出入兼守戰。當時籌帷幄，禆益總優衍。慅慅西土氓，嘯聚鬱相煽。侯曰往靖之，君時實在遣。高冠晨簪筆，輕騎夕韃箭。落日猿狖號，石門路如線。摧兇意已決，擁槊身獨先。我兵偶失利，蛇虺紛糾纏。憤呼突重圍，脱免不可罥。生還趨進討，汛掃何捷便。矧懷疾惡心，直道昭爛炫。姦攘速夷戮，仇獄謝賄眩。温温自盈拱，鑿鑿真百鍊。從容就三考，著績偉自見。或同文子升，偶遇于公薦。青雲一攀附，騰趠超紫燕。漢史徵循良，終言托佳傳。

承鄧子益黄樹之作依韻奉答

客愁如浮雲，沓至不可掃。日聞寇盜急，戰士何草草。豈無鷹颺勇，未奮鼠穴擣。經年數避地，貴賤淪醜好。嗟嗟鄧孝廉，盡室竄鳥道。天寒拾橡栗，日晏攬蘋藻。頭額謝焦爛，裳衣劇顛倒。百年侍郎宅，故物粲可寶。烈焰白晝飛，伊誰得探討？庭前花竹區，漫與瓦礫槁。昨投柘黄村，母子慎完保。低頭狎樵牧，徒跣接猺獠。晝行巖下蹊，夕宿溪上島。荒山少鄰並，木石藉圍堡。春陰蛇虺出，簸蕩汨行潦。鷹鸇苦未擊，雲霓淜其腦。平生忠義概，知子是素抱。驚承黄樹作，再誦豁憂惱。東歸定何日，漂泊傷潦倒。正士懼摧殘，如何問穹昊。

答曾同升見語

沿崖入深谷，羣木羅秋陰。泉響一何幽，巖栖有鳴琴。已欣人蹟遥，恒恐塵慮侵。願持白雲操，一寫高世心。騂騮厄鹽車，局促上峻坂。長鳴悲風生，惜此白日晚。時哉一縱轡，造父未能挽。蕩蕩軼浮埃，天門望中遠。

凶年民有棄子於江者詩以寄哀

骨肉豈不親，無食難爲恩。抱子棄水中，哭聲吐復吞。母饑骨髓枯，兒饑眼眶出。終然兩存難，何以共憂恤？歲月不相貸，恩愛從此分。我死尚可忍，兒啼那復聞。兒啼那復聞，江水流浩浩。不忍回視之，銜悲入秋草。

送孫景賢歸江東

客有敬亭思，春愁何渺然。謝公樓前月，已照江西船。船頭花亂飛，釃酒發鳴鼓。四顧不成懽，悲歌淚如雨。壯遊南海上，曾著從事衫。驄馬青連錢，馳突開巉巖。南歸阻寇亂，寄食贛江側。多謝尚書公，看客好顔色。高筵列綺饌，賓客如流雲。舞劍萬人却，談兵四座聞。年華逐流水，五見楊柳緑。夜夜夢故山，浮雲滿巖曲。兹行未可住，却望江東還。人散井邑空，鳥啼烟樹間。殷勤候高堂，次第訪鄰里。山栗與木瓜，離離照烟紫。放舟弄明月，躡屐凌翠微。春風久相待，吹老辟蘿衣。南平三月暮，惆悵忽成别。把臂重論心，知君有奇節。東遊我所願，遠作秋風期。却攜采石酒，高詠敬亭詩。

送蕭一誠赴萬安教諭

聞君戒行裝，去領萬安學。征舸已載書，離筵更行酌。春還野色迥，日入川光薄。悠悠水上鳧，矯矯天際鶴。寇壘尚連戈，邊防正鳴柝。千村少烟火，百里到縣郭。古來重庠序，亂後餘殿閣。緑野一榛蕪，青衿半荒落。師承豈無待，教立將有托。山水舜祠深，端期聽韶作。

贈醫師任光顯

我非金石資，敢與寒暑俱？豈不慎所愛，苦以貧見驅。晝行冒炎赫，暮宿蒙沾濡。短褐不自温，藜藿兼秕稃。外邪或乗間〔一〕，内扃焉得虞。乃者春夏交，伏臈卧衡廬。俯仰一日間，氣候乃頓殊。厝火憒惔烈，抱冰增鬱紆。對案不能飡，嘔嚱聞喑嗚。親友來問疾，藥物審所須。交辭贊其賢，里有任大夫。祖孫已再世，診候明機樞。入門即聞望，審療窮錙銖。藥液製鍊精，再啜氣已蘇。詰朝謝枕席，體胖心孔愉。怡憂古所戒，懲創以嗟吁。永懷藥有神，如以水沃枯。至人豈銜報，感德在我徒。毒癘濟不仁，瘡痏困夷誅。安得四海間，皆君起羸痛〔二〕。

【校勘記】

〔一〕「秉」，四庫本作「乘」。

〔二〕「痡」，原作「痛」，據四庫本改。

贈畫師劉宗海

寇盜餘五年，山林一憔悴。劉君最英發，筆墨有生氣。蒼然祈鄭間，見此喪亂際。拔足自渝塵，師門本羅氏。聰明破溟涬，飛動入玄契。總角解揮塗，老成兀超異。高堂敞軒豁，圖畫入蒼翠。紛披烟霧舒，晃朗城邑麗〔一〕。霜禽晚更淨，水木寒不墜。翩翻毛翮分，的皪花果碎。江沙隱舟楫，山雪帶遠騎。瀟湘乍微茫，衡霍忽叢萃。冥冥開古色，漠漠浮遠勢。東南半天下，屏障光溢視。遂令購求者，尺壁不敢貴。相逢苦漂泊，澤國春正媚。口誦名詩文，磊落傾腹笥。窮途偶羈客，絶藝終名世。豈必懷古人，艱難發深喟。

【校勘記】

〔一〕「晃朗」，原作「晃郎」，據四庫本改。

殺蛇篇　有序

曠氏庭有蛇，赤質黑章，出叢薄間。伯逵早作遇之，見蛇獲黑蟾，方據以嚙，未死也。亟命操挺往擊之。家人驚告曰：「此爲神蛇，第縱之，勿擊。」君曰：「是毒人戕物者，神果有是乎？今壞食而草宿，無害於人，而彼殘之，宜必殺。」卒擊殺之。蛇斃，蟾得脱。見蟾傷腹且潰，將納而紉之，以完其生。童子出棄蛇湖水中。君曰：「未可以毒飲者，盍埋之？」童子返，蟾逸不見。鎦楚聞而嘆曰：去害不惑，智也；除害必勇，義也；全善於既危，慮患於既斃，仁也。一舉而獲三善焉，是可書已。因賦殺蛇篇，其詞曰：

蛇虺各有穴，合在巖谷陬。明明庭宇間，豈爾之所遊。靈蟾無爪牙，草宿甚優游。爾乃攫食之，吞噬不少休。嗟爾毒螫性，吐啖若火抽。潛乘夜色暝，巧伺人迹幽。觸草或盡死，殺人甚戈矛。惻惻仁者心，嫉之若仇讎。奮挺往擊之，妖言焉得留。首斃文錦裂，鉤尾委不收。觀者憤稍抒，蟾脱金背浮。呼童出棄此，轉置湖水頭。猶恐毒流波，瘞之向崇丘。念昔姬旦治，驅蛇菹澤投。叔敖患兩首，陰德躋公侯。聖哲忽已遠，草木塞道周。紛紛蛇蜮交，毒癘偏九州。養虎方封豚，食狼乃刳牛。彼哉獨何心，良善生怨尤。我歌殺蛇篇，歌竟淚自流。爲此乃曠逵，古人誰與儔？

賦清簡所送鄧憲史南臺

肅肅清簡所，粉署若秋霜。聞君將去此，遠赴柏臺郎。驅車臨廣陌，沉憂結離觴。青雲正岧嶤，黄鵠方高翔。還念同居者，湖陰看月光。

奉和右丞廉惠山凱牙喜雨詩

亢陽閟時澤，赫欲槁衆緑。台衡憂民心，惴惴甚集木。一朝注甘澍，允矣生百穀。堂邑歌既零，南山咏沾足。向來擊鳴鼓，望祀走巫祝。孰云豐年遲，永念誠感速。廣陂潤方流，酷炎勢已蹙。省署揚清風，薇花濯紅玉。民情洽和暢，天意劃清肅。庶草徵則同，時哉念蕃育。

題太古齋爲鐂政卿賦

士有希古者，端居在衡茅。鳴琴既無譜，酌酒亦用匏。氣淳語言樸，其俗自不澆。誓將木石俱，永謝時世交。垂釣可爲車，游鱗方在郊。獨往思見之，悵然歌有巢。

曠伯逵移花竹石盆 有序

數日暑酷甚，伯逵晨興課家童移堦下所植雜花竹石盆盎盡置庭中，穠青纖碧，高下隱映，洒然坐林泉而濯清吹也。伯逵亟命茗甌，酬此清賞。余因賦詩以寄興，則壺觴之集，將不在兹乎？

慈竹緑而貞，慎草青以潤。披紛瑞香蟠，糾屈梔子韌。蓬然出衆美，生意各欣振。虚庭蔭深廣，烈日光不瞬。泉石涵清姸，盎盆陟崇峻。移床坐其側，涼吹颯兩鬢。重門掩苔蘚，塵跡戒蹂躪。賞幽君子心，席地頻洒汛。茗甌既已陳，酒醆焉得擯。高情寄林壑，樂此樂如瑾。我慚去田園，畏暑劇焚爐。抱甕息林陰，還思問田畯。

贈曾沂畫山水詩 有序

曾沂字以文，廬陵人。自少攻畫，尤篤意於王輞川、董北苑、米南宫家法。僦居東湖，浄掃一室，娱弄翰墨而已。故其落墨深穩，敷色明潤，規臨古作，時出新意，位置情態，高深平遠，咸臻其極。故有山巔水涯之遐思，有金閨瓊館之逸興，有青雲白雪之雅懷。觀者得之，烏可掩哉？錢塘王君若水、上元周禎伯寧，皆以翰墨名品重當世，生咸及門而受益焉，宜其學益進，趣日高，而聲光之日大也。方束髮時，嘗執經從伯逵游，已時時點墨作山石、林木、人物狀，好之不能禁也。今所就果若此，豈非天性然歟？至正丁酉夏，余游豫章，將赴春官，不果，思歸珠林，以畊牧焉。林下有求志亭，生爲余圖之，頗合余意。因作詩以贈生，而引其事如上。

山水有雅趣，絶藝固難名。翩翩沂水生，曒曒高世情。觀其筆墨間，穎悟契天成。況復師名哲，揮洒欲縱横。我有林壑興，迴車謝遐征。悵言事求志，結好在紫荆。戀戀返桑梓，依依尋耦耕。驅牛涉晚澗，坐石聞春鶯。茅簷有濁酒，思就野老傾。風塵正蕭瑟，念此心煩驚〔一〕。感君作圖意，慰我南征程。卷之懷袖間，離思浩方盈。贈言匪諛溢，願子垂休聲。

【校勘記】

〔一〕「煩」，四庫本作「頻」。

過順流口尋歸舟不見留寄曠伯逵

居人惜離别，行子念歸路。牽衣苦徘徊，酬酢乃煩屢。豈知風力便，徒侣惜遲莫。孤帆竟先發，江永不可渡。登高望前灣，欲往復回顧。令我行躑躅，感君鬱情愫。去翼安可招，蒼蒼但昏霧。

題帶經亭爲曠伯逵賦

時雨度原陸，我俶事耦耕。晨興荷鋤出，於道非所營。古人邈以遠，遺言粲昭明。豈不念周覽，力穡自有程。攜書徂畛間，卷舒契深情。息偃林樾下，放歌激商聲。皤皤東鄰叟，來問所讀名。作者安在哉，所爲竟何成！誰能舍耒耜？坐致倉廩盈。掩卷謝鄰叟，此道久榛荆。聖哲本不死，我寧昧所生。且復具尊酒，相對得共傾。陶然亦徑醉，春鳥方和鳴。

贈蕭自愚煉師

填海銜木石，移山開路衢。既憐精衛苦，復笑愚公愚。擾擾六合間，機械紛奔趨。豈知大智者，歛之寂若無。緬彼白鶴仙，昂藏一丈夫。沖抱龍虎氣，清含山澤癯。煉藥入紫霞，吹笙上玄都。逍遥青天中，湛寂以自娱。我欲躡其蹻，飄然安可呼。永懷伯陽翁，握此玄化樞。毋爲事辯巧，取愧斯人徒。

所聞

客談所聞者，我亦聞所聞。翕忽片言間，源委焉得分。當時初聞時，心緒相紛紜。洶如春江濤，汎若秋空雲。肝膽不自持，反復貽戚欣。豈知無聞者，兀兀窮朝曛。起揖謝上客，慎勿云所云。我心久冥漠，無以置斧斤。

避寇宿嶺下田家

攘攘忽超嶺，冥冥遂投村。不知來遠近，但見行者奔。風起草木動，牛鳴人語喧。妻子踢道隅，淚下聲吐吞。老翁牆頭看，爲我啓重門。掬泉沃煩熱，坐我林竹根。稍覺顏色定，豈知心魂翻。兹行寔倉卒，感君言貌温。平生親與友，此日焉足論。

過周宜沖林居

幽人繫遐思，散策欣往即。圳南秋水落，行踏澗中石。離離數青松，遠蔭林下宅。落日在柴門，清風滿蒲席。

送謝君壽歸豫章

謝君芝蘭秀，玉立含春温。昨從鍾陵來，過我江上軒。臨流一解佩，坐石倒芳樽。時序浩若流，霜露忽已繁。悵然念歸路，孤鴈同翩翻。城西昔栖隱，舊宅今不存。採藥度沙嶼，懸壺當市門。隔水望西山，翠屏矗雲根。逝此安可覿，清風懷笑言。

述懷一首別表兄嚴允升之興國

我始束髮時，出居城東郛。兄從濠上來，青裾如短鳧。父母共愛惜，兩兩相攜扶。讀書本不多，頗好弄墨朱。暮拾草上螢，晨探花間雛。綴文暗矜衒，學字繆擬摹。登床奪硯筆，入室窺庖厨。詬怒或暫違，歡欣復同娱。時來飲美酒，終不事樗蒲。俱爲鄉鄙憐〔一〕，自許如聯珠。稍長各辭家，東西趨道塗。饑寒兩契闊，千里長睢盱。論心愴無夢，攬鏡覺有鬚。歲時骨肉聚，俯仰親情俱。我父寔爾舅，爾母爲我姑。十年遞傾逝，顧影憐羈孤。嗟爾前年春，妻子復殞徂。空庭閟白日，苔蘚生簷樞。爾兄亦早喪，有子居僧廬。削髮豈高士，承宗寔良圖。去年避兵難，聞竄王嶺隅。歸來見顔色，失喜雉脱罦〔二〕。昨聆遘寒疾，服食幸少蘇。所依弱妹存，亦苦貧病拘。如何便訣絶，孑孑復遠趨。山雨晴少泥，林華正紛敷。紫燕亦高飛，春城沸笙竽。我慚識字來，奇蹇多憂虞。所以遯幽谷，遠從耕釣徒。兹晨悵言别，有酒得更沽。感激少小懷，臨分重躕踟。五月蒲艾香，九月有菊萸。故園恐蕪没，歸候焉得逾。武姥泉石嘉，遠駕尚可紆。庶慰同心契，慎保千金軀。

【校勘記】

〔一〕「鄉鄙」，四庫本作「鄉黨」。

〔二〕「失」，四庫本作「竊」。

題山水畫

羣峰矗青屏，邈在雲霧中。逶迤臨廣川，杳矯凌高空。太陽燁朝升，霞彩爛青紅。草木石上生，流淙挂寒虹。突若汎水鰲，背負蓬萊宫。我欲登覽之，雲深路難通。恍然對圖畫，思訪商山翁。躡屐行紫苔，艤船並青楓。憑高思無極，引咏送飛鴻。

見家鴨浴於堂坳感賦

鳧鷖浮江湖，萬里可適意。坳涔濡家鴨，振洒空作勢。人生天地間，窮達同一世。悠哉賦命初，豈不繫所值。

夏日同歐陽仲元羅子理鄧崇志會飲林屋得紫字

幽居帶林皋，烟草共墟里。兩日不相承，鳥啼春竹紫。川平雨初集，日落風更起。悵望城市遥，青山隔流水。

懷萬德躬

萬生江海士，蚤志在經術。賢網失雄奇，低垂向蓬蓽。豪吟高李間，盛世宜作述。光華豐城劍，洋溢清廟瑟。霄漢未有期，風波乃相失。今年赴大庾，華髮映初秩。名高乃爲累，退伏懼讒嫉。維時三月初，上道戒吉日。江發南雲長，帆開北風疾。停舟一相過，取别傷草率。豈不念平生，衷懷詎能詰。維南苦凋瘵，民情甚迴遹。治棼古有戒，何以布章律？秋風渺鳴鴈，贊佐在軫恤。妻孥隔異縣，歲晏悲蟋蟀〔一〕。微生且漂泊，吾道在否窒〔二〕。懷哉南川隱〔三〕，千載竟誰匹？

【校勘記】

〔一〕「蟋蟀」，原作「蟋蟀」，據四庫本改。

〔二〕「否窒」，四庫本作「否塞」。

〔三〕「南川」，蕭編本作「南州」。

六月晦日山下觀稼歸

東日出未熹，我興事晨稼。莽莽逾廣阡，悠悠至山下。良苗各已實，載穫紛穲稏。流泉蔭餘畝，束穧歸南舍。柴門日向夕，鳥雀喧已罷。老翁攜壺至，言笑相慰藉。春作幸有成，明當戒秋社。

題錢氏貞節堂

織素傷斷絲，汲井傷短綆。百年不偕待，逝者悲耿耿。空閨凝芳塵，白日驚寒景。獨攜嫁時鏡，坐照孤鸞影。孤鸞鏡中老，雛鳳方和吟。何以慰母勤，山海匪高深。蒼蒼千古石，爛爛百鍊金。惟應諸源水，鑒此貞節心。

早行霧中過田家失道

我行烟霧中，不復辨原陸。幽幽聞雞犬，隱隱見松竹。田家迷遠近，阪路有崎曲。已覺瞻望勞，誰云往來熟？

感時和答王以方

霧雨晦平陸，窮林翳清秋。衆鳥各喧囂，孤鴻獨懷憂。矰繳方可虞，稻粱焉得謀。塌翼墮中流，泛然若遺舟。屯雲蔽白日，澤國生暮愁。飄飄竟何適，莽莽奚所求。且復斂蹤跡，栖遁此林丘。時哉周周遇，可以銜羽不？

題嚴氏東園

里有嚴氏族，昔維孝友門。大廈連高雲，江波下流奔。我識秘書孫，令質何温温。行年踰六袠[一]，蒼鬢雪不翻。冠裾肅其儀，恒以誠自存。族處三百年，清風望彌尊。燕游有别墅，近在城東園。永念昔賢居，樂此竹與萱。茲晨天氣佳，風日麗崇軒。秩秩敍賓友，怡怡從弟昆。圖畫既羅列，醪醴亦滿樽。至樂恒未央，世事焉足論。眷惟此流慶，宜爾但高言。羣翁有述作，來者宜勿諼。

【校勘記】

〔一〕「衺」，原作「襄」，據萬曆橘徠軒重梓本、四庫本改。

憶鄧子益　有序

冬月憶廬陵鄧子益，時乃兄子明擕其祖侍郎中齋先生故所撰海上遺稿，獻之史館，因留京師未歸，悵然賦此。

翔風振層岡，日出林鴉散。故人不可見，對酒發長嘆。昔别驚蒼茫，新愁復零亂。栖遲豈淪逸，才美宜卓冠。傷哉歲年暮，之子實國幹。有兄承家學，足以資考讚。泣把海上書，去年入東觀。秋霜肅羣木，萬里消息斷。念彼孤飛鴻，凄然度雲漢。遥知當此夕，沉吟出虚館。上堂候甘旨，綵服故明爛。江亭春風遠，水澀冰未泮。中州烟霧集，羣宿起鳴鸛。我懷實悁結，徙倚至夜半。仰視天宇高，明星復東粲。況兹當遠征，展轉遂達旦。

送邢秀才之南海

驊騮躡層雲，振鬣可千里。豈有賢達人，低頭戀妻子。買臣未返越，季子終去秦。上策干君王，撫劍清風塵。英英邢茂才〔一〕，三十淪草莽。長笑别中原，驅車事南往。梅關積雪白，大海瘴霧深。窮冬在遠道，念子多苦心。維南峙藩城，五嶺樹旌節。得子先羣英，清風濯炎熱。我留山縣久，感此霜露餘。遥遥不可攀，羡爾南飛魚。

【校勘記】

〔一〕「邢」，原作「刑」，據四庫本及詩題改。

病起理髮

卧病七十日，我髮如氈茵。沉綿曠時理，卷鬱乃不伸。徒蒙垢膩積，蟣虱來相親。噆咂無遺膚，搔之反紛繽。兹辰風日佳，隱几支羸身。疏櫛試剪摘，洒洒開風塵。蓬然滿其梳，易若振槁榛。恒恐自兹始，種種空輪菌。傍有笑且言，子何昧所因。四序一氣爾，榮悴若環循。凋零豈不秋，萌蘖方復春。不見柏與松，相承爲舊新。矧子屬壯强，盛氣方嚮晨。六淫戒侵慝，所養貴得均。膚革苟充盈，寧傷發生仁。兹言頗有契，我志豈遂淪。被衣衡門下，反視怡心神。微風從南來，且復正葛巾。晞之跂陽阿，庶以怡天真。

賦龍沙贈友人别

朝出城北門，遥見城下沙。簌簌鳴北風，蕭蕭入人家。坡陁浩如雪，漫漫不可越。水落黄金澄，天晴紫烟滅。别君沙下亭，逝此歌揚舲。春來倘相憶，芳草是中青。

檢故篋中得亡兒觭所服藥裹賦以致悼

汝葬已在野，汝藥尚在笥。當時闕神功，事往一流涕。神仙豈不死，海上多奇方。俯仰猶昨朝，嗚呼今則亡！

題牧牛圖

清晨跨牛出，日暮吹笛歸。草野不逢人，田烏相逐飛。山中有風雨，蓑笠莫教遲。

賦別南澗諸友人

歲杪無淹晷，歸人滯山居。兹晨復不發，明日當歲除。宴會良已勤，愁思獨不舒。顧回投轄意，一解送行車。

舍弟往三坳嶺尋觶子日夕未歸坐候林下

西林已雞栖，北澗復蟲響。沉沉四山暝，寥寥一星上。時危劇鍾情，期逝勞紆想。悵立此溪陰，欲休未能往。

分韻得一字餞别張彦昌赴豫章

君行赴豫章，燕餞在兹日。短劍出匣雙，輕舟泛江一。峽深霜猿苦，天闊雲鴈集。酒盡不成歡〔一〕，南瞻恍如失。

【校勘記】

〔一〕「歡」，原作「勸」，據四庫本改。

和答蕭伯璵

客有鶴上侣，巢雲松桂林。秋風夜中發，相思烟水深。青鳥從東來，惠我瑶華音。援琴不成嘆，徒勞千里心。

題黄氏三餘齋

天地有明晦，陰陽互始終。人心藴至理，妙運焉可窮。端居淡無榮〔一〕，肄業肄旁通。陶以典籍富，積之道義充。春作肇有嚴，夙興在省躬。日入未遑息，歲周方底功。良辰風日妍，游咏從冠童。矧當陰雨交，而敢怠擊蒙？混混循化機，淵淵湛天衷。及時戒自嬉，樹德務永崇。潛心董生業，紹迹曼倩翁。三餘寧有期，百歲將無同。勗哉黄氏居，庶以厲頽風。

【校勘記】

〔一〕「榮」，四庫本作「營」。

題吴氏宗夏所作秋林高館圖

江皋秋氣澄，林屋帶幽敻。霜餘羣木斂，日落衆山静。湫湫舟泛葉，湛湛水涵鏡。歸鳥愁暝啼，飛鴻淡遥映。市朝從兹遠，輪鞅焉得競。釣懷渭濱叟，耕憶谷口鄭。彼美孰與期，援琴發孤咏。

吴太守將赴韶陽西昌浮屠周師以九鷺圖爲别邑人劉荆生復爲詩以系之

九鷺何娟娟，翔集在中止。感此秋氣澄，森然欲飛起。差差白羽分，皦皦皓翼比。臨深既羣篴，憩淺復危跱。流音振林薄，顧影下清沚。落日楓岸遥，風迴篠溪駛。誰爲霜雪標，墨素得其似。悠悠嶺海邁，肅肅鵷鸞止。悵懷將遠違，持以貺君子。迹幽同九皋，心遠向千里。舞翻登清庭，翳車列天軌。眷言羽儀盛，振振自兹始。

江干草居

江干愜幽屏，草扉亦常關。晚途斷歸人，虚市見寒山。林木變冬候，繁緑忽已殷。鳴鳥相因依，孤雲時去還。唐虞既云遠，慨此時獨艱。四體豈不勤，我髮日已斑。翱遊千載上，偃仰一室間。樂詠古人詩，庶幾無靦顔。

戲題訪戴圖

大雪滿天地，高興何悠哉。終然不相見，獨棹月中回。人言越溪春，酒熟山花開。此時風日好，何事不能來？

田父邀嘗酒感賦

客有攜壺來，酌我盈觴酒。自云秋糯熟，醖釀滿盆缶。莫嫌山野俗，盤饌本無有。園蔬雜蒸芼，甘脆幸可口。喪亂二十年，蓬蒿徧田畝。誰能厭糟糠，何意問升斗？我時適歸田，枯腹餘皓首。感此慰勞勤，比酒覺逾厚。陶然就徑醉，高卧北窗晝。門外清風來，颯然在高柳。

題劉誠本畫緑陰静釣圖

緑渚浄秋波，蒼林含夕景。之子坐垂綸，冥冥釣深冷。歸鳥背林梢，游鱗漾文荇。扁舟有餘閒，庶以怡日永。斷岸不逢人，虚明見清影。

答陳畊閒見貽之作

微生本田野，志豈希廟堂。採掇乃不遺，徒爲仁者傷。煌煌大明宮，四海皆來王。圭璋映冠冕，光寵安可忘。而我叨其逢，能無重憂惶。駑駘匪逸足，樸樕乏遠揚。擯斥固其宜，低迴返山房。幸有二三子，絃歌以徜徉。感君篤所貽，韻語清琅琅。逝言托晏歲，江海侔深長。

題淵然劉煉師崆峒訪道圖

至人若浮雲，會遇何有常。有偉淵然子，早師趙元陽。西遊崆峒山，心迹兩超越。朝飡赤城霞，夜弄瀛海月。瀛海幾清淺，鯨波隔人烟。樓船送童女，白日迷秦天。伊誰秘靈機，顛倒鑿玄竅。相視乃無爲，不言亦不笑。問君此何之，顏色如桃花。穀城訪黄石，勾漏求丹砂。我從崑崙歸，秋鬢忽已雪。安得騎青龍，相從叩真訣。

和鵬舉赴滁陽道中述懷見寄二首

聞君赴滁陽，前月過秋浦。輕蓬去如葉，列嶼若浮俎。思親念方永，懷友心亦苦。清宵發孤咏，餘響應柔艣。盈虚諒誰卜，忠概傷自許。君心正懸旌，我髮已垂縷。苦無太古調，何以襲宮羽。

其二

峨峨北巖山，上軼雨與雲。下有蕙與蘭，芃芃揚秋芬。君子在遠道，懷思極憂勤。睠言感時澤，亦復傷暌分。念兹豈思性〔一〕，化者將同薰。由來金玉姿，不如蕭艾羣。逝將媲貞美，庶以怡朝曛。

【校勘記】

〔一〕「豈思」，四庫本作「愷惠」，乾隆重梓本作「豈異」。

晚出登前岡候王徵君不至

出門候親知，引望欣往即。崇林既前登，脩坂亦屢陟。浮雲正東馳，餘景忽西匿。漠漠烟散霏，稍稍昏向極。驅車來何遲，遠近誰與測？行非多岐累，軼豈中道息。幽期寧獨違，沖想竟難抑。欲留感凄冥，更往念艱棘。簪盍諒勿疑，憂紛已盈臆。歘彼載之來，何日情飛翼〔一〕？

【校勘記】

〔一〕「情」，萬曆詩選本、萬曆橘徠軒重梓本、四庫本作「倩」。

和答蕭國録八月十一夜對月有懷之作

林塘澹清華，庭宇豁虚朗。露井波澄輝，風林葉交響。高言倡令德，孤吟振遐想。亭亭江上月，肅肅雲雁往。美人浩前期，令節延遠望。池魚既堪綸，旨酒亦可釀。永懷契天游，庶以會心賞。宇宙本達觀，如何較銖兩。

月夜舟中

泝舟忽淹逾，日入愁將夕。江流星斗迴，月出洲渚白。飄飄風中蓬，渺渺槎上客。利涉吾豈貪，歸哉問林宅。

題胡子敷朝陽軒

晨起罷盥櫛〔一〕，初日光離離。晃然幽軒上，坐見扶桑枝。揖客正几席，咏歌理絃絲。高梧已結蔭，鳴鳳當來儀。

【校勘記】

〔一〕「罷」，原作「寵」，據四庫本改。

題郁傑觀泉圖

我昔負疏散，放爲出澤遊。自躡兩蠟屐，時操一輕舟。陟險或窮日，探奇遂忘秋。行與雲水俱，坐與木石儔。吐詞輒吟咏，得酒即獻酬。自謂長若斯，不復懷隱憂。中年遭淪蕩，世路傷阻脩。兀兀感時邁，栖栖愧身謀。反思膂力初，豈乏十角牛。誰令惰四體，而不營西疇。又如規什一，利可等封侯。胡乃忽彼賤，忍貧事墳丘〔一〕。工而昧執藝，卒也拙操矛。徒以落魄資，重貽親故羞。屬兹際明盛，草野咸登諏。慢游幸免罰，識字偶見收。上叨命秩崇，下感禄奉優。補報慚尠稱，劻勷懼多尤。雞鳴事趨謁，日晏研書籌。譬彼策駑鈍，喘汗焉得休。誰爲泉石居，偃息得優游。冠服如古賢，琴書粲琳球。不圖忽見此，如病頓獲瘳。池魚戀圉圉，羈鹿懷呦呦。山林豈在遠，至性不可廋。郁郎自超逸，臺閣方見求。鬢髮幸未白，功績宜力裒。蕭蕭松桂幽，爾豈能淹留。致此倘有道，吾將詰其由。

【校勘記】

〔一〕「墳」，原作「憤」，據四庫本改。

五月十九日夜同蔣起居注楊主事宋給事中宴劉起居千步廊之寓直

步廊向寥闃，衛士傳呼叫。壺觴夜初集，刀戟燈相照。風迴閶闔迥，月上觚稜峭。起坐驚向晨，束衣待明詔。

偶題

一室秘炎暑，煩歊苦難禁〔一〕。安得天際雲，油然起層陰。願持白團扇，步入青竹林。却坐林下石，開襟以鳴琴。奈何限清禁，可望不可尋。且復此静息，聊以清吾心。

【校勘記】

〔一〕「煩歊」，原作「煩敲」，據四庫本改。

送婁徵士叔真歸金華曾侍郎邀賦

祖帳出都門，鴉啼掖垣曙。春從天上歸，人望山中去。離亭烟柳變，極浦風帆暮。亦欲把蘿衣，空傷別瓊樹。

蘭雪軒詩

聞君好幽蘭，羅植層軒陰。青青在人境，意不殊深林。光風澹容與，拂披動沖襟。佳時聿云邁，衆卉忽消沉。重陰既凌厲，凛冽乃見侵。念爾宛自持，將將式如金。亮不渝芳潔，聲潔良可諶〔一〕。願掇花上雪，比君塵外心。

【校勘記】

〔一〕「聲潔」，萬曆詩選本、四庫本、乾隆重梓本作「芳潔」。

題觀泉圖

野客愛清溪，翛然淨心迹。仰聆松上風，俯見潭底石。雲林興無遠，魚鳥懽自適。坐待山月高，鳴琴送瑶夕〔一〕。

【校勘記】

〔一〕「瑶夕」，四庫本作「遥夕」。

題米元暉山水畫爲郭掾吏賦

米侯奇崛士，作畫有家法。墨色運華滋，毫端散輕霎。攤平布汀渚，立險出巖峽。峰轉路盤紆，林欹樹交夾。陰疑神鬼會，幽與魚鳥狎。野屋架深冥，溪橋跨危狹。嶔崟負灊霍，滉漾注苕霅。花醲雨初膏，草健風可箑。藤垂怯猿把，藻漾信鳧唼。層烟千嶂合，積雪萬石壓。釣鮮憶鬵漑，采菽思衽扱。斯人世已庚，此筆品宜甲。高情爛初放，正氣浩不乏。燁燦珠吐盤，輝輝劍排匣。兵曹坐拘束，吏牘煩檢押。槐雲屯故幄，梅雨潤新袷。探奇卷時啓，歷勝懷始洽。何以謝朝紳？歸哉荷農鍤。

青蘿山房詩爲金華宋先生賦

我有塵外想，長懸山水間。昨逢金華客，因問青蘿山。青蘿幾千仞，翠色净如洗。江山見數峰，分明紫霞裹。緬慕宋夫子，高栖在丘樊。扣舷沿桂溆，翻帙上松門。幽尋聆澗淙，静坐看庭緑。著書三徑荒，飲水一瓢足〔一〕。昔在山中住，聲名天下聞。一朝被徵起，長笑下秋雲。官聯玉堂署，詔入金鑾殿。元史公是非，雄文掞雷電。今年謝山縣，稽禮移春官。並結芙蓉綬，仍飡苜蓿盤。翩翩霞上鸞，皎皎雪中鶴。振珮朝天衢，迴車睇雲壑。自從出山遠，芳草滿巖扃。弟子感時雨，里人瞻德星。豈無京華樂，祇念山房好。恒恐歸來遲，青蘿笑人老。仙巖勘靈笈，禹穴探古辭。此意在千載，世人安得知。

【校勘記】

〔一〕「瓢」，原作「飄」，據四庫本改。

贈歐陽濟可主簿自金陵復歸濟寧府

兵曹限清切，退食釐所務。趨庭有來謁，乃是長清簿。攬衣聞鄉語，出袖驚束素。自云歐陽氏，文物乃吾故。家藏兩誥命，上代崇公祖。紫錦絢春雲，回鸞掞玄霧。每啓必三盥，兢兢懼沾污。維時有侍講，派別長沙住。兄持往訪之，題贈得佳句。羣公繼揮發，浩瀚倒詞賦。後來兄入海，緹襲甚完具。持攜遂不返，旅殯石龍寓。倉皇兇燄起，燔烈劇毛羽。至今夢寐間，恍惚見題署。兹從山東來，王事屬馳騖。永懷家室墜，毒若心火炷。偶賴記誦存，手筆得繕註。惟君尚友誼，每恨缺告訴。便當乞一言，庶以償企慕。言已復愴然，淚雨紛懸注。我慚縻廩禄，學殖成廢圃。先訓既莫承，壁藏乃漂蠹。感子重彝倫，矧復執義固。勿傷昔賢遠，勿嘆來者暮。驊騮苟縱轡，千里起尺步。古人重收族，桑梓恭愛護。孝忠可特立，榮顯非倖遇。千年究公傳，星日焕昭布。烟塵暫紛紜，得喪奚足懼。似聞四派緒，凋落少聯屬。振先近捐世，南派亦微斁。潁上存者稀，廬陵盛宗聚。維時秋氣肅，圻樹颯涼露。別子秦淮湄，明當發前路。驛馬向悲鳴，河水恐凝沍。還官覲慎保，世澤常衍裕。亂餘丘壠荒，樵牧方交瘉。何當望南歸，一省瀧岡墓。

椒園詩爲台州楊子賦

海陬有東麓，天台所遺餘。其下五畝園，幽人之所居。幽人志事親，行不出里閭。升堂既問候，入室還讀書。園中何所有，椒樹蔚扶疏。露芳或晨採，秋穢亦自鋤。持此釀春酒，氣和心孔舒。東鄰豈無牲，北里亦有魚。所貴在力勤，旨甘將樂胥。苾馨重胡考，蕃衍咏聊且。慎旃志潔白，庶以承厥初。

陪陶尚書宋太史夜宿齋宫分韻得萬字

鳴鸞莅陽郊，陪祀服明憲。旂常擁圓壝，幕帟蔽脩甸。天高風冷冷，露白星婉婉〔一〕。尊罍秩斯舉，簴業樅以建。凝神向澄肅，秉德方恪愿。調笙思肆三，振羽將舞萬。張筵盛布設，陳幣昭奠獻。聽漏促晨興，嚴衣戒宵偃。駿奔尚齊遨，慎簡慚碩曼。感孚豈殊徵，恭事式同勸。

【校勘記】

〔一〕「婉婉」，四庫本作「爛爛」。

贈蕭忻

蕭忻辭我行，有淚迸若雨。倉惶奉旅殯，躑躅望鄉宇。主家隔萬里，生死托童豎。恒焉感恩義，誓不避艱苦。路人爲歎息，來與陳酒脯。古有不反纛，忻能瘞其主。無子未足悲，有子焉足數。作詩贈蕭忻，庶以厲忠矩。

題黄筌百禽圖

百禽百聲音，一動一情性。誰歟寫羽族，萃此一奩鏡。況有水與石，山桃竹相並。物□巧紛薄〔一〕，姿態颯飛競。掩卷冥所觀，吾將契虚静。

【校勘記】

〔一〕「□」，萬曆橘徠軒重梓本、四庫本作「類」。

送趙可立來北平省其兄可久參政却歸處州

華省張離筵，驪駒陳苦詞。北風吹曠野，歸鴈何參差。弟也懷故鄉，兄以王事羈。高秋一爲别，霜露忽已滋。驅車抗前旌，執手安得辭。君看並蔕葯，不獨連理枝。眷言此持贈，以慰長相思。

送趙參政赴召還京分韻得風字

凛凛歲云暮，轔轔車徂東。簡書屬嚴召，君子懷盡忠。外勞既旬宣，内弼方疇功。豈曰擇所事，簡知在宸衷。念昔歷曹署，朝趨接珩璁。北來雖異寀，幸以義見同。庭柏寒始青，垣薇春向紅。歡會不終歲，忽如萍與蓬。俯慚轅下駒，仰羨天邊鴻。灤水方凝澌，燕山屹崇墉。暌離會有時，精感理則通。操持宜努力，蹇直在匪躬。敢希仁者言，永勵國士風。

布履篇答舍弟

季有雙布履，攜來自家鄉。見兄赤兩足，奉以慰踉蹌。此履豈有華，素質而白章。縫紉出新製，絇綦已莫詳。念茲苦寒地，九月露成霜。上馬攬弊裘，入室坐匡床。誰爲手足念，寒瘃驚劻勷。一朝被温柔，步履便且康。足受慚黄石，踵決謝卜商。不忍踐荒穢，恐爲明潔傷。俯眎物有類，愴然感中腸。冠緌既成兩，舄鴈亦雙翔。如何弟與兄，闊别遥相望。

題陳原初掾郎所藏古澗幽人圖

端居謝塵鞅，濯足行澗湄。青山既盤紆，流水亦逶迤。四顧何寥寥，林陰亦紛披。乍興舞雩咏，亦軫濠梁思。仰觀浮雲翔，俯挹祥飇吹。春意屬駘蕩，我心方懌夷。永言觀象妙，庶以静者期。

反哺詩

嘗聞林間烏，反食哺其母。母衰塌翼坐，供養急銜取。今晨觀所哺，匪獨矜老醜。方其駢立次，情亦均左右。有如雌伏時，局促拳兩肘。雄亦念其饑，出營含滿口。歸飛闖巢户，彼此欣接覯。振翼而張頤，嗷嗷類初縠。辛勤拾蟲蟻，甘忍不下咮。豈不猶已饑，分張貴先後。有時通勞逸，雌出雄更伏。母子夫婦間，出入更助守。義恩重酬報，此意竟誰嗾。圓顱異羽族，反目多鬩鬭。覼焉不顧養，荒悖事博酒。一體較銖錙，親親乃殊搆。我吟反哺詩，庶以袪俗蔀。

自述

叨禄向六載，北遊且三秋。臬司謬所寄，官服當何酬。朗朗日月行，滔滔江漢流。孰云倖所致，良以遠見收。有靦吹竽濫，徒勞負山憂。秉志誓金矢，持身期玉甌。奈何歲年邁，鬢雪忽已稠。勉策疲鈍資，悠哉企前脩。

夜坐

閉門鼓初斷，振鐸兵已邏。風高羣烏號，月黑一犬卧。命罇乍舒懷，抽牘更娱坐。稍稍空葉飛，庭虚覺霜墮。

暮歸二首

馴犬聞我歸，起迎出前階。饑猫如嬌兒，奮躍入我懷。閒居感物理，豈以形自乖。壤壤殊趨者，孰云真我儕。

其二

日暮騎馬歸，驚踏天上雪。北風吹寒沙，高樹低欲折。誰憐牛車行，來往同一轍。

朝抱一印出

朝抱一印出，暮抱一印歸。公家有嚴程，出入焉敢違。吏曹方勗勸，文牘正填委。力弱驚任隆，勞微愧恩私。

十月十三日燕相府知印張觀復從江西來承大兄六月八日家問捧誦之餘悲喜交集因賦五言長歌一首奉報匪敢言詩姑述懷耳

張生江西來，手持家問至。剥封未及讀，先訊伯與季。書題八月寫，上有平安字。孟冬始獲承，道遠良不易。首云念我病，邇只復何似。中陳困書社，驅勒亂遷次。末述兒子頑，芻牧荒誦肄。又云先塋木，里横肆戕毁。官府呼不聞，樵豎劇跳戲。次云今夏旱，坐食困顦顇。私儲乏擔石，何以供卒歲？仲兄往黄陂，迎女别子壻。季弟石臺館，游從盛脩贄。阿鸞締姻早，諸侄亦勤歖。抒詞良激切，苦語雜瑣僿。如聆丁寧教，如獲左右侍。始慚終作惡，撲速紛灑淚。我本疏野資，遭時誤登試。事兄且未能，從政安足齒。往者被徵迫，欲走不得避。倉皇赴京闕，慘戚去田里。渺如蛙望海，茫若蠓發甀。春官書題目，冢宰叩言議。拜命黄金門，親題職方氏。天顔正温穆，諭旨極諄緻。退朝感恩隆，際遇荷明世。從兹謬通藉，出入清要地。含香大明殿，賜食光禄寺。廟庭嚴奉瓚，壇壝恭執幣。厚禄既寵叨，宫衣亦沾被。遲回歷初考，艱險嘗百事。前年調北平，濫擢憲府貳。言議久疏儒，條章昉師吏。山河八府輳，遼海三陲寄。土風混戎俗，吏滯尚沉鷙〔一〕。貪婪乃蠶食，剽掠更狼戾。論當慮乖違，擬步恐顛躓。憂多變容髮，務冗廢寢寐。倦禽困長雲，羸馬傷促轡。離居形吊影，鞅掌朦接瞶。得書暫慰浣〔二〕，撫己重唏喟。違離路五千，契闊彌六祀。事生與追遠，俯仰兩蒙愧。歸休期莫竟，追贈仰朝制。華紛倘歡聚，泉壤亦榮賁。君恩未能報，私願焉得遂。乾坤等籧篨，今古一奔駟。勿憂時事艱，勿以外物累。消閒且時教，娛老宜日醉。中情更誰諭？此責當我致。由來紫荊樹，一氣共榮悴。豈以連理枝，同根乃殊植。世機紛倚伏，强悍焉足恃。要當戒盈溢，奚必較鈍利。蜉蝣常撼樹，蝜蝂亦排礩。永念珠浦源，緜延本仁義。滋培藉先德，振拓屬來嗣。天意茍從欲，此志終可覬。作詩報兄前，庶以見微意。

【校勘記】

〔一〕「沉鷙」，原作「沉贄」，據四庫本改。

〔二〕「浣」，四庫本作「莞」。

紀夢

夜夢歸故里，見我平生親。升堂具杯酌，懇款話所因。問我歸何遲，憐我白髮新。恍忽一室內，酬獻相主賓。東鄰粲新曈，南舍儼舊鄰。稚子笑相即，老翁言諄諄。侶亦謝前倨〔一〕，敬我今縉紳。我心本無計，敢勞深意陳？喔喔雞鳴曙，悠悠天向晨。倉茫枕席間，委曲所歷真。悵然不可訊，惻愴徒傷神。

【校勘記】

〔一〕「侶」，四庫本作「似」。

槎翁詩卷之三

七言古詩

題朱知事雲樵圖

使君昔隱瀔川曲，慣逐山樵伐雲木。一從去作憲幕賓〔一〕，長憶瀔川好林谷。瀔川之東山插天，中有冶殳何嶄然。寒光夜接九華雪，秀色日射峨眉烟。諸君妙筆世稀有，爲寫兹圖傳不朽。山氣清含五粒松，江光緑漫三春柳。長裾曳杖爲何人？從以樵斧方逡巡。層峰正隔秋浦水，仙境似與柯山鄰。山迴峰轉愁欲暮，斸藥攜琴更深去。林路時衝虎豹過，湍崖暗激蛟龍怒。此圖此景何清奇，疑是當年親見之。採芝南嶺去已遠，濯足東澗來何遲。只今却上青霄立，斬伐芟夷乃其職。

卷曲宜刊惡木枝，喬脩要簡良材植。人生窮達焉可期，雲中樵者非君誰？會稽太守自結駟，王屋山人方看棋。功名時來信所遇，伐木丁丁爲君賦。他年持斧綉衣行，還憶瀔川卧雲處。

【校勘記】

〔一〕「幕」，原作「慕」，據萬曆詩選本、四庫本改。

秋夜南溪席上聽鄔和卿胡琴歌時和卿留袁城將歸西昌

空山無雲風葉静，酒行高堂燭垂燼。鄔郎起控二絃琴，一曲新聲發孤咏。泠泠滴滴絃初調，欲語乍吞聲忽飄。龍頭宛曲轉秋玉，馬尾振蕩迴春嬌。縈紆往復騰裊裊，宫换商移破清悄。綵鸞笑侶出花間，斷鴈呼羣入雲杪。滿堂賓客慘不譁，側耳如到仙人家。乃知胡中歌敕勒，不獨馬上傳琵琶。我從往年客燕薊，羌笛戎歌亂人意。歸來華髪映清尊，坐感商音一流涕。鄔郎好手早得名，豈可久滯宜陽城。太常此去徵絶藝，會奏法曲升天行。

夜宴富灘郭氏西庭和答九州蕭徵士併柬履理履祥於淵賢伯從

升筵月高花影長，我當起舞君行觴。丈夫志氣傾海嶽，一笑已覺形俱忘。雕盤饌香切寒玉，酒波摇紅蕩人目。

題山中歸隱圖爲蕭與靖賦

高人霞裾青玉笻，意行自挾雙青童。飄然獨往不可挽，逸氣矯矯如飛鴻。峰迴澗折流淙怒，彷佛崖陰見行路。雲間桃洞如可尋，亦欲從君度橋去。

鏡巖歌爲鏡方彭及予賦

君不見南山山前一片石，嶄然壁立當流泉。皎如千年青銅鏡，挂在萬仞高崖巔。泉流日衝激，烟雲相蕩摩。魚龍過之不敢睨，如有神物嚴撝呵。夜深月明從東來，但見五色□爛寒光開〔一〕。掃空婆娑黑雲影，照見海上金銀臺。我從武姥來，却望嵩華去。道逢老籛鏗，盛説巖中趣。東風夾澗桃花飛，愛此山水含清輝。放歌誰和碧玉調，起舞更攬青蘿衣。我憐老仙極清越，顏色如童髮如雪。便從石上引芳尊，夜夜巖前醉明月。

【校勘記】

〔一〕「□爛」，萬曆橘徠軒重梓本、四庫本作「燦爛」。

題秋江待渡圖爲蕭學士賦

小航衝風岸將及，行人下馬沙頭立。水闊雲深野渡閒，天寒日暮歸心急。人生行役安可休，到江路盡還通舟。誰能裹足山中老，不識風沙一日愁。

和子與王徵君中秋短歌一首

玉繩差差月澄曙，銀漢西流天盡處。晃朗鷩浮玉井蓮〔一〕，空明似見婆娑樹。澄曙光連宿鷺翻，關山影逐行人去。誰似溪頭王子猷，一庭竹色耽吟趣。

【校勘記】

〔一〕「蓮」，原作「運」，據萬曆詩選本、萬曆橘徠軒重梓本、四庫本改。

翁源行

大蠟嶺，小蠟嶺，東南相望兩尖頂。千崖無人野蕉蕞，一澗緣山石泉冷。伊誰置縣當僻源，井邑久廢餘荒村。後來分隸曲江縣，偏與豹狼生子孫。荒山亘連二百里，六寨獠兵連歲起。韶州號令不知聞，勢力憑凌自傾俿。一從洪武初設官，路啓旌旆笳鼓喧。蓮塘鎮裏立廨宇，父老歡呼來聚看。往時養馬如養牛，騰踔山谷夸豪酋。只今買牛還賣馬，棄擲弓刀事耕稼。今年我從英德來，攀巖歷壑何艱哉。路窮蒲嶺見空豁，白晝陰霾渾不開。陰風鬼號荒古道，嗟爾遺民真再造。男不事詩書，女不理蠶桑。草衣蕉布無冬夏，蓬首垢足畏客如麏麞。食言計口一千户，餘四百石輸官糧。自言老死不出鄉，官事不生衣食强。三朝作社共殺牲，十室納稼同囷倉。開畬燒土任耕作，引水激機舂稻粱。□□□□□□□□□□□□□□□〔一〕。□□易足本天性〔二〕，耳目不移非外□〔三〕。況聞畏法如畏虎，道路不遺門不拄。雞豚日出散如烟，米粟年登賤于土。我憐渾朴若可親，豈有毒厲興妖神。由來仁化感木石，宜以禮義開真淳。君不見銅場惡溪流赤水，八月禾花瘴烟起。祇言北客少生還，寧信土人長不死。我歌翁源行，聽者莫傷情。丈夫正氣易水土，薄俗可敦渾可清。便騎黄犢入山去，閒與洞民歌太平。

【校勘記】

〔一〕「□□□□□□□□□□□□□□」，四庫本作「榛栗遍秋嶺旨蓄足冬藏月上叱牛日入畢」。

〔二〕「□□」，四庫本作「營求」。

〔三〕「□」，四庫本作「物」。

錦裹石行

錦裹石，何蒼蒼。我行入封川，問之江上郎。云昔有辯士，往説南越王。道傍見山石，指天誓不忘。謂苟得意歸，不獨衣錦還故鄉，要使兹山之石同輝光。一朝緩頰下南荒，車馬千駟金滿裝。便令製錦百萬匹，盡裹山石榮鋪張。至今巖阿草木昭煌煌，獸不得憩，鳥不敢翔。爛然雲霞彩，下照江中央。我欲登其巔，窺海略扶桑。掇此五色文，獻之紫虚皇。有志願莫遂，却立增慨慷。吾聞陸賈去漢室，乃有賈生流涕論帝傍。惜此文繡被屋牆，丈夫未遇焉可量。衣或帶索食粃糠，偶然會遇亦其常。奈何暴殄恣所償，胡不衣被沾四方。不曰爰居，徒勞鏗鏘，匪悼爾石兮，惟狂之傷。

題堵炳所畫扇面山水爲李鴻漸賦

紫崖碧嶂連雲樹，白石青莎並江路。採樵客去洞門深，出郭人歸烟水暮。兩崖之間高且虚，有亭翼然誰所居？山花當户可載酒，芳草滿庭宜讀書。

題山水畫

大山隆然如釜鍾，小山嶄然如劍鋒。陰崖直上見猿影，幽徑獨尋麋鹿踪。野人似厭門前路，移家又入雲深處。雲深更隔水千重，却望桃花滿山樹。

題松下丈人圖

丹崖白石之間，有松屹立當林關。伊誰盤礴坐其下，矯首似看雲中山。白雲自飛山自遠，神氣沖逸清而閒。自非服鍊不老藥，安得有此冰玉之芳顔。石門蒼蒼閟烟霧，東風開遍桃花樹。花底相尋定何處，兔絲百尺空中舉。松根茯苓應可煮，就君却向山中住。

題魏氏見山樓陶秘書邀賦

秘書陶君清且賢，家住越南山水邊。爲言魏氏樓居好，邀我共賦山樓篇。憶我在山時，長與山相見。自從入城府，少見青山面。我雖未曾遊上虞，聞君誦詩心已娱。龍山蜿蜒走西北，下赴平陸開澄湖。湖天灧灧涵秋練，菱葉荷花兩青茜。千章霞綺動晴波，百疊雲屏落秋巘。東南諸峰何宛然，惟有夏蓋亭亭高插天。寒光交射明月見，秀色飛入春風筵。他年載酒湖邊去，却訪青山起樓處。樓前好鳥自啼春，源上繁桃定迷路。此時共酌陶秘書，酣飲不下山樓居。手招黄鶴凌紫虚，更問伯陽符契今何如。

題崑丘山水圖爲李德昌賦

姑蘇好山名崑丘，玉作芙蓉凌九秋。至今珤氣伏光彩，白石磊磊皆琳球。問君何年宅其下，桂館芳堂極瀟洒。籬月當窗爛不收，松風掃屋聲如瀉。山林真樂安可忘，時援緑綺歌清商。自來南京直大省，長對新圖懷故鄉。圖中雲壑更窈窕，雙塔參差出林杪。花開何處望長州，日落遥空送飛鳥。道逢兩翁如松喬，我欲從之安可招。便當擕酒上絶頂，與子共看滄江潮。

題米元暉雲山萬里圖爲倪郎中賦

遠山如眉，近山如茨。洲渚盤互，林木紛披。雲濃濃以凝宇，烟淡淡而凌陂。望佳人兮極浦，傷暮春其多離。意怫鬱以終夕，心低迴而獨悲。瞻彼長江兮浩浩其馳，我無舟楫兮將安所施。

椿萱圖爲會稽胡郎中賦

越中山水稱雄秀，越中胡家稱孝友。父母怡愉在一堂，六十齊年健相守。人言積善深且長，早有令子登賢良。今年徵召入朝省，白衣超拜尚書郎。會稽岧嶢白雲裹，江船南來向千里。鑑湖風起藕花秋，子念親恩親念子。午門曉開東日紅，萬國千官朝九重。方慚孤蹇昧補報，何幸奏對相追從。吁嗟胡君，我今恨如海，禄雖有餘親不待。願君愛日保禎祥，忠孝一心長不改。人生窮達安可量，事親之樂真無央。矧君妙年當盛際，似此具慶非尋常。願萱忘憂椿介壽，緑葉朱華照鸞綬。眼看升堂捧誥書，衣錦歸來獻春酒。

白雲書舍圖爲掾史褚德剛賦

褚君本是河南褚，家在卧龍山下住。一從辟掾入中書，長憶龍山讀書處。山中白雲相卷舒，褚君卧雲方讀書。清池有魚林有笋，甘旨升堂時起居。在家不知事親樂，游宦還應念城郭。山頭日望白雲飛，鴻鴈離離向空落。丘郎自是同鄉人，念子遠游情最親。爲拈彩筆寫幽思，物色正與秦山鄰。問君何年辭别墅，蘿月松烟淡如許。山猶擁石護遺書，雲已從龍作甘雨。人生重是君親恩，田園荒蕪安足論。由來榮養須食禄，孝子忠臣同一門。

宫牆樹 有序

宫牆樹，哀黄府史也。壬辰之亂，府史死廬陵郡庠柏樹下，事載劉永之所爲傳。府史之子載以傳示余，而其言甚悲。因作宫牆樹以哀之。

宫牆樹，乃是青青柏。勁直由來氣拂雲，堅剛况復心如鐵。枝間豈少王裒淚，土中定有萇弘血。事往空遺國士悲，年深尚記鄉人説。宫牆柏，何青青，千古萬古遺精靈。宮牆若傾柏樹折，府君之名應不滅。

都門柳送熊主事歸豐城

都門柳青青，一似腰間綬。千葉皆含雨露恩，一枝偏入行人手。行人初辭丹鳳臺，買船龍灣明日開。到家好種青青柳，還念都門送別來。

贈吴伯武併柬劉起居

永豐范蕭之峰，有墳隆然而新封。問之父老墳者誰？云是劉家兄死弟葬之。兄行萬里死毒厲，家有嫠婦無孤兒。弟也來葬之，涕淚如雨垂。捧土營成墳，挽棺聲酸悲。山頭茫茫石與土，誰歟卜者吴伯武。酬之十金揮弗取，鄉人稱之不容語。弟從去年入南都，簪筆趨朝官起居。得禄不待養，爲我一語三嗟吁。所嗟當時事急天莫呼，非吴卜之誰與圖？昨來徵文盛揚揄，吴君高誼真不誣。起居衷誠不可孤，我詩字字如璚珠。更後千歲當不渝，願持答劉兼報吴。

題垂釣圖

石礌磈兮溪則有潯，山嶔崟兮岸則有林。我釣我游兮曷溉之鬵，彼滔滔者孰知予心！

送潘郎中迪允謝病歸山陰

兵曹潘郎美如玉，紗帽錦袍銀帶束。去年春秋纔廿六，起家早食郎官禄。才資簡静推醖籍，精爽開明夸敏速。潘爲駕部我職方，聯事兵曹頗雍睦。喜君妙顔方向盛，覺我秋鬢已先秃。人生聰慧豈外取，靈秀端在兩耳目。云胡奇疾忽攻劘，有耳如塗翻不足。闐闐莫悟桴應鼓，轆轆都忘車轉轂。傳言錯悞嘆朋友，問事驚呼駭童僕。時來内訌疏啖食，十日僵眠戰寒燠。文移相府怪沈滯，奏入天墀許歸復。我慚遲鈍百無補，兩耳雖聞竟何屬。豈如君以沉聵故，退就休閒非譴逐。談經作賦未足病，解綬投簪竟何促。都門官柳青欲染，江驛小桃紅正蹙。此行先喜拜家慶，次第升堂會姻族。戹匜懇款視時饌，巾履逍遥試春服。鑑曲時歌采采蓮，柯亭更訪青青竹。古來辭榮出昏眊，此目歸休見清淑。客懷戚戚感暌合，世態茫茫嗟倚伏。床陰牛鬬安足省，夜半雞鳴竟奚卜。不如萬事俱不聞，且與痛飲樽中醁。

題嵩高雲氣圖爲工部王子邕賦

潁川陽城之間，乃有雲氣鬱然而干天。中峰拔地九千丈，三面側疊開青蓮。云是嵩高之層巔，捫柳掠井當星躔，往往白日朝羣仙。復有東西二石室，洞穴窈窕相鉤連。天風吹雨不到地，石髓如泥流紫烟。但見瑶林琪樹紛百千，朱樓綺閣丹碧懸。美人緑髮垂兩肩，手持玄文駕飛軿。欲往從之嗟渺綿，似聽流水瀜瀜鳴絲絃。仙遊杳漠今幾年，清夢忽隨新圖前。玉光下起崖石底，松頂上出飛鴻邊。山中古路廣以平，秦車漢騎何翩翩。徒聞金丹閟石檢，塵土世人安得傳。

趙江寧鳴玉爲余寫武山雲氣圖賦此奉酬

趙江寧，才且清，炯如白露凝金莖。鳴絃佐政重京邑，瀟洒獨懷遺世情。人言江寧好文彩，越上王孫著前代〔一〕。乃翁舊圖八駿馬，電影風行破雲海。江寧好畫水與山，意比八駿尤高閑。近追高公遠董氏，神氣正在蒼茫間。伯兄侍郎我同事，解后兵曹見高致。偶攜雪楮問鄉山，便寫嵯峨出雲勢。朝懷武山景，暮看武山圖。

披林指澗憶所歷，雲中似有人相呼。我昔游山時，秋風落松子。泉瀉洞門青，霞翻石屏紫。北巖千丈高且虛，騎虎曾到仙人居。菖蒲石上看殘奕，柿葉林中聞讀書。一從南京來，奔走愧塵鞅。鍾山只在城東北，日日見之未能往。都門楊柳青入雲，黄鶯亂啼終日聞。秦淮樓高花似錦，安得爛醉江寧君。江寧欲别當奈何，乘興更與揮雲蘿。他年載酒鑒湖上，却唱武山歸隱歌。

【校勘記】

〔一〕「上」，四庫本作「土」。

雉朝飛一曲題雙雉圖

雉朝飛，雄飛雌隨聲喔咿。山晴草暖風日遲，綉襦錦翼何褵褷。或登木而號，或據石而栖。一步一飲啄，步步不相離。所以賈氏女，御射有獲方笑嘻。物生自有性，配匹亦有時。嗟爾牧犢子，七十而娶將奚爲！

漁家樂題漁樂圖爲曾朝佐郎中賦

漁家樂，船裏爲家無土著。朝朝日日大江邊，長汀短汊從灣泊。醉眠飽食托烟波，却笑傍人事耕作。月明蓬上蘆花飛，雨打船頭楓葉落。蘆花飛出水，鱖魚秋正肥。侵晨相唤提網去，薄暮放歌收釣歸。夫妻白首長相聚，有脚何曾踏山路。教兒打網莫種田，長江有水無荒年。

鴻鴈來奉題張嗣宗鴈圖

鴻鴈來，秋風起，江北江南幾千里。渺渺初離紫塞雲，瀟瀟忽度平湖水。平湖水淺沙渚長，欲落未落紛低昂。蓼花過雨紅更白，荷葉着霜秋已黄。可憐分飛毛翼冷，亂入蒹葭啑蒲荅。羣叫遥傳空外聲，獨宿頻驚月中影。江南地暖風土殊，彭蠡瀟湘從爾居。只今塞外無菉草，沙磧苦寒愁夜呼。由來有序本天性，飲啄飛鳴遠相應。我慚飄泊未能歸，見爾憂傷淚如綆。茫茫江河多風波，奈此繒繳危機何。爲君卷畫三嘆息，高飛冥冥安可極。

松泉操爲姜縣丞作

松颼颼兮以風，泉鏘鏘兮鳴石。澹雲生兮北林，悄月上兮東壁。崇構在丘，鳴琴布席。我歌和之，式詠以繹。升高四顧，逝將安適兮。鳥飛冥冥，不見其逝兮。聊息蔭以焉依，試予衷之所懌兮。苟循物而多憂，吾寧不以易兮。

題畊讀軒爲吏部主事顧碩賦

我從前年改初服，冒榮坐請公家粟。尋章摘字勘科律，壓几堆床披案牘。文深有害心愈惕，食飽無功顔自恧。常懷戰慄趨府署，豈有游歌到庠塾。實憂慵惰饑欲死，復恐荒嬉昧所屬。今晨覽君田廬咏，往日嗟余去從卜。君材特達當廟堂，我志依微漸樸樕。何由放斥遂歸休，扶耒朝畊仍夜讀。

陶氏三節婦詩

往年兵入台州府，劫掠州人盡荼苦。陶家一婦偕二女，捐命俱能保真素。孟也夫亡十八年，姑死未葬有柩停堂前，日夜號泣相棄捐。忽然被執發怒駡，寧死白刃駢首地下從姑還。季也嫁夫纔一月，走陷淤泥信顛蹶。香裾未許汙妖塵，騰入深池竟淪没。婦本名淑身姓王，心知事急有子不得將。抱兒屬姆還夫壻，被髮狂走茫無方。一朝見夢嫁時婢，我在南鄰井中斃。井中亦有簪與珥，陶君求之果如識。婦人英爽乃如此，丈夫靦顔胡不爾。我爲此詩良有以，一歌陶家女，再歌陶家婦。一門貞節世所稀，信是名家足賢姱。君不見金華宋太史，特筆作傳藏天府，要使清風激千古。

送臧主事哲新除兵馬指揮後承詔賜鞍馬白金歸山東寧親

朝韃長弓入兵馬，買船莫出龍江下。問君行色何爾忙，詔許東歸問親舍。去年辭親謁金鑾，入參禮幕陪春官。昨朝却换兜鍪服，健卒馬前刀劍簇。奉天詔下朝班時，拜舞謝恩當赤墀。青年如玉衣絢錦，喜氣燁燁浮修眉。賜金在案馬在道，千里歸寧拜親好。好念君恩似海深，歲莫還朝須及早。

紫髯使君歌爲本拙吕僉憲賦

紫髯使君顔雪色，八尺長身鬢光黑。前年奉詔出承明，萬里觀風來薊北。肅政堂前喜遇君，共持使節登青雲。君乘鐵驄踏霜月，燕南渤海皆澄氛。憶我兵曹初釋屩，看君兩歷中書幕。已從秋貳拜天官，復報司常奉祠禴。殿庭奏對先六曹，春花如錦羽宮袍。象牙牌促中使急，玉笋班出璚林高。當時追趨赤墀下，彩帉雜佩光相射。寧知此地復相逢，三見鴻飛送秋社。朝隨升堂坐，莫逐騎馬歸。林間日上烏鵲喜，井上花落黃鸝飛。花開花落春風起，雲去雲來山色裏。怡然不笑亦不嗔，手把芙蓉看秋水。向來車馬都城道，甲第高門跡如掃。題詩愛贈呂仙人，惟有黄州玉堂老。我慚塵土得暫親，豈有風采稱朝紳。青山對面雨愁客，白髮滿頭花笑人。嗟君自是真仙骨，廊廟才華正英發。好從雙闕覲紅雲，却上三山弄明月。君家舊住淮河湄，投簪共載當何時？春申臺前沽美酒，爛柯山下看殘棋。

題赤松山房歌爲張思讓賦

吾聞古有赤松子，云是神農之雨師。後來留侯從之游，汗漫恍惚安可期。金華北山秀且奇，或云仙人游於斯。盤雲捎霧幾千文，奔騰直下蘭江湄。蘭江美人晳而頎，風骨不殊仙者姿。時來山中攀桂枝，架巖鑿谷臨灣碕。靈湫洞黑蟠蛟螭，流水下注爲淵池。前開層峰出渺瀰，丹霞浴海騰金支。雲中老仙方頷頤〔一〕，手攜錦軸緑玉詞。導以玉女載兩旗，從東而來復西馳。欲近忽遠不可追，千巖萬壑絶人跡。但覺浩浩天風吹，佇立却望成逶迤。回身太息冥所思，左引紫霞觴，右彈冰玉絲。山空月白秋似水，老鶴夜下要人騎。問兹山房誰所爲，留侯子孫非君誰？只今從軍傷遠離，萬里幕府隨旌麾。燕山馬上昨見之，山水秀色浮脩眉。仙人之徒真不疑，我慚漸老才力衰。何以報爾游仙詩，南望武山胡不歸。山下亦有金華祠，聞君佳致欲往隨。便來南遊拂雲衣，憩青蘿兮咏雙溪。萬一赤松尋不見，從君先訪牧羊兒。

【校勘記】

〔一〕「頷頤」，原作「領頤」，據萬曆詩選本、萬曆橘徠軒重梓本、四庫本改。

楚酒苦如蘖歌

楚酒苦如蘖，燕酒毒有灰。自能螫喉吻，何以寬心懷？不如江南有美酒，香如芙蓉色如柳。小瓶浮蟻信宿成，大甕沉醅十年久。飲之不鬻亦不獰，温温如春和且平。丹田微蒸香露溢，着面已覺赬霞生。當時放意事杯酌，倒海迴山恣行樂。

有時醉倒黄公壚，卧看山花酒中落。一從遠遊楚與燕，苦麯黄米無甘泉。刮腸嘔胃甚荼蓼，使我顰蹙清樽前。何時南歸事林畝，鄰曲招尋二三友。呼兒多與種秫田，日日花前飲春酒。

風蓬歎

野蓬團團大如斗，生來輕捷隨風走。四傍枝葉共輪囷，流轉須臾遍原藪。秋風平地吹來時，十科百科相逐飛。東家小兒誇健足，十步一蹶何由追。蓬生不是無根葉，脆軟何能堅著地。霜枯雪悴少筋骨，材質輕浮等淪棄。無端飄入流水中，猶復衮衮旋西東。可憐一落坑塹裏，縱有春風吹不起。

獲熊 有序

秋七月，順承門外教場獲熊，衆舁以獻捷於兵闈。是日開宴，承太傅魏國公、副將軍曹國公即席命題，謹賦以識喜。

山北獰熊色深黑，蹂谷攀林恣蹻捷。一朝冒霧出郊坰，不待虞網遠搜獵。嗟哉爾獸真途窮，白日授首轅門中。誰知狂狡無餘技，只在將軍一箭功。

題張京尹所獻嘉瓜圖歌

南京五年夏六月，京尹獻瓜狀殊絶。駢駢雙承雕玉槃，連色並進黄金闕。尹言産自句容縣，野老田夫駭初見。一葉連蜷引渾淪，兩壺磊砢連葱蒨。是日君王御武樓，徵問吏牒趨公侯。星聯翠影落丹扆，日射神光浮冕旒。敕令捧至乾清殿，永擬先嘗須廟薦。詞臣上頌美真奇，畫史圖形著蕃衍。盛哉聖恩浩如天，民勤物阜宜豐年。小臣作詩紀嘉應，願繼大雅歌綿綿。

題溪居圖爲余經歷賦

高人愛傍清江住，草屋松林帶烟霧。書帙閒栖案上雲，釣竿静倚門前樹。樹枝蜷曲交棠梨，上有古藤縈結之。屋頭黄葉落如雨，此老宴坐方吟詩。人生幽居有如此，何必驅車踏城市。誰知出處自有時，諸葛終然拂衣起。青雲騰踔方遠期，江海茫茫勞夢思。他年獻納成功去，却借沙頭一鶴騎。

題碧潭圖送王聞喜主簿之官陽穀

王郎作縣之陽穀，北望黄河冰凍蹙。金陵呼酒别行裝，示我碧潭圖一幅。碧潭之水緑且深，風不能揚，塵不得侵。嗟哉王郎子，勗我湛湛之清心。

三峰樵者歌爲宗原張員外賦

若有樵者清且閒，遊栖乃在三峰山。雨餘濯足深澗底，日高伐木喬林間。人生出處若雲變，買臣會稽君不見。衹今懷綬作員郎，却望三峰思故鄉。

題劉一清清溪圖歌

我家昔住清溪曲，五月柴門漾寒緑。望仙門外石橋灣，百折蒼波轉林麓。老藤脩竹翳兩涯，茅屋高下連桑麻。江魚出躍青荇葉，水禽啼上碧桃花。悠悠三十年來往，却别清溪事游蕩。東園有客種狸瓜，北渚何人繫漁榜？兹晨覽君圖畫工，作者乃是清溪翁。清溪自住渝水上，名稱偶爾能相同。長汀短棹遡雲水，絶壁喬林澹霞綺。烏鵲散漫夕陽邊，樓閣依微空翠裏。伊誰手攜九節笻，從以童子囊孤桐。

至音雅調不易識，深山古木號天風。我今欲歸歸未得，時時夢繞溪南北。釣槎欹石兩邊青，菱角沉泥雨中黑。問君何從得此本，强擬鄉園寄幽遯。避名惟恐世人聞，撫景應悲歲華晚。三山磯，白鷺州，京國相逢俱勝遊。請君更棹酒百斛，相與爛醉秦淮樓〔一〕。

【校勘記】

〔一〕「秦淮」，原作「奏淮」，據萬曆詩選本、四庫本改。

送別石泉縣丞鍾尚賢以公役赴京却還成都府

送君西還酌君酒，更出都門折楊柳。憐君自是同鄉人，上馬欲別愁回首。風帆五月上瞿塘，却望石泉如故鄉。啼猿峽裏見明月，萬里相思應斷腸。

題山水畫 堵文明

小山削玉摶空青，大山錯綉開帷屏。劃然千丈崖壁立，下有流水當高亭。亭中幽人顔色好，城市何年迹如掃。長江日落澹浮雲，極浦春回滿芳草。深林窈窕仙路遥，谷口雪明雙板橋。便攜緑玉上絶頂，閒聽松風吹洞簫。

題堵郎中畫湘漢秋色圖

兵曹簿領困填委，忽見雲山落塵几〔一〕。問君何意貌此圖，湘漢蕭蕭秋色裏。長峰巨壑相參差，彷彿江行曾見之。雲中樹色三百里，峽裏猿聲十二時。古人今人不相見，江水依然浄如練。魚凫窈窕接山川，雲雨荒荒出臺殿。岸迴路轉楓林青，丹崖紺壁秋冥冥。山童出掃澗上葉，客意已到松間亭。登高望遠心獨苦，江闊霜清鴈如雨。九天飛瀑下香爐，萬里歸帆到鸚鵡。我從前年來帝京，偶離蔬屩峨冠纓。故園畊釣歸未得，對此佳致空含情。茅堂遠在珠林下，安得從君問圖寫。九衢塵動五更風，又趁雞鳴逐朝馬。

【校勘記】

〔一〕「几」，原作「幾」，據萬曆詩選本、萬曆橘徠軒重梓本、四庫本改。

題都府俞溥經歷所持山水畫扇

俞君手持一尺練，水色山光坐來見。烟林嘉樹蔚森爽，雲磴寒泉颯飛濺。茅亭瀟逕青石床，松風洒衣如雪霜。便從花底抱琴去，閒聽漁父歌滄浪。

題許霍州如圭所畫礬溪圖送張秉文徵士還山中

許侯作畫如作字，點綴清妍極風致。此圖偶爲張君寫，雪䆉參差出空翠。張君於我同鄉人，每對畫山情更親。就中大似爵礬景，遥見武姥青嶙峋。我欲披雲捫絶頂，手招陶皮漱丹井。千年石室望來深，六月松風坐中冷。山原草荒行者稀，伊誰讀書方掩扉？如此林陰兩茅屋，安得與子長相依。禾溪向東石橋路，猶憶往年攜酒處。春風幾落杜鵑花，歸夢微茫隔烟霧。許侯今在太行西，君亦南還尋故棲。卷圖相送一腸斷，烟柳滿河鶯亂啼。

題雪山行旅圖

野橋路迷雪初集，行旅蕭蕭騎行急。北風吹面鬚髯寒，茸帽駝裘半沾濕。木皮石角冰粼粼，十步九却何苦辛。安知道傍茅屋底，不有閉門高卧人。

樵隱詩爲北平檢校書吏朱廷玉賦

上虞朱郎美如玉，昔隱負樵今食禄。抽毫晨趨北省署，歸夢夜繞東山麓。朝廷徵賢圖治康，巖穴搜剔無遺良。雲山縱有千萬疊，似子風格何由藏。垂綸鼓刀自前古，功業終須致圭組。願君長憶負薪時，莫羨輕肥忘勤苦。

題柳坡圖歌

楊君軀幹長九尺，力挽長弓過三石。櫻桃園裏舊名家，楊柳坡前新列戟。往從開府大將軍，北定燕薊收奇勛。鐵衣夜度居庸雪〔一〕，虎旗晝掩盧溝雲。歸來殿前拜天子，寶帶金符耀秋水。寵承恩命五色誥，分控邊庭九千里。今年我從南京來，幕府忽逢心眼開。清筵雅咏狎文士，號令倉卒生風雷。昨朝視我圖一握，云是楊繩之所作。江堤窈窕出翠室，亭榭參差帶丘壑。中有騎者從一童，錦衣挾彈行春風。向非自寓行樂意，安得景趣超然同。君今拓邊方報國，却望江鄉歸未得。黄鸝啼處緑陰多，時展畫圖看春色。我歌此曲聲鳴鳴〔二〕，願君逐虜成長驅。欲知此去功多少，栽遍沙場萬株柳〔三〕。

【校勘記】

〔一〕「雪」，原作「雲」，據萬曆橘徠軒重梓本、四庫本改。

〔二〕「鳴鳴」，萬曆橘徠軒重梓本、四庫本作「嗚嗚」。

〔三〕「栽」，原作「裁」，據四庫本改。

薊丘墨竹歌爲克雋李兵曹賦

薊丘墨竹妙天下，海國中州重聲價。事往雲流五十年，孫子兵曹更瀟洒。昨來相見渾河東，身騎官馬行匆匆。從君早懷壯士志，將命綽有前賢風。當家譜竹精形類，傾帙湖州出清致。縑緗磊落動千古，翰墨晶熒照三世。自云真跡世已訛，後來作者俱不多。空庭月落見脩影，絶壁秋風聞振珂。我家江南竹林裏，與竹同遊同卧起。一從北向感飛蓬，却愛横梢寫生紙。劃紙落筆生蕭騷，秀色娟娟真鳳毛。薊丘風節慎操勵，看爾騰踔青雲高。

竹石圖 有序

省郎中堵君文明作石，兵曹李君克儁作竹，共成一圖，以歸於大參唐君，信二美也。予爲之賦。

東吴妙手不可得，省郎山石兵曹竹。唐侯座上偶相逢，併寫秋光歸一幅。叢篁擢玉分鸞環，怪石立鐵支孱顔。筆鋒揮霍斬絶外，意匠回斡蒼茫間。物情境態精描貌，紫蔓青苔見班駁。鳳雛濯濯散毛羽，稚子差差露頭角。人生會遇安可常，一時合景如干將。千年崖谷注明月，九夏庭館寒飛霜。唐侯特達參朝政，兩君高致誰能並？嗟哉奇絶真二難，此石此竹誰當看？

慈烏嘆

臺前柏樹八九株，樹上百千啼老烏。烏能返哺本孝鳥，奈何朝夕争喧呼。夕眠晝坐不得息，有時奮疾試一驅。東枝乍起西枝落，去不能遠仍旋趨。豈無弓與繳，爾獨不我虞。嗟哉慈烏尾畢逋，借爾柏樹生汝雛。雛成報汝勞與劬，便當歸飛東海隅，海隅有山從爾居。憫爾至孝惜爾愚，慎爾利口毋趑趄。

次周所安寄短歌

周郎春興醲如酒，繞屋陂塘種楊柳。憶曾相過賞東風，手引流霞斟北斗。當時不省生遠愁，花下起舞回高秋。長松挂月出石嶺，清夜醉倒東溪頭。別來幾度秋風發，却怪音書望中絶。行人馬上念鄉關，九月居庸洒飛雪。羡君一門如棣花，石室舊藏書五車。昨來寄我三百字，字墨矯矯猶翻鴉。我慚衰邁成漂泊，釣水耕山負前約。山林嘯傲方日長，慎勿白首悲馮唐。

題春舡出峽圖爲劉彦祥作

春舡出峽聲嗷嘈，衆工力險齊所操。兩崖牙角不可觸，直指洄洑乘虚濤。瞥然勢脱千丈落，萬疊青山去如掠。海門東望正滔滔，便駕雲帆縱寥廓。

題晴峰雙澗圖寄故里劉存大秀才

一峰巉巖白雲中，雙澗下出蟠西東。湍撞石鬬雷雹激，白日虚谷迴松風。風聲浩洶泉聲合，飛蔓樛枝青匝沓。巖深路暗不逢人，似有呼猿在相答。此圖此景真絶奇，彷彿夢中曾見之。手招仙人赤松子，照影太乙蓮花池。只今懷禄未能往，日日憑高增悵怏。故山更在彭蠡外，武姥仙壇儼相向。仙壇樓閣開岧嶢，流水百折通溪橋。我家草堂小河口，白沙翠竹寒蕭蕭。瓜畦桑塢帶原陸，五月柴門映江緑。田翁稚子笑相迎，醉折山花唱村曲。緬思此樂安得同，萬里愁絶孤飛鴻。卷圖却寄山中客，他日來尋黄綺公。

寄題凌雲亭

吾鄉山水何處好，石臺溪上桃源堡。蘭陵公子氣凌雲，故結新亭傍林島。亭前地勢深迴環，落花細草晴班班。垂楊盡拂烟際水，好鳥啼破雲中山。我昔東尋雪山頂，憶過溪南踏松影。開軒酌我紫霞杯，三日東風吹不醒。就中二老難弟兄，階庭秀發皆璚瑛。向非前朝進士宅，安得喬木排高閎。仙壇峨峨峙亭左，雲氣飛來交四座。月明吹笛泛靈槎，定有仙人夜相過。人間車馬塵紛紛，美君清逸能超羣。題詩先寄亭中友，他日相攜玩白雲。

題錢舜舉凌波仙子圖

若有人兮美而鬈，冠切雲兮衣翩翻。粲然獨立青山前，褰裳流盼凝娟娟。乘雲而行兮從風而旋，態莊色正合自然。矯如翔鸞凌紫烟，朗如明月行青天〔一〕。山之石兮駢闐，山之松兮連蜷。下有瑶草紛交連，素華緑葉何芊芊。不言不笑意已宣，風骨乃是凌波仙。金華老人惜婕嬛，友於聯屬成三妍。其來無方往無邊，世人不見將千年。誰其畫者錢塘錢，我歌欲繼湘江篇。張君好古宜寶旃，此畫此歌毋浪傳。

【校勘記】

〔一〕「朗」，原作「郎」，據萬曆詩選本、萬曆橘徠軒重梓本、四庫本改。

題華川樵逸圖 有序

前監察御史徐叔明，爲余道其里祝彦良者，佳士也。業醫而寓意於樵，其拯危赴急[一]，類有古道。所居當山水之勝，曰華川。因出華川樵逸圖，邀賦詩以贈之。予不識彦良，猶識其猶子伯華於北平。清修整飭，是可以觀家教矣。故喜而爲賦七言長句一首，因叔明以寄樵逸，異時東游浙江，相尋松陰石室中，當相視一笑云。

三衢御史風霜筆，高誼飄飄張雲日。手把新圖出華川，邀我題詩寄樵逸。自言樵者非真樵，托隱早赴山人招。爛柯不顧巖下斧，采藥曾度雲中橋。屋頭青峰千萬疊，流水當門清可涉。柳磯風起漾魚竿，松塢天寒掃霜葉。當家羣從孰最奇，華也英俊真佳兒。兩年北平曠定省，指點山水懷歸期。浙山盤迴烟霧鎖，静養性靈奚不可。馴虎來尋賣杏林，野鶴爲守燒丹火。川南春來花滿坻，黄精酒熟杯行遲。醉吹鐵笛花下坐，是仙是逸誰能知？我慚竊禄驅馳早，貪看圖中似蓬島。何日相攜持斧翁，共入華山拾瑶草。

【校勘記】

〔一〕「拯」，原作「極」，據萬曆橘徠軒重梓本、四庫本改。

題摩癢散馬圖

駿馬玉削蹄，八尺昂藏汗血姿。星流電掣見精采，鞭勒不施誰許騎？一朝貢入金門去，五花屹立當前墀。珮以白玉珂，被之黄金羈。欲鳴不敢嘶，欲進不敢馳。和鑾清道肅羽儀，中官執鞚調御之。君不見南山楸櫪大十圍，節目皴作蛟鼉皮。六月其下陰凄凄，風鬃霧鬣相紛披，還憶閒來摩癢時。

日西落行

日西落，月東生，烏鴉繞天飛且鳴。鴉飛來宿府中樹，府官坐衙不歸去。莫歸獨宿公房西，奈爾啞啞中夜啼。五更鴉鳴月未墮，披衣又向衙中坐。

贈北平都指揮胡昭勇歌

憶昔出使南海頭，將軍開府當雄州。樓船戈甲三千萬，海波不動魚龍愁。越王臺前東風起，我復乘潮上湞水。木綿花發照天紅，正月鶯啼榕樹裹。將軍宴客華筵開，碧幢畫鼓聲如雷。起傾荔漿酌椰斗，問我此别何時來。明朝驅馬還東去，長憶虎頭相别處。清夢時隨海月回，狂心遠逐秋鴻度。君從東歸省墓田，闕下重逢心惘然。豈知移鎮出海嶠，握手乃在渾河邊。渾河十月冰如堵，白日飛沙暗椿莽。雪中千騎出居庸，手挽雕弓射彪虎。君陪上將臨邊防，我握憲節凌清霜。看君驍勇有如此，安得攬轡同飛揚。山後諸州數千里，拓地横行空未已。爲君擬頌勒燕山，盡掃狼居報天子。

聞山西楊使君孟載作霽雪軒於公署之東慨想高致兼懷舊别因風敍情有作奉寄

使君清嚴重風紀，名是東吴舊才子。前年持節太行西，霆激霜飛二千里。憶昔京闕初相逢，承詔作樂調笙鏞。彤闈椿樹集鸞鳳，畫省秋水開芙蓉。江西徵還入司馬，天上兵曹動聲價。明光曉入奏封章，日射金莖露如瀉。是時我從燕薊來，下馬重逢心眼開。龍江風雨催去棹，不得傾倒黄金罍。驅車復渡黄河北，故舊飄零悲惻惻。知君十月向并州，長日看雲望山色。陳昂作者來汾河，錦軸遠傳佳製多。橫江醉騎白鶴下，愛爾黄鶴樓前歌。古來富貴同湮泯，老去才華眼中盡。當家詞翰真不羣，風雅孤騫見秋隼。北平九月霜草黄，大風吹沙人馬僵。臺前古柏八九樹，烏烏日夕争喧翔。聞君官居最清絶，掃地開軒題霽雪。一簾芳草凝清香，四座光輝攬明月。六出花開應復春，何因對酒咏清新。山陰夜半遥相憶，愁絶扁舟乘興人。

題燕侍圖爲山東馬希孟御史賦

竹萌車迸魚冰躍，高堂鼎裀盛帷幙。弄雛索果笑牽衣，人生無如奉親樂。長成倏復成蹉跎，禄養不干將奈何。去家仗劍事明主，始覺此志相違多。泰山西北長清縣，馬氏豐家故多善。一門壽考天所錫，二子與隆人共羨[一]。孟也問學真賢良，往昔徵入文華堂。承恩屢使江海上，反顧只憶庭闈傍。去秋宫豸來燕薊[二]，自説違離過三歲。愁心裊裊逐飛雲，驚夢時時問供饋。槀城李君名畫師，感此純孝勞傷悲。忻然拂素運丹墨，爲寫燕侍歡娱時。青峰遶屋花連院，千里親庭坐中見。酡顔白髮映青春，一日相思一舒卷。勸君勤事勿憂虞，由來忠孝同一途。他日捧詔歸榮日，更寫衣冠家慶圖。

【校勘記】

〔一〕「與隆」，四庫本作「興隆」。

〔二〕「宫豸」，四庫本作「冠豸」。

題秋色平遠圖贈王孟謙歸四明〔一〕

我家住在澄江泮，村北村南去山遠。春風桑柘連麥畦，秋雨菰蒲隔松坂。幾回欲起看山樓，未成忽作神京遊。至今夢落珠浦曲，如見秀色天中浮。昨來驅馬趨燕北，霜草風沙總悽惻。汪郎爲寫平遠圖，恍似江南帶秋色。横坡斷岸相灣涯，危石臨水如蹲犀。松陰二客茅屋底，無乃相對方吟詩。我欲呼之從此起，便踏漁舟弄烟水。月明吹篴下平川，卧看青天千萬里。情不得遂將奈何，忽復秋霜雙鬢皤。歸田已知生計晚，濫禄頗覺憂虞多。君歸四明滄海上，惜别臨圖倍惆悵。他年載酒看荷花，賀鑑湖邊定相訪。

【校勘記】

〔一〕「王孟謙」，四庫本作「汪孟謙」。

吕性之汲井得魚 有序

壽陽吕性之，孝謹人也。以父母蚤喪，莫報之德，每旦焚香汲井，拜獻於露堂之上。一日出汲，獲三魚於井中。衆咸異之，以爲孝感云。其子繼道，由太常卿爲北平僉憲，爲予道其事。因賦短句以紀之。

前人鑿井後人汲，一壺下井三魚入。泣竹常疑地有靈，奉親已恨時無及。吕翁誠孝天所省，異事流傳徧淮潁。至今父老壽陽城，指點高門説遺井。翁今跨鶴遊仙去，子亦攀龍翔九衢。祥開兆應良有以，看取玉帶懸金魚。

椎冰行

裹河冰堅厚如掌，揚州北去船難上。船頭持火照椎冰，萬杵千篙動清響〔一〕。冰開一步進一程，三日不到高郵城。夜寒月黑北風急，舟人獨擁冰椎泣。

【校勘記】

〔一〕「篙」，原作「蒿」，據四庫本改。

烏莊曲 有序

舊膠河之東有單氏所居，林木蔚然，烏鴉争巢其上，與人甚狎，若是者蓋三世矣。鄉人呼爲老鴉單氏。客有以烏莊易其名者。余赴萊州過之，見烏之集其庭，殆不可以數計。有老人字顥卿者，年七十餘，蓋淳厚長者也，因爲賦烏〔一〕。

烏莊之烏黑撲撲，烏莊老人住茅屋。屋前膠河後林木，一樹九巢十栖宿。長枝踏低短枝曲，烏來哺雛尾交簇。童子下窺不忍觸，矧敢向之加勁鏃。老人行坐烏與隨，三世淳朴烏不疑。啼啞啞，飛提提。願翁孫子如烏慈，不嗔不惡樂孔宜，四海咸誦烏莊詩。

【校勘記】

〔一〕「賦烏」，萬曆橘徠軒重梓本作「賦烏莊曲」，四庫本作「賦焉」。

大清河

大清河，渾漉漉，南黄河，清湝湝。今河不與古名同，自是河流有反覆。君不見安山直下栗阿時，一斛之水數斗泥。徐州吕梁走下邳，可以照見人鬚眉。清河北河入北海，黄河入淮東入海。彼此争流不相待，兩水清濁各自流。終然到海同一漚，東流北流君莫愁。

田横砦

田横砦，乃在北海之湄、蓬萊之陰。波濤下漱石齒齒，雲雨正軼天沉沉。田横古强族，北海亦齊地。王侯富貴本自致，豢養於人豈良計。田横不返北海頭，假王亦亡雲夢游。馳基沙門高屹屹，五百義魂海中泣。丈夫一死百世雄，至今海市神憤功，褰旗躍馬行空中。

登成山

登成山，望出日，不知其下海水深幾尺。夜半雞聲喔喔鳴，但見五色金蓮花，滉漾捧之向空出。當年祖龍望拜時，上山特立日主祠。六神升天駕奕奕，餘輝却射山頭石。神人鞭石功不成，至今海水流血腥。豈知陽精著懸象，乃欲度海觀其形。昔時日主祠，今日祖龍廟。祖龍親結鮀魚知，海若望之向西笑。頌碣摧落蔓草中，李斯何述秦何功。一時霾霧妖怪合，千載堯日方曈曈。

雙堠曲

雙堠迎人來，單堠送人去。五里十里有定程，萬水千山無盡處。我欲登高堠，東南望故鄉。故鄉不可見，日落野茫茫。野茫茫，風浩浩。馬頭一見一傷心，多少征人是中老。

題萬里望雲圖爲台州經歷謝伯敬賦

登天台，望桂林。桂林邈在千里外，有母不見使我三歲㬆㬆懸歸心。山海兮冥冥，桂林兮青青。安得身爲雲，從風上下兮，日往來乎親庭。

吴江水美王貞婦爲婁主事賦

吴江水，清泚泚。吴門山，高孱顔。彼高兮或騫而崩，彼清兮或渾而騰。不如婁家嫠婦心，堅不得移，潔不得涅。嗟哉嫠婦兮，女中之烈。

磨劍歌

我行四方如飄風，袖有古劍蒼精龍。何年塵土凝不滅，苔花繡澀青芙蓉。往者提攜訪嵩嶽，手抉飛泉向空落。劃然掣斷青絲懸，直恐乘流遂騰躍。青天白日交風霆，我方赤手試發硎。陰紋差差吐寒月，碧縵隱隱排疏星。摇拽千仞崖，動蕩九澤水。腥浪迴天倒海流，陽侯夜哭魚龍死。歸來麗罽青玉函，紫雲爲束黄金緘。不願輕污佞臣血，千年萬年保冰雪。

韶石歌贈鍾文學赴韶州

古有虞帝奏韶之遺石，乃在庾嶺之南、曲江之側。盤盤兀兀三十六，秋霞流紅雪凝白。重華一去不復來，落花流水空蒼苔。晴雲照天紫鳳没，明月繞樹猿聲哀。送君韶陽去，因作韶石歌。君今南上登嵯峨，諸生環珮鳴相摩。振皇風兮返淳和，我思虞帝感慨多。安得御氣游其阿，南望蒼梧吊湘波，爲君日夕攀雲蘿。山遥水遠不可極，韶石韶石奈爾何〔一〕。

【校勘記】

〔一〕「奈爾何」上原脱「石」字，據萬曆橘徠軒重梓本、四庫本補。

題李子翀所藏羅小舟青松障子歌

羅君畫松奇且雄，兩株屹立青天中。已愁白晝結寒雨，更覺素壁吹長風。横梢屈鐵蒼皮健，恍惚垂雲青一片。若非巫峽道中逢，定向華山峰頂見。深林無人日色昏，蕭瑟似有孤啼猿。蒼根下走巖石裂，清響暝與溪流喧。古來志士淪野草，每見良材嘆枯槁。何如此樹保天真，千歲高堂奉君老。

所思曲寄曠伯逵

我所思兮，西山之美人，愛而不見勞我心。美人娟娟隔雲林，昔别遺我雙南金。東風吹行雲，飄忽在遠道。緑髮青蛾眉，念此顔色好。秋風八月芙蓉開，憶君寄書南浦來。芙蓉寒死十月露，忽復寄書重相催。我行十八灘，灘水流浩浩。青天急雪亂迴風，白日驚雷撼崇島。上有裊裊之緑蘿，下有汎汎之迴波。玄猿暝啼江月出，獨不見之愁奈何。愁奈何，風瀟瀟，山中歲晏不可以遠招。鴈鴻茫茫隔烟水，楊柳颯颯悲河橋。願攜雙綺羅，贈此遠别者。新愁渺如霧，千里不得寫。早晚下南津，預將書報君。江空日莫不可見，望望西山多白雲。

遊白沙廟歌

廟在萬安黄公灘下，廟下有墓。舊傳江漲時有二屍漂至岸下，漁者徙至他所，詰旦輒復至，因以夢告曰：「余墨姓兄弟，不幸溺死，幸葬我於此，將廟食焉。」今沙墓即漁者所葬也，後以捍災禦患循致王封，亦山川之靈也歟！至正癸未冬，豫章孫伯虞與客汎舟遊祠下，既而扣舷放流，飲酒懽甚，慨歌朗吟，飄飄獨立，殆不復知有人間世也。客有鄒吾浩，尤善醉歌，余因爲之賦其事云。

青青芙蓉峰，可望不可招。我本山中人，因之憶歸樵。朝朝看山五雲上，劃見長江落危嶂。黄公灘險昔所聞，白沙祠古今誰訪？乃有好奇卓越之孫郎，吊古往探窮荒。重憐沙下白雲塚，爲買江上秋風航。洑灘奔迅萬馬疾，涼露吹霜石屏出。躋攀甕口未分寸，倒截魚梁已尋尺。長篙戛石鏗有聲，神潭在望難爲情。青天高懸鴻鵠遠，落日下照魚龍驚。童童青松枝，矯矯出雲嶠。綵鳳騰輝瑣闥重，寒螭竦鬣觚稜峭。艤舟祠下風摇摇，纜以垂蔓防驚漂。撞鍾撾鼓告祭酒，紙灰飛雪寒飄蕭。玉冠雙峨形貌古，蛛網蟲絲閟靈户。精靈尚想入夢寐，漂溺終能托墟墓。極知孝友天所藏，墨家孫子今何鄉。山川有時出雲雨，朝家自昔隆封王。羣鴉飛鳴日欲暮，天際微茫起烟霧。楓林竹樹何蕭颼，風佩霓旌自來去。亂山四合如游龍，贛水百折争朝東。漁郎敲火青葦外，賈客駕舶蒼烟中。長風送人下山址，猿狖悲號靈籟起。半痕明月上遥汀，一片青天入流水。流水不可極，夜色寒更深。船頭酌酒船尾吟，鯉魚饌列雙黄金。就中賓客皆豪俊，鄒子神情更清夐。擲帽狂歌不顧人，奪杯放飲先成醉。人生會合自有時，此日不樂將奚爲。飛僊早傳赤壁賦，錦袍更賦郎官詩。津亭邊，石盤路，歸騎翩翩失來處。燈火底迷下遠樓，星河璀璨飛寒露。我有磊磈不盡之心懷，棹船載酒須重來。酒醒書閣梅花冷，月落江城畫角哀。

萬安旅次承子彦弟自上猶歸迂途問勞臨别感賦

有弟有弟瘦且長，短衣百里來相覓。山城深夜絶來往，怪爾行遲扣門急。主人驚報汝弟來，移燈出户喜復猜。近聞虎豹出縣郭，況乃霜露沾草萊。夜闌凄切更秉燭，憐汝南遊困窮谷。瘴餘面目少光澤，歲暮陰陽若凋促〔一〕。憶汝昔在垂髫時，倚床哭母銜深悲。提攜寔賴大母健，植立早慰諸兄期。祇今何能較雄長，江海頻年空怏怏。一身有望在事育，二十無成慚俯仰。今年母黨重可吁，十日兩聞哀訃書。歲時飄零禮數失，骨肉凋謝親情疏。天寒草短日色暮，長揖辭兄從此去。汝歸先我勿憚遠，東入荒山慎前路。朔風吹衣寒冥冥，過鴈哀鳴那忍聽。紫袍鋪下一回首，躑躅已覺涕泪零。大兄到家憑致辭，縣税莫教輸納遲。歸來重闈奉杯酌，父醉兒扶亦真樂。

【校勘記】

〔一〕「若」，四庫本作「苦」。

織女吟贈黄進賢

憶昔束髮初，嬌倚雲錦機。折花事戲劇，笑詫身上衣。一從十五時，學向機中織。絲短愁苦長，梭緩心轉急。永夜蘭燈懸洞房，門前梧葉零秋霜。霜寒手凍絲緒亂，絡緯悲啼金井床。春花更疊黄金縷，花底青鸞蹴烟霧。東風何日天上來，擬奉君王宴歌舞。十日滿匹恒苦遲，一夕停梭生網絲。持刀沉吟剪秋水，粉泪欲落愁風吹。遠懷素心人，邈在千里道。何因托交懽，持此永相保。東鄰小姬昔同年，至今盛飾爲母憐。幾回月高鳴杼軸，正是他家夜彈曲。

雙桂歌爲楊彦初作

楊郎庭前雙桂樹，我一見之消百憂。亭亭車蓋立清晝，瑟瑟霧雨含清秋。東偏一株極偃蹇，苔蘚半面青相繆。西偏一株亦慘淡，雲中倒掛珊瑚鈎。青蛟曉蜕腥雨濕，黑蜧夜鬬蒼烟愁。開軒宴我坐其下，上有鳴鳥聲和柔。沉陰滿地不見日，石池之水光瀏瀏。清霄葉落玄鶴舞，八月花發山翁留。我慚學僊苦不早，安得御子崑崙丘。便當吹笛明月底，坐看玉宇寒飀飀。人間雙桂有如此，氣節豈肯卑微休。嗚呼！氣節豈肯卑微休，小山之隱兮毋相求。

歎息行贈别胡思齋〔一〕

歎息復歎息，志士恒苦辛。少日不得意，暮年愧其身。前有尊酒清且旨，酌酒奉君君莫止。人生最樂在相知，莫狥虚名輕跅弛。沛中屠販還封侯，楊雄草玄空白頭。浮雲不盡萬里意，白日長懸千古愁。南山之陰多洞府，十年不歸歎脩阻。緑蘿芳草澹風烟，君獨胡爲在塵土。五雲館前花滿津，紫騮蹀躞驕青春。春時禽鳥各自適，燕子低佪還附人。江風蕭蕭吹水急，江寺鐘殘野鳥集。口中吟咏眼看山，細雨蒼茫愁獨立。鄧溪瀌瀌秋水泥，見爾令我懽相攜。酒酣燕坐石盤嶺，明月正在松林西。近聞烟塵起閩廣，官軍驅馳日南上。郡邑無人豺虎行，道路蕭條竟安往。我思舊遊湖水東，昔者登臨今不同。常年九月章浦浄，吴霜夜落青芙蓉。芙蓉花開日欲暮，美人娟娟隔烟霧。一段愁心化綵雲，至今飛繞河橋樹。今夕果何夕，别君還憶君。古來賢達常坎坷，慎爾出處超其羣。

【校勘記】

〔一〕「胡思齋」，蕭編本、萬曆詩選本作「胡思齊」。

讀范太史詩賦長歌一首以識感慕之私

麒麟鳳凰不世出，我思美人寧有終。飄然一去不可挽，徒令四海歌清風。慷慨范夫子，行高身益窮。讀書白雲下，養母青山中。大布之衣烏角巾，於世不牾亦不同。時來清江弄明月，瀟洒絶似商山翁。中年徒步謁京國，一鶚矯矯飛南東。羣龍方滿朝，怪爾獨來晚。豈無五色線，可補舜華袞。當時作者楊與虞，倡和往往諧笙竽。藍田共擬雪色玉，滄海獨攜明月珠。一朝低迴去臺閣，騎馬南入閩中幕。幕中三士總知名，江海高風動寥廓。蹇予束髮弄筆時，已解竊寫早朝詩。獨憐生晚墮荒僻，每誦製作增漣洏。峨峨百丈遺靈阜，安得披榛薦卮豆。兹晨再讀海康稿，玉立疏髯恍神覯。嗟哉老成今不存，筝笛滿耳愁喧喧。百年氣運有屯復，月落江南空斷魂。

觀鄧侍郎石磬歌 有序

侍郎諱光薦，字中甫，廬陵人。宋季以禮部侍郎從衛王海上。事亟，率妻子投海，爲大軍鉤致不死。張元帥弘範異之，待以賓禮。過淮河漁父家，見盆盎上置曲石，命滌視之，有銘文焉，則磬也。漁父云得之淮水中。公以粟易之持歸。其文理精緻，聲極清越，寶藏之將百年矣。至正丁亥春，余過公故宅，其孫謙出以示余。爲之泫然以悲，因賦七言歌行一首紀其事。

水中古磬世莫識，扣之能鳴人始驚。前朝文物最博雅，廬陵侍郎先得名。淮河東遊色惆悵，忍使至寶成凋喪。蒼茫何代出泥沙〔一〕，憔悴當時雜盆盎。歸來設虡當特懸〔二〕，扣擊往往遺音傳。奇文漫滅科斗跡，雨氣纏結蛟龍涎。是時周廟朝殷尋，師襄南踰歎脩阻。海門風起商聲哀，萬里孤臣淚如雨。鳳鳥一去不可聞，宜爾孫子多才文。高堂出此坐歎息，暝色猶帶崖山雲。便令敬之慎勿褻，此物宜與天球列。百年隱顯自有時，藴德含和竟誰泄？嗚呼賢哲今不存，對之使我傷心魂。虞庭可登獸可舞，此石不毁應能言。

【校勘記】

〔一〕「出」，蕭編本作「没」。

〔二〕「虡」，原作「虞」，據蕭編本、四庫本改。

武溪獲大木歌

大材用世不可測，每自淪落升高隆。君看武溪蟄古木，一朝遠致黄堂中。黄堂舊梁危嶷嶷，久待瑰奇更蠹蝕〔一〕。武溪父老不自私，爲言水中有鉅植，根節槎枒良可識。太守遣吏往視之，陳牲釃酒先告祠。踏泥直恐龍奮躍，抉石猶疑天倒垂。伐之錚錚金鐵鳴，黑洳漬入霜皮頳。千夫挽綆土竅裂，迅雷走雨溪靈驚。歸來繩削騰高架，藻繪風生動清夏。何年汩没泥滓餘，一日州民拜其下。人生出處安可常，苦心未朽終騰驤。君不聞豐城地底劍，萇弘土中血。千年化碧安可磨，亦有龍光斗牛掣。

【校勘記】

〔一〕「瑰奇」，原作「塊奇」，據四庫本改。

題馬圖

天馬西來掠西極，君門萬里踏雲入。紫塞秋迴玉頰明，黄河夜渡拳毛濕。高冠圉人不敢騎，拄策却立當前墀。半垂絲韁齕青草，明日銀鞍趁班早。

南山謡

淮西流民望南徙，掠財晝入南山裏。裹槍負挺八十人，拒敵鄉民四人死。流民只説江西熟，得食仍嗔食無肉。扶傷救死官不聞，鄉民還對流民哭。東家擊豕西家牛，撤屋燒火當街頭。自言性命如糞土，一死不異淮西州。鄉民不怕逢豺虎，共承只怕流民怒。老翁夜出燒紙錢，祈神夜送流民去。從今莫願多豐年，第一莫旱淮西田。流民不來貧亦好，雞犬全家永相保。

寄西山鄭子綱自邵武校官歸

五月雙溪上，垂楊千萬枝。春風碧水遠，旦旦鳴黄鸝。黄鸝驚飛日欲暮，念家却在南平住。林塘高館一逢君，千里羈愁散烟霧。聞子昔者居西山，把書日在青松間。新移苓木且未斸，舊種薜蘿應可攀。武陽校官歸未久，瘴癘還聞古來有。紅窗鸚鵡喚客名，青葉檳榔勸人酒。尋幽憶過東甌來，丹山碧霞僊掌開。武夷山人住九曲，柴門不出生青苔。中軒松竹題詩徧，寧許時流謾相見。名姓先承紫鳳書，褐冠不上金鑾殿。時來空谷行采薇，石田草生秋秫稀。往來物色不可得，使者空向江南歸。我慚羈窮少顏色，聞此傷情豈終極。芳筵置酒清夜半，月出登樓動悽惻。蕭蕭水氣浮南湖，繁星麗漢光有無。梧桐葉高白露下，起舞爲子聽啼烏。君家兄弟才名早，憧憧冠蓋闐湘道。芳年苦志思奮勵，莫遣秋風動原草。由來聚散日紛紛，此别音書何處聞？百丈嶺前應念我，象牙潭上却尋君。

謁靖安昭靈廟賦柬袁茂才

昭靈古祠蔚森爽，祠下流波日奔蕩。啼鴉枯柳當兩楹，落日青峰照銀牓。秭歸西阻蜀江口，雲蓋風輿自來往。常時釃酒擊鳴鼓，輒有靈風動虛幌。楚王宫殿久寂寞，萬里晴雲色蒼怳。神龍自合晦淵潛，鳳鳥胡爲在羅網。此邦祠宇出何代，恍惚湘楚同風壤。石竹叢深山鬼愁，江蘺花落文魚上〔一〕。清秋旅懷百憂集，感子追遊慰遐賞。明時禮樂徧寰宇，肯使幽忠滯榛莽。享儀每詔縣官給，祀典猶聞宗伯掌。捍菑禦患光故國〔二〕，憤義終能肅羣仰。湘南屯戍苦未休，長笑因之起悲愴〔三〕。

【校勘記】

〔一〕「江蘺」，原作「江籬」，據蕭編本改。

〔二〕「光」，蕭編本作「先」。

〔三〕「笑」，蕭編本作「嘯」。

七月十四日夜紀夢

美人遺我雲錦書，問之所因吾故居。章江千里波浪闊，七月舟楫來何如。書中字字光凌亂，一讀中腸一回轉。青鳥西飛不可招，涼月斜風動河漢。

奉題鍾隱君東皋幽居圖

微雨楓林青，高堂見圖畫。幽人讀書處，宛在東皋下。東皋窈窕緑磵陰，藤蘿縛門門轉深。是中松檜各千尺，飛鳥不度寒蕭森。山原之居可終日，莘野斯人皆儔匹。清宵甕牖出燈火，白石匡床散方帙。尋僊學道思不窮，水邊林下皆清風。

畫師天趣亦偶爾，形迹安可求其同。白下城東門，清溪頗迴抱。君家庭前景，豈遜圖中好。年年二月梅始芳，亦有楊柳當高牆。重簷修竹啼鳥静，落花如雪青苔香。東鄰踏歌鳴急管，南舍列筵愁夜短。空將白髮笑寒迂，豈識高情在疏散。先生布袍烏角巾，泠然自是神僊人。二郎早已擅場屋，孫子亦能歌雅豳。磽磽頭玉秀而雅，總是高門忠孝者。他年朱紫出清朝，翁但築堂看緑野。我曹失學百可憐，聞公高誼心凛然。秋風江浦破茅屋，悔不歸墾山中田〔一〕。祇今東遊興未已，亦欲攜書尋故里。便從竹底拾流螢，來聽先生誦秋水。

【校勘記】

〔一〕「墾」，原作「懇」，據萬曆詩選本、四庫本改。

寄贈萬德躬時在清江

文章名世自有神，詩家之秀今何人？豫章特達邁先輩，一出已絶江西塵。乾坤悠悠入清曠，歎息斯人欲誰向？清秋鷹隼破鬥絶，白日驊騮動悲壯。時攜寶玦青珊瑚，看花調笑當壚姝。結交老蒼五六輩，議論已逼東西都。功名不來心獨苦，却望美人思遥浦。月中吹笛上丹丘，烟際飛帆拂天姥。浩然吊古登高臺，誰能酌子黄金罍？石橋聽雨青楓合，海門望日丹霞開。縣中許令高閑者，聞子悲歌在林野。自躡雙履行相迎，手攀碧蘿郤鞍馬。秋風九月吹吴關，復忽鼓棹從東還。匡廬雲錦九千仞，片片飛落新詩間。獨攜稚子憐遠别，草堂臨流故幽絶。少年吐氣成紫霓，攬髪何堪半如雪。却從帥幙坐談兵，直以精采空鯢鯨。樓船東下海波浄，劍光夜出清江城。由來壯志在裋褐，空谷亭亭老柟栝。亦知楊子奈長貧，豈識相如故多達。長安冠蓋日紛紛，有詔徵賢安得聞。白沙翠竹自江島，隔水卧看西山雲。我自來西山，城中跡如掃。誰家楊柳鳴黄鸝，忽見秋霜落園棗。雙溪之水東北流，上有繡谷青綢繆。長松遥挂海底月，眼明照見樽中愁。愁心復幾何？舒卷風中霧。落日斷雲飛，令人思玄度。人生富貴須何時，莫謾窮愁傷泪之。君行可逐白鷗侶，亦棹酒船遊會稽。

贈寫真孫君德

盧陵寫真誰最良？昔有昌叔今孫郎。風流未覺前輩遠，遠有意氣能專揚。家臨官道青山下，白日垂簾絶瀟洒。灘口頻回使客舟，緑楊慣繫行人馬。人言精藝自有神，下筆可奪形容真。吾常按圖究所貌，神爽豈是尋常人。清如春蘭茁芳谷，潤如秋波出寒玉。壯如泰華倚石檜，勁如篔簹濯霜竹。少年紅頰桃花枝，老人白髮春蠶絲。心同衡鑒見機穎，功與造化窮銖錙。吾家祖母年八衺，老父前年逾五十。當時寫置慈壽堂，老稚來看動趨揖。喜君絶藝感君情，作歌贈君當遠行。清朝奮志寫褒鄂，會且見子趨承明。

歲暮自靖安縣將歸南平留別袁明誠茂才

昔我始客豫章城，衆中識君顔色清。十年異縣風雨隔，芳草滿園啼早鶯。寧知此別墮千里，與子溪南同濯纓。春華過眼葉秋脱，思之可使神魂驚。讀書濟勝恒有道，辭家作客寧無營。亦知雲中鴻鴈急，豈有地上麒麟行。清秋門巷三日雨，已覺滿眼牽愁生。高林涼日白慘淡，幽谷細霧寒峥嶸。尋常撫事念鄉邑，見爾不殊親弟兄。豈但過從慰寂寞，喜可縱談開老成。芙蓉作花露始白，擬以斗酒邀同傾。此時高堂念行子，舉杯欲飲難爲情。肥牲不如東鄰菽，且可力養毋干榮。逝兹晏歲返故里，恐有寒草荒柴荆。稚子啼饑亦可念，幾日江上先相迎。便從早晚出溪口，與子共賞西山晴。石頭買船待明發，風吹北斗天中横。峽江見月定相憶，此意不盡東流聲。

臨碧亭歌

誰能築亭向青山？我欲憩之開苦顔。誰能築亭面流水？我欲因之洗塵耳。江南萬里秋冥冥，往有勝處無佳亭。畫船神消越湖白，快馬目斷淮雲青。筠州之山蔚霞綺，碧落僊人洞天裏。羅君家住碧落西，百尺修亭水邊起。我行歎息思見之，人言此亭多勝奇。皛鷺不隔紫荷葉，翡翠只在青楊枝。秋來七八月，月出鳳山時。坐石弄清景，調笙咏新詩。時來憑高一起舞，劍影下射青玻瓈。又如三月春，有風從東來。紅花照緑水，白雪飛蒼苔。酒酣四顧仰空笑，但見紫翠紛崔嵬。城中匝地詩豪富，複閣重甍閟烟霧〔一〕。誰能載酒日論詩？學似君家築亭住。我家寄在快閣傍，門前江水春雲長。緑蘿間維艓子静，蓬蒿不剪柴門荒。聞君臨碧亭，喜賦碧落歌。故園寂寞不歸去，奈爾臨碧秋風何。

【校勘記】

〔一〕「甍」，原作「薨」，據萬曆詩選本、四庫本改。

寄贈元善張茂才

昔有姑蘇張將軍，百戰起家身立勳。太平老死筠州戍，孫子往往清而文。繼也芳年色白晳，未試征行已無敵。論兵慷慨動風雨，揮筆從容謝鋒鏑。將軍戰袍今尚存，猶污當時腥血痕。猛思祖烈意未已，臨風三嘆消精魂。高堂峨峨樹長戟，堂下雙槐高百尺。清陰如水動秋雲，密葉長枝總堪惜。傳家舊藏金虎符，佩之可以專千夫。獨推餘澤讓諸弟，自喜閒適非其迂。低頭却騎款段馬，長日行歌在林野。已驚孝友動戎行，況復詞華振風雅。雲有飛羽水有鱗，思欲一見嗟無因。故人羅肇風格好，向我語子頻殷勤。海隅昨者南征急，詔下還聞烽警息。將門纘武必英雄，似爾奇才豈終極。我生長大不識兵，憂時謾使心潛驚。但願相逢日無事，與子把酒歌昇平。

送焦廷璋之洪

玄冬山谷寒崔嵬，北風吹雪從天來。居人屏縮不出户，子有遠行良苦哉。道路蒼茫歲云暮，甚欲留君不能住。儽槎江口石潭深，南望不見青楓樹。送行却過東城頭，更上橋西沽酒樓。樓前無數白雲闕，磊落如對三神州。當歌置酒忽不樂，少小無成總蕭索。長轅短棹日紛紜，山雨江雲謾如昨。聞昔爾祖出牧時，我家大父而翁師。清尊畫戟照白髮，二老風流如見之。舊家文物今何在？霜露荒荒歲年改。珠林孫子真可憐，羨爾承宗振光采。君家巷北我巷南，古藤秋樹寒交參。賤貧奔走少相聚，總有至樂何由堪。昨者誦君新句好，於我還能慰枯槁。雪消南浦柂樓高〔一〕，憶爾離愁滿秋草。

【校勘記】

〔一〕「柂樓」，原作「拖樓」，據蕭編本、萬曆詩選本、四庫本改。

贈李庚自萬安迎侍祖母之廬陵就養

憶我始來萬安日，遠道依人附鳴駅。我方兄禮事爾父，見爾深憐好姿質。束髮雙垂僅及肩，攝衣趨拜纔過膝。芝蘭玉樹未足貴，麒麟鳳雛差可匹。慷慨常聞爾父言，二十生兒寡童姝。往客廬陵困縣曹，攜特又以司倉出〔一〕。未能郭外荷短鑱，已解床頭散方帙。衣食艱難謾足憂，門户荒涼復何恤。後來遺爾至館下，庭訓私閑頗周悉。聰明日造開壅蔽，疑惑時能就咨詰。讀書先後羣弟子，委靡之中見飄逸。今年我留鄧溪上，念爾遠來業當卒。擔簦輯屨走百里，風雨泥塗忘沐櫛。嘗從憤悱得指趣，每以雍容謝呵叱。盛年粲粲衣綵裾，玉雪娟娟佩刀珌。早憐頭角向嶄絶，行看英華就充實。近來爾父復司掾，見爾令我心内怵。當家詞翰追作者，東南才名今第一。極知暫屈在孝養，豈直辛勤爲家室。此行此意爾未知，汝往應門勿私昵。灘頭水落石齒齒，上日放船北風疾。汀雲冉冉送歸鴈，江樹離離雜柑橘。白頭大母桅樓底〔二〕，羞膳三時候安佚。青原雪消日在望，後夜抵城應可必。天寒送子不盡意，蹇獨荒山愧投筆。窮年古書隱蟫蠹，坐榻寒氊沾蟣蝨。好爲人師古所戒，於汝深情豈容失。遠懷河南王廉者，勤學潛心稍精密。又如豐城毛德廣，規矩承家亦循率。汝才警敏或過之，早已愧汝年十七。白圭三復懼玷缺，欹器中藏戒傾溢。由來進簣達賢哲，慎勿他岐累儒術。矧聞特達可預卜，汝祖活人有陰隲。終當鵰鶚上雲霄，豈有珪璋在蓬蓽。升堂再拜首問候，爲説故人總蕭瑟。齎糧晏歲當遠尋，剩有俸錢催釀秫。世情泊如冰在水，友道庶以膠投漆。城樓宮背草堂幽，先爾持書具稱述。

【校勘記】

〔一〕「特」，蕭編本、萬曆橘徠軒重梓本、四庫本作「持」。

〔二〕「拖樓」，原作「拖樓」，據蕭編本、四庫本改。

孫太守伯剛許送趙吴興墨竹圖賦短歌以促之

孫侯高堂竹石圖，筆意迥與尋常殊。山城五月困炎暑，坐我如對寒冰壺。侯言此圖不易得，吴興趙公好風格〔一〕。昔者親逢落筆時，璽紙寒翻雪花色。竹叢隱石石作堆，海氣亂拂秋雲開。夫人當坐共歎息，松雪齋前風雨來。承平館閣日多暇，承制文章此其亞。往事蒼茫四十年，萬里江南見遺畫。當時亦有隴西公，直以健筆争相雄。豈知書法自無敵，況爾勳閥誰能同？楚也懷賢心未已，束髮臨池費千紙。可憐生晚墮窮荒，不見中朝盛才美。昨朝會宴池南亭，臨圖慷慨思吴興。停杯憐我重真蹟，許以捲贈無難形。吁嗟吴興不可作，孫侯高誼猶堪托。便令清曉送瓊枝，即掃茅堂看金錯。

【校勘記】

〔一〕「風格」，原作「風楉」，據萬曆詩選本、萬曆橘徠軒重梓本、四庫本改。

醉歌行贈周仲常歸九江兼柬許天啓湯又新二山長〔一〕

奉君千斛酒，不盡萬古情。但令日日事狂醉，何用身後留空名。漢家當時重公卿，天子亦復稱聖明。相如徒爲茂陵槁，賈誼終作長沙行。聽我歌，奉君酒，顛倒英雄古來有。朝客新豐莫帝庭，昨日負薪今結綬。我懷磊隗固不平，爲爾作歌翻若聲〔二〕。世無千金賞詞賦，安得三顧求躬耕。君才特達吾所惜，暫客風塵未爲失。海鴈南飛羽翮高，宛馬西來汗毛赤。君家自是山東人，將相所萃皆奇珍。著書未獻明光殿，移家早住潯陽濱。山東迢迢隔千里，不如潯陽好山水。九江翠色天邊來，百疊雲屏霧中起。山有谷兮水有湫〔三〕，昔人舊遊今人愁。風湍雲木石壁下，猿猱抱月鳴啾啾。登高眺古頻惆悵，壯心飛揚而浩蕩。青山不及蒼梧東，碧海遥連洞庭上。秋風落葉何茫然，鼓棹直汎章江船。黄公灘頭醉明月，吹笛絶似洪厓仙。我留異縣歲華晚，客路遭逢謝青眼。浮雲相別好相憶，白日西飛未能挽。吴鈎錯落紫綺裘，放歌醉舞雲中樓。向來不盡萬古意，寄君遠挂匡山頭。君不見鍾陵湯茂才，又不見宜春許文學，十年留滯困江城，一日飛騰動寥廓。昔者之别今何如，景星夜粲東南隅。君行何以慰寂寞，南帆一致溢江魚。

【校勘記】

〔一〕「許天啓湯又新」，原作「天啓湯又新許」，據蕭編本、萬曆詩選本、四庫本乙正。

〔二〕「若」，蕭編本、萬曆詩選本、四庫本作「苦」。

〔三〕「兮」，原作「子」，據蕭編本、萬曆詩選本、萬曆橘徠軒重梓本、四庫本改。

贈睡仙觀魏煉師歸豫章并柬黎鐵峰仙者

我忽不樂思西山，浮雲孤飛道里艱。睡仙之宫隔秋水，縹緲半落青霞間。何年流火如隕石，鬱攸煽天斗牛赤。朱鬣蒼龍天上飛，金甲神人露中泣。當時煉師事遠遊，潠酒不到西江頭。歸來三日哭灰燼，玄猿吊月寒啾啾。復獨乘雲翳鸞鳳，贛水南邊謁林洞。千章喬木閟烟霧，逝此伐之作梁棟。空山留滯今幾年，斷礎荒甓凄寒烟。堂中老仙髮如雪，吹笛日望南歸船。南平監州最惜别，手挽瓊珂弄明月。誓將緑簡授玄秘，恨不攜之覲瑶闕。鐵柱仙人鐵峰老，鬚眉飄蕭顔色好。一徑清風掃落花，千巖碧霧畊瑶草。昔曾暫宿清隱宫，石爐夜看燒丹紅。煩君乞與换骨藥，明當跨鶴長相從。

冬日聞百舌

臈月二日凍雨晴，百舌飛來庭樹鳴。鳴聲不已自唱和，一出飛時人盡驚。我憐此鳥在林谷，羽疾之中能晦明。常年畏寒音語滯，思之不見疑化生。青門雲屯春正遠，何得先至江南城。由來氣類兆微物，無乃陽動潛滿盈。南園桃李花亂發，北岸垂楊青載萌。苦無堅冰與積雪，厲氣方此疵窮氓。書生怪此坐歎息，安得挾彈驅不平。聖王在上律吕協，爕理況有皋夔英。鳳凰千仞覽德下，雝喈或繼簫韶聲，肯使凡鳥陡縱横。

題枯木圖爲王子啓作

高堂展圖颯寒景，古檜峨峨出蒼頂。坐上疑聞啄木聲，空中忽落蛟龍影。幹株偃蹇勢迴薄，梢節盤撑氣深猛。尋常巖壑真有此，六月炎風爲之冷。密葉中含雷雨垂，危標上逼雲霄迥。懸猿清秋怯倒上，饑鳶落日愁相並。浦口回舟望北林，原頭立馬瞻西嶺。劉郎此圖昔所畫，物色筆勢生雄騁。王君得此綺繡重，玉立堦墀見清挺。經年烽火萬山赤，樵伐還聞到條梗。天寒荒野霜露白，蕭瑟陰風助悲哽。

豈無千尺棟梁具，摧絶泥沙竟誰省。深山大澤龍虎死，慘淡相看愁不醒。海波萬一解經天，亦欲乘槎掠參井。

題春江憶別圖 有序

往渝川黄子雅與豫章范實夫相别於青原，後子雅歸渝川，追作春江憶別圖以寄范，而范則尚留青原未歸也。今年將東歸，臨别以圖示予，悵然賦此，題其左右。

渝川故人黄子雅，天機深沉好揮洒。往與范君别螺川，寫圖遠寄螺川下。螺川東偏呀石矼，呼吸萬里之長江。江流不返客行遠，何以使我愁心降。是時春風散楊柳，十里啼鶯勸人酒。腸斷逢君復送君，買船夜下渝川口。雙鳧俱飛今獨還，爲子一賦河梁篇。向來照見惜别恨，惟有明月留青天。斷磯側鳧秋毫杪〔一〕，肯信離愁是中少。水生浦漵萬舸集，日落天涯數峰小。故人别來今幾秋，落葉夜滿城南樓。至今展卷憶舊别，對之如見春江流。嗟君久别何能返，霜雪驚心歲年晚。一春塵土暗沾衣，千里松楸終在眼。功名富貴復幾時，林下閑人相見稀。飛鴻遠征碧海外，春至亦復思南歸。人生離別豈云暫，我亦臨圖傷梗汎。便將高誼謝陳雷，從此深情見黄范。

【校勘記】

〔一〕「梟」，四庫本作「島」。

河之水贈草亭秋隱君歸京城

河之水，瀰而黄。十月北風吹大霜，送子欲往愁無梁。斲冰嵯峨凍地裂，鵶鶻呼寒墮其翮。單車匹馬從南來，踣鐵交蹄五花白。北渡河流望燕月，月月剪剪如彎眉。征夫道上愁别離，青峰石壁猿夜啼，橡栗寒落林頭枝。何年結亭海子隅，亭成祗愛西山住。閑歌白石看秋雲，却卧紫蘿聽暮雨。門前十二楊柳株，可以坐釣秋江鱸。畫船絲髮照碧水，風骨自是仙人徒。人言京國求官好，君獨辭官事幽討。西山白雪深於雲，期子滄之以終老。

寄贈張隱君

仙人身着紫綺裘，昨者來自南陵州。南陵之山高百尺，中有疊嶂之危樓。烟光湧翠當碧落，石瀑飛嶂鳴清秋。庾公謝脁招不起，至今山水令人愁。飄然戲笙鶴，南過三湘去。落日下洞庭，長歌攬巫楚。楚王臺榭杳靄間，青鳥飛去何時還？三十六天朱陵洞，七十二峰南嶽山。娟娟緑蘿裳，裊裊臨流女。倏忽如飄風，白波愁日暮。重華之琴不復鼓，靈瑟年年泣秋雨。仙人自是留侯徒，口誦黄石相傳書。左按鈞天之廣樂，右接奇肱之飛車。魚龍掀舞明月下，坐使千古成須臾。我思仙人碧雲裏，再拜揚言慚仰視。瑶草春香石洞霞，白榆夜浸天河水。天河水流無盡時，織女秋鬢應成絲。若過扶桑定相待，我欲乘槎浮東海。

胡郎奪賊馬歌

往年寇逼西昌門，寇來愈近人愈奔。胡郎憤擁長戈出，三人同行一人逸。賊馳高馬先入城，胡郎撲賊絶馬纓。大呼陳郎急縛賊，自奪賊馬歸行營。行營主將氣如虎，獻馬俘囚萬夫舞〔一〕。陳郎受賞胡郎辭，誓立奇功報官府。時平事遠名空存，主將身没功誰論。猖狂扼腕詆時事，有身雖貧寧畏死。武山落日金鉦紅，至今殺氣蟠秋空。東家得官金滿帶，嘆息胡郎打牌賣。

【校勘記】

〔一〕「俘囚」，原作「浮囚」，據四庫本改。

寄贈曾文祥

十年不見故人面，秋風吹雲隔山縣。當時相遇潋江亭，感子哀吟淚如霰。山川莽莽生風塵，道路東西長苦辛。鬢毛蕭索易成老，肝膽輪囷空向人。金精洞前偶相訪，一讀新詩一惆悵。短章孤韻破岑寂，長句雄辭入悲壯。杜陵布衣日煩憂，閭閻小兒狐白裘。文章有神足自托，富貴無分吾何求。平原信陵骨已朽，折節好賢竟誰有。蒼苔茅屋雙短屐，落葉離亭一樽酒。丈夫意氣未可摧，臨汝田園須早回。成名豈必在朝市，自古雲林多異才。

詹君行

易君本姓詹，舊是宜春人。父因避禍竄本姓，市藥海上終其身。君獨懷鄉心未改，萬里從親衣斑綵。東遊曾過金精山，最愛峰巒蔚神采。後來父死南海頭，負骨返葬山之丘。墳前螺石雲五色，下有江水相交流。結廬廬墓霜露宿，採山更築城西屋。娶婦生男鄉井同，二十年來變音俗〔一〕。故藏只有岐黄書，種藥南園時自鋤。刀圭白晝攝龍虎，燈火深夜箋蟲魚。長沙不作醫絶響，金匱玉函竟誰倣？臨川學士青城仙，感子鈎玄重嗟賞。我聞葛洪好鍊丹，海内名山多往還。似君心性本清逸，服御元氣良非艱。大冠長衣玉雪質，豈以尋常混蹤跡。清秋乘月倒芳尊，却話當年淚沾臆。我歌詹君行，歌短難爲情。昔人憂患勿復道，宜爾子孫歌太平。

【校勘記】

〔一〕「俗」，原作「倍」，據四庫本改。

譚驤病目累日王以文進藥愈之因詩柬譚仍以美王云〔一〕

城西譚驤詩最工，骨骼瘦緊精神充。慺慺六月暑竟夕，燒燭讀書雙眼紅。迎風眵淚時簌簌，隔花烟霧方濛濛。科頭顰蹙謝過客，十日枯坐幽房中。王君聞之惜英俊，走馬來問爲憂忡。探囊試藥啓羞澀，懼彼白翳侵其瞳。泠然沃以寒冰雪，眉睫洒洒生清風。朝行猶眩堦下蟻，莫出已辨天邊鴻。只今豪吟飲大酒，青白顧盻何英雄。吁嗟王君習静者，精藝乃爾能神通。卜商張籍若不遇，枉使千載稱盲翁。速令沽酒市肥羜，往謝昔者開明功。譚驤譚驤慎爾明與聰，王君之德無終窮。

【校勘記】

〔一〕「譚驤」，原作「譚讓」，據本集卷首目録、萬曆橘徠軒重梓本及詩句「城西譚驤詩最工」改。

曾君育駿馬歌

曾君好馬有馬癖，昔買駿馬千金直。一從徽刷上天衢，每見流星想行跡。金年得馬勝前馬〔一〕，八尺垂鈎汗流赭。落花風細草如烟，時控青絲出原野。官中多馬勞馳驅，得似此馬閑且都。朝行疑逐飛鳥没，晝浴恐與神龍趨。逝兹太平麟鳳從，此馬自在此林中。幾人相馬識神駿，骨骼卓犖真奇雄。溪崖泥盤石角濺，戒爾圉人勿輕賤。青芻黑豆未渠飽，錦障金羈竟誰薦？君不聞幽并馬羣五色俱，北客長驅愁遠途。南來往往凋喪盡，似此駿骨一匹無。似此駿骨一匹無，臨風爲爾增嗟吁。

【校勘記】

〔一〕「金年」，萬曆詩選本、萬曆橘徠軒重梓本、四庫本作「今年」。

同張士敬姚超白炳文南宗上人餞别張懷德千户於大愚寺之松林賦柬諸君子

張侯早負熊虎姿，文雅羈窮人共知。凌晨調笑出東郭，健步不煩鞍馬騎。茭塘蒲港明如畫，風日蕭蕭動初夏。寺門還抱碧溪流，石橋正度叢林下。高原過雨不作泥，晚色乃爾寒凄凄。草間移席僧共至，松下傳杯鶯正啼。姚君玉立長九尺，諧謔傾筵鬚奮赤。曠懷亦有張與白，總是君侯好賓客。酒酣浩歌激清商，却望浮雲思帝鄉。松花落雪愁日暮，拔劍起舞空徬徨。知君襲武坐文癖，敗壁有書無寸戟。猶滯泥沙未得伸，在於楚也空嗟惜。明朝聞買淮河舟，聚散萍蓬那可由。即看丹鳳樓前醉，還憶沙羅門外遊。

題李遵道石林秋思圖爲劉元善賦

李侯昔牧黄巖州，騎馬日向黄巖遊。黄巖山下多水竹，五月海氣淩清秋。李侯爲政百不憂，濯纓日尋南澗流。興來往往揮翰墨，點染毫末成滄洲。此圖精妙不易得，非子好懷誰見收？卷舒不窮尋丈間，豈止百里盤綢繆。青山欲盡亂石出，赤岸正隔重沙幽。星芒墮地覺晝立，玉氣穿林疑夜浮。楓柟偃蹇皮半蝕，叢灌苯蓴枝相繆〔一〕。長松或擁翡翠巇，曲蔓亦罥珊瑚鈎。深巖欲雨雷電入，古路無人魑魅愁。峰迴阪折見脩竹，萬籟摇動寒蕭飀。仙娥鼓瑟環珮合，壯士臨軒戈戟遒。雲巢隱隱出猿狖，雨葉渺渺啼鵂鶹。天台鴈蕩日落外，湘水蒼梧天盡頭。風煙滿眼入慘淡，霜露在野行夷猶。乃知托興屬幽遠，苦心拂鬱奮獨抽。當家父子風格好，似此更以神情優。只今海内重寸紙，光價豈止琳與璆。平生愛畫少真跡，見此令我消煩憂。秘書内府那得致，願子慎藏思蒯丘。乾坤浩蕩文物遠，嗚呼李侯今罕儔。

【校勘記】

〔一〕「苯蓴」，原作「苯尊」，據四庫本改。

宴集洞山寺分韻得見字奉柬丁克誠顔中行王敬仲帖德裕枯林上人〔一〕

洞山之陰鬱葱倩，上日開筵集羣彦。入門已覺禪境曠，放懷且慰書傭倦。石林秋風晚更急，山城野色寒初變。長松挺拔各千尺，墮葉飛來時一片。雨垂弱蔓當井角，泉引青苔入堦面。移床曳屣各散漫，接句行杯自流轉。交挂卑枝白紵衣，疊欹細草輕紈扇。雲開絶壁霞隱明，風度危梢露鶩濺。楸梧莽蒼誰氏塚？寺，雷樞密所建，有先塚在焉。金碧輝煌梵王殿。百年荒廢足自惜，昔者榮華竟誰羡！田園閒日思把耒，淮海經時尚傳箭。共嗟寇盜困徵發，深幸羈窮及談讌。感君相與重意氣，使我頓欲忘貧賤。天外清風似流水，林端落日如紅茜。豈知驅車復爲別，願得載酒頻相見。醉醒聚散安可常，悲吟悵望西飛燕。

【校勘記】

〔一〕「帖德裕」，四庫本作「詹德裕」。

陪劉公權登戍樓 有序

秋日奉陪劉公權登戍樓，觀其祖伯泉將軍舊藏芙蓉畫，時公權之兄公衡出征嶺南未歸。

鳳山東偏錦水頭，獨立縹緲之戍樓。登樓覽古意不極，芙蓉雙軸懸清秋。將軍國初鎮吉州，投戈論道皆清流。藏書蓄畫幾千卷，縹帙紫錦珊瑚鈎。郭熙山水韓幹馬，生色芙蓉更瀟洒。霜涵雨浥姿態發，往往時人未能寫。筠州移鎮七十年，遺物猶存今所寡。看花把酒臨秋風，我思將軍安得同。蒼茫共惜千載意，磊落已見諸孫雄。近者提兵入南中，號令不減前人風。蛟魚出没江海暮，萬一盡掃烟濤空。

聽左鍊師吹簫短歌〔一〕

左師本是吹簫客，慣作浮雲出洞聲。臨川學士所最喜，華蓋山中曾共聽。昨夜宫前看月明，玉簫零落難爲情。含宫引羽自倡和，蹙口吹作嗚嗚聲。迴飈劃然飛霧入，王母旗翻羽車集。蛟龍倚柱亦潛聽，鴻鴈盤空更飛急。古來樂府音調殊，師獨得之心口俱。何人喧閧雜蛙蠅〔二〕，急管狂歌增鬱紆。

【校勘記】

〔一〕「簫」，原作「蕭」，據四庫本改。下同。

〔二〕「蛙蠅」，四庫本作「蛙黽」。

題常棣鶺鴒圖短歌爲曠伯逵賦〔一〕

曠郎示我鶺鴒常棣圖，冰石盤激花芬敷。尋常林澤總慣見，何以令我增嗟吁？知君有弟在鄉邑，少小别離憂患雜。經年不省瘠與肥，却望南雲泪沾臆。曾不如常棣花，榮悴開落同根枝。又不如鶺鴒鳥，飛鳴行摇呂相隨〔二〕。我思古之人，無若周公旦。安寧與急難，往往寓悲歎〔三〕。君獨奚爲長道途，胡不來歸兄弟俱。籩豆滿筵酒滿壺，兄醉弟舞歌嗚嗚。歌嗚嗚，樂無央。堂前花開常棣香，鶺鴒來巢春日長。

【校勘記】

〔一〕「曠伯逵」，原作「曠伯達」，據四庫本改。

〔二〕「吕」，萬曆詩選本作「以」，萬曆橘徠軒重梓本作「常」，四庫本作「侶」。

〔三〕「悲歎」，原作「非歎」，據萬曆詩選本、四庫本改。

題唐子華江干幽居圖爲余子芳賦

山風不作衆壑静，江雨初飛入寒暝。緑浦迢迢碧草交，丹崖窈窈青林並。金牛石前螺子岡，子行何時歸故鄉？野航把釣秋水迴，江亭讀書春晝長。

顔明德自全椒避亂歸安成道過瑞陽賦别

鳳山山頭日欲暮，北望風塵暗行路。喜君近向全椒來，别我將返青原去。倉皇面目帶風日，顛倒衣裳雜霜露。投身幸從異境脱，執手且慰同鄉聚。比聞衝斥劇豺虎，汝潁徵兵急救捕。繻符嚴詰千里道，戈甲紛填九江戍。主人念客苦留别，立馬不發空愁顧。歸心早逐匡山雲，愁思空迷錦江樹。驅車南出清江曲，三日風帆快馳遡。遠遊無方古所戒，菽水怡親竊終慕。我貧未歸不得意，感子於我今相遇。

未能呼酒一澆滌，衹以軟語相温煦〔一〕。空山落葉慎行李，極浦蒼葭但烟霧。殘年舊隱如可尋，思君更詠閒居賦。

【校勘記】

〔一〕「温煦」，原作「温照」，據萬曆詩選本、萬曆橘徠軒重梓本、四庫本改。

送李元忠歸彭田歌

自爲筠州客，喜識同鄉人。顔君高邁楊子淳，李也俊逸迥絶塵。令我一日思再親，見之欻然愁恨伸。水邊行吟月下坐，意度往往清而真。昨者相攜登鳳山，酒樓正對桃花彎。錦江西來春波碧，乃有鵁鶄鸂鶒蕩漾當其間。此時與子初爲客，笑指青山歸未得。有約殘年共汎舟，要看三洲雪花白。雪花未飛冬又春，子行車馬何轔轔。姑蘇公子自好客，況是東南賢主賓。惜君棹頭不肯住，送君却望城南路。江霧寒深橘子林，吴霜夜滿丹楓樹。今日何日，朔風吹衣。子不我思，翩其先歸。河梁攜手行依依，筠州故人從此稀。黄塵出没烏帽遠，寒鴈杳杳隨人飛。鴈飛南北安可期，客行最憶重逢時。高梅始花已爛熳，對酒不飲將奚爲？君不見古人抱才或未遇，亦復低迴歎遲暮。不乘駟馬獨西歸，豈信相如好詞賦。君才袞袞不可覊，毋以離别傷其情。匣中干莫時時顧，即恐飛騰雷電驚。

題平川雪霽圖爲張用可縣丞賦

南天北風暗吹雪，川上遥峰互明滅。雲陰欲墜曉光迷，河流不動層冰結。魚龍下蟄深澤泠〔一〕，鴻鵠啼饑眼流血。千村萬落連蒼莽，驚沙枯樹相凄切。行人稍出皴手足，悵望林居總愁絶。我家邈在武山東，屋前石岸多青楓。野橋渡溪沙路遠，皆與此圖風景同。窮年念此政欲返，寒色恍入虚庭中。長鑱斸藥崖谷滑，短褐負薪環堵空。閉門且爾暫投息，會見日出光曨曨〔二〕。

【校勘記】

〔一〕「泠」，萬曆詩選本、萬曆橘徠軒重梓本、四庫本作「冷」。

〔二〕「曨曨」，原作「曨曨」，據萬曆詩選本、四庫本改。

題楊奇琛所藏山水圖歌

我本白雲人，愛住青山下。五嶽尋幽未憶歸，穿巖歷壑窮秋夏。曾看絶壁明高霞，秀色照耀金蓮花。洞前遠訪丹泉井，谷口時逢白鹿車。鹿車東渡溪流淺，瑶草春香緑如剪。海門日出天雞鳴，手接飛蘿上層巘〔一〕。是時笙鶴從天來，徑欲浮海觀蓬萊。雲路微茫波浪闊，使我嘆息空徘徊。十年汩没塵埃裏，却看丹青心獨喜。問君何處得此圖，彷彿林巒烟霧起。雖無秀絶凌衡岷，點染亦復窮其真。深林修竹草亭静，似是水邊修禊人。蒼苔白石臨流路，亦欲相呼抱琴去。晴天指點北飛鴻，應識雲中舊行處。

【校勘記】

〔一〕「層巘」，原作「層巚」，據蕭編本、萬曆詩選本、四庫本改。

送别楊奇琛歸桐江歌〔一〕

朝别李元忠，暮别楊奇琛。各言故鄉久離别，使我歷亂空愁心。愁心忽如江上風，不可憑御誰能窮？南行浩蕩一千里，吹雪徑度青原峰。我生少小輕鄉井，獨以羈窮寄形影。經時負米未能歸，何待他年愧裀鼎。閑來思種東村田，青山欲買羞無錢。攜書强聒附童稚，客中相顧誰相憐？楊郎楊郎本同郡，文水鍾奇故才俊。

芳年初發春江長，勁氣已逼秋崖峻。讀書東家不下樓，手寫細字如蠅頭。長懷丹闕陳三策，獨抱遺經窮九丘。春風二月驚初見，伯勞東飛遇西燕。鳳山祠下月如眉，明綉樓前水如練。看花把酒能幾時，念子還鄉從此辭。城頭烏啼北斗曙，飛霜已落青梧枝。桐江東南符山嶺，聞子幽居好林景。千年古劍合神機，光射玄潭黑風泠〔二〕。子歸何時當再逢，即恐睽隔勞憂沖〔三〕。江淮風塵眯人目，我欲遠尋麋鹿蹤。

【校勘記】

〔一〕「桐江」，原作「洞江」，據本集卷首目録、萬曆詩選本及詩句「桐江東南符山嶺」改。

〔二〕「泠」，萬曆詩選本、萬曆橘徠軒重梓本、四庫本作「冷」。

〔三〕「沖」，四庫本作「忡」。

題吴教授所藏黄大癡畫松江送別圖

是何山莽莽以横雲，水浩浩而生風。天低江迴日欲落，别意乃在蒼茫中。問君此圖作者誰？浙東老人黄大癡。松江先生舊知己，眼明爲寫秋江姿。重坡欹岸東南遠，木末參差見層巘〔一〕。蒼浦遥連楚澤深，石林盡帶吴堤轉。是時先生從此歸，把釣欲拂雲中機。長風過雨蒲葦净，水色淡淹沾人衣。只今又作筠州客，惆悵松江渺雲隔。離思猶迷鴈蕩烟，歸心已歷洪崖石。我思大癡焉得從，筆墨往往遺奇蹤。草衣騎牛髮如雪，吹笛憶過天台峰。平生一筆不輕許，傲睨王侯笑塵土。展圖坐對鳳山青，却想高情動千古。君不聞功名利達能幾何，長安離别日日多。灞陵亭前春草碧，灞陵亭下春風波。

【校勘記】

〔一〕「層巘」，原作「層瓛」，據萬曆詩選本、四庫本改。

盧仙壇歌

我思昔人有盧仙，冥栖乃在三顧巔。後來乘雲去不返，荒壇委絶成千年。壇角峨峨石色古，上隔青天應尺五。飈車笙鶴時下來，白日松稍度飛羽。雲霞東南五色開，當時舊宅安在哉。林間馴虎去已久，池底神魚呼不來。我慚學仙苦局促，十日尋幽憩林麓。月中縹緲見乘鸞，示我玄文不成讀。中峰積翠凌紫冥，下有流水聲泠泠。丹崖千仞不可陟，黄葉滿山秋露零。

題紈扇畫景贈易茂才

故人高興蟠雲林，門對三山之碧岑。却憶秋風相過日，溪口繫船黄葉深。石潭買魚雨冪冪，松岡躍馬烟沉沉。翠屏千尺天上落，十日縹緲窮登臨。當時感激戀岑寂，常恐寇盜相凌侵。落霞遥憐烽火赤，白雲獨擁高崖陰。復忽山城五月暑，思挹風露清煩襟。偶持紈素寫秋樹，已覺幽思迴蕭森。天清遥見寒澤鴈，日落如聞秋岸砧。寄君重寫千里意，感我惜别多愁心。交交林間雙鳴禽，臨風忽來遺好音。青松白石可娱老，從爾倡和山中吟。

憶昔行美達監州

聖王端居總四夷，黄河妥帖東南馳。明明政化若流水，禍亂之梗誰階基？咄哉事變異往昔，簧鼓邪説非寒饑。囂然挾兵起田里，誅殺長吏爲妖魑。絳繒烈火照山谷，摧陷焚劫何紛披。絶淮渡江狥楚荆，千里一概同傾危。漢江宫樹三月赤，黄鶴低逐南飛鴟。達官貴人履霜露，寶玦夜墜珊瑚枝。荒山日落騏驥病，極浦天寒鴻鴈悲。南平百里據平衍，豈有險阨當城池。紅塵一騎傳警急，白日萬口悲流離。我侯世臣之子孫，出監兹郡貞而慈。憤呼欻起艱危際，揮斥義勇如家兒。指天出誓肝膽露，颯爽風吹玄武旗。內防外拒張籌策，恩義結民民感之。鼓聲徹雲戰鬬出，往有死志無生期。坐開黄堂受俘馘，太守自擁將軍麾。風霆氣震隨闔闢，泰華壁立無偏欹。旌旄不動晚色浄，刀劍錯出天光垂。帳前耽耽立虎兕，府中矯矯趨熊羆。蒼茫殺氣薄雲漢，鷹隼奮擊當其時〔一〕。龍洲沙平萬馬集，草中白骨高於坻。窮冬霰雪自摧厲，晴日柳梅俱華滋。此邦不隨風景異，闔郡實荷賢侯私。上連崆峒倚南極，下決淦水開東陲。風塵豈止廿四郡，平原義士真吾師。褒功會蒙天子詔，頌德早見邦人祠。我瞻四方何蹙蹙，經濟允藉英雄姿。時平撫事增太息，再歌憶昔陳苦詞。意長歌短不自已，太史萬一觀民詩。

【校勘記】

〔一〕「鷹隼」，原作「鴈準」，萬曆詩選本作「鴈隼」，據萬曆橘徠軒重梓本、四庫本改。

戰敖原美周公瑾

寇初來，戰宜田，烈火夜飛光照天。青山躍馬壯士出，一鼓轉戰清炎烟。寇復來，戰周嶺，馬上秋風動旗影。重圍突破散如雲，部曲歸來自雄整。問之此戰誰第一，吉水周郎本無敵。報國寧論萬死功，蕩家笑却千金璧〔一〕。君不聞敖原之戰尤所無，最後制勝真良圖。草間麾呼伏兵起，數萬賊徒同日死。

【校勘記】

〔一〕「璧」，原作「壁」，據萬曆橘徠軒重梓本、四庫本改。

題曾氏所藏歷代青微法師像圖

素陽真人仙者徒，示我列仙之畫圖。霞冠雲氅玉雪膚，一一神采浮雙矑。充如天府琳球腴，清如逸世山澤臞。儼如佩玉當朝趨，矯如跨鶴凌天衢。周流天地超有無，顏色不動精神俱。最後幅巾疏眉鬚，云是真人昔者之所摹。上窮元始下玄都，一本萬派同而殊。形隨粉黑窮錙銖，氣與風霆行八區。我慚生晚墮儒迂，學道不解凌蓬壺。擬從真人乞靈符，高飛願逐雲中鳧。前有作者邈已踰，欲往從之云何盱。青城天台西南隅，雲日光射金芙蕖。三十六管吹笙竽，非君和之誰與娱。

羅明遠殺賊歌

至正壬辰閏三月，寇入廬陵肆猖獗。城中火炎三日紅，街市填屍港流血。羅君聞之佯負薪，入城遇賊賊不嗔。潛覘赤幘府中坐，烏合烏散何踆踆〔一〕。歸來裂衣揭竿尾，大呼殺賊招鄰里。麾前勇士忽如雲，盡奪紅幡逐妖子。滿城黑霧晝不開，大酋忽捲宜春來。前鋒出鬭白旗合，列陣鼓噪如春雷。廟前格戰勢轉逼，援兵不來騎圍急。瞑目含創死不僵，猶擁長戈負牆立。吁嗟羅君真可憐，壯節獨在千人先。骨枯血化功未録，有子食力家無錢。廬陵忠義古無匹，太史他年有專筆。紛紛羅馬爲何人，羅君倡義誰當陳？

【校勘記】

〔一〕「烏合烏散」，原作「鳥合鳥散」，據萬曆橘徠軒重梓本、四庫本改。

送劉子偉入贛謁參政

拔劍擊流水，浮雲劃中開。長嘯别親故，悲風從天來。問之行路誰爲此，趙州太守賢孫子。祖孫殺賊守瀘江，父獨先驅陣前死。幾年倡義不顧身，一日失援淪風塵。家鄉殘蕩骨肉散，空作窮途憔悴人。至今悲憤肝膽裂，夢裏驚呼寶刀折。北風吹火亂山紅，却望瀘江淚成血。趙州故人四海同，兵部卓有前賢風。開筵倒屣下奇士，豪傑奔走如游龍。崆峒十月飛霜露，亦知青眼憐遲莫。弓騎何時入羽林，勛名自合登天府。贛江東流十八灘，灘石下激聲潺潺。忠臣孝子有苦志，爲報飛書投九關。

送顔用行歸吉水併柬康隱君宗武

文昌進士顔夫子，昔在筠陽最知己。春風攜酒上坊樓，秋雨題詩洞山寺。當時結交翰墨場，共言意氣傾侯王。豈知風塵各驚散，此地不得同翱翔。君今只在瀘源上，我亦南還竄林莽。舊交零落海雲空，夢裏驚呼色悽愴。往者山寇攻瀘源，義門百口今誰存？况聞親庭抱永痛，妻子夜哭沙田村。欲歸無家出無僕，兩年訪我城東屋。長林春暝風雨交，此日窮居轉愁蹙。柴門苦竹惟鳥啼，流水繞屋生春泥。苦無一錢沽酒飲，坐據寂寞如枯藜。鼓笳連江清夜永，短燭孤帷吊形影。野麥陵陂老鴈饑，寒風動竹枯螢冷。知君豪宕輕黄金，感時亦復憂沉沉。青雲若負壯士志，白日難照愁人心。誰能短衣事騎射，空遺悲歌淚盈把。却望文昌從此歸，東行定過匡山下。匡山先生髮如絲，十年不出真吾師。便須晏歲荷短鍤，共來山中尋紫芝。

寄贈劉仲修

我昔東游紫瑶峰，手攜仙人九節笻。天寧講師好静者，邀坐絕頂看雲松。是時君從槎溪來，石室相逢心眼開。題詩忽滿雪色壁，仙藥晝下蓮花臺。石橋流水聽猿處，絶似天台赤城路。不見山中王子喬，吹笙自入浮雲去。感君萍蓬無定居，幾回寄我雲中書。緘藏懷袖不忍發，愁心炯炯明寒虚。東南喪亂垂五載，昔者交游竟誰在？清江碧嶂落日外，修竹啼鶯久相待。往聞親庭阻歸舟，書來可以寬離憂。官船何日出川口，早晚相迎金鳳洲。鳳洲瀟條歸未得，經年寄食江邊宅。早春艤棹憶曾過，行踏江沙雨中别。君從二月來南平，我復鼓枻從東征。城西王郎竹林下，懷我無限滄洲情。如何相尋不相遇，空使愁心結烟霧。春風吹盡碧蘭花，愁滿西軒緑筠樹。昨者臨流别遠人，忽憶舊遊心更親。便當買船載歌舞，從爾爛醉江南春。

馬將軍歌

將軍西北之英豪，二十飛騎能弓刀。一官推廕恩獨早，五載防邊功最高。廬陵緣山據巖洞，往者妖民欻驚鬨。將軍出捕虎就縛，坐遣犬牙歸制控。去年殺賊文水灣，馳馬猝遇深林間。陰風吹沙白日莫，誓不返轡圖生還。督兵圍寇寇窮蹙，逆箭飛來集其目。據鞍顧盼色不動，拔箭目中遺斷鏃。含創飲痛更發矢，淚眼模糊血蒙指。紅旗倒曳鼓聲乾，格鬭猶衝十餘里。歸來元戎親問疾，部曲驚嗟勇無敵。障塞爭傳烈士名，轅門早進中軍秩。君不聞將軍事武仍好文，忠義持身真絶羣。烏東嶺外寇如雨，南來只怕馬將軍。

古松歌爲瀘江曠氏賦

曠君屋前古松樹，亭亭上出青天外。百年元氣結雲烟，十里行人望車蓋。君家舊物惟此松，誰其植者漁樵翁。精神獨立萬丈雪，枝葉猶含前古風。東家主人好種柳，去年鬱鬱今年朽。種花種柳事繁華，得似蒼松屹孤秀。我願曠氏之子孫，戒爾斬伐勤培滋。朝看松樹礪氣節，暮倚松樹哦詩書。瀧山青青永無期，還念前人初種時。

將歸南平賦別羅斗明

五月辭滕閣，南船遇北風。故人一相見，乃在太湖東。湖東無數垂楊柳，執手殊鄉驚忽聚。迴舸沽酒豫章樓〔一〕，且復維舟爲君住。憶我往年遊溆川，城南日出花如煙。龍王潭上釣秋水，太傅巖前聽瀑泉。洞門盤盤萬松引，更愛靈山石如筍。當時題句最思君，南海雲濤隔飛隼。何年海上却東歸，栖息瑶岡掩素扉。春雨歌殘紫芝曲，秋風吹老緑蘿衣。南州蕭瑟風塵起，躍馬提兵從此始。野狐不敢向南號，寶石峰前陣如蟻。知君卓犖負奇才，離亂相逢心眼開。綉衣使者入閩海，攬轡定覓君同來。龍沙吹雪日欲落，旌陽仙居久寂寞。人生富貴徒爾爲，須把高懷付酣酌。我有古劍青芙蓉，起舞莫惜千鍾空。明日開帆上江去，思君却望水西峰。

【校勘記】

〔一〕「舸」，原作「歌」，據四庫本改。

槎翁詩卷之四

七言古詩

題龔本立所藏燕文貴雲岫圖歌

豫章龔郎好文雅，錦軸牙籤滿書架。示我春雲出岫圖，云是燕公之所畫。高堂慘淡開林丘，青峰赤谷爛不收。長風浩浩起天末，萬壑青雲如水流。松根石頭伏羊虎，松頂垂蘿緑如雨。伊誰濯足望青天，絶似東歸孔巢父。匡廬巫峽相渺緜，三湘七澤俱可憐。冥鴻蕭條洲渚斷，風帆杳杳歸何年？吁嗟燕公真絶筆，好手當時稱第一。殘縑猶帶汴京愁，墨色蒼茫映寒日。城樓六月烟塵黄，我亦看雲懷故鄉。思君如憶圖中景，應過水西尋姥岡。

題邊長文所畫山水圖歌爲常伯敬賦

五月炎風扇長夏，黄埃撲面湖堤下。山水娱人未擬歸，擷蘭軒裏看圖畫。中峰九疊開芙蓉，春雲盤盤上高松。苔逕未逢秋雨屐，石樓似聽霜晨鍾。飛鴻指點向何處，彷彿經行舊時路。懸巖瑶草不知名，隔水桃花自千樹。問君此圖作者誰？甬東邊郎風格奇。丹巖緑水照白雪，高興如在鍾山時。鍾山岧嶢夾雲起，六代繁華付流水。芳草長懷北固遊，啼鶯曾識東山妓。當時二謝聲價同，登臨到處遺高風。釣魚銜雪寒江上〔一〕，騎馬踏雲空翠中。只今南遊歸未得，日日臨圖看山色。鳳凰一去來何時，落日荒臺夢江北。

【校勘記】

〔一〕「雪」，原作「雲」，據萬曆詩選本、四庫本改。

題邊長文爲黄子邕畫雪舫齋圖

簫峰隱者黄子邕，緑眉秀頰雙青瞳。雪中曾踏溪南石，坐聽簫聲雲霧中。懸崖路轉愁獨往，結屋溪邊小於舫。絶似山陰王子猷，夜半乘流入虚朗。朝歌緑水憐芳春，暮歌黄竹哀時人。長風遠從海上起，劃見六合無纖塵。新城往年兵革起，林杪高軒化荆杞。東湖湖上遇邊郎，爲寫幽居雪山裏。千崖凍合凝夕光，江鳥不飛沙岸長。別浦維舟初罷釣，深簷卷幙更傳觴。簫峰遠在青天外，玉樹蕭森澹相對〔一〕。疑有飛軿駕白虬，飄摇下與羣仙會。仙人一去不可呼，此境欲往愁荒蕪。炎埃六月何由濯，日倚湖陰看畫圖。

【校勘記】

〔一〕「蕭森」，原作「簫森」，據萬曆詩選本、四庫本改。

題余仲揚畫山水圖爲余自安賦

金華仙人余仲揚，筆墨蕭颯開老蒼。昨看新圖湖上宅，烟霧白日生高堂。層峰上蟠石皜皜，絶島下瞰江茫茫。長松並立各千尺，間以灌木相低昂。松下上人坐碧草，秋影忽落衣巾涼。囊琴未發弦未奏，已覺流水聲洋洋。赤城霞氣通鴈蕩，巫峽雨色來瀟湘。誰能千里坐致此？欲往久歎河無梁。風塵漲天蔽吴楚，六年悵望神慘傷。玄猿苦啼巖北樹，白鴈不到江南鄉。赭山焚林絶人迹，如此山水非尋常。此圖本爲自安寫，亦感同姓悲殊方。幽軒素壁泉聲動，對此令我心爲狂。何由捫蘿逐麋鹿，振衣直上雲中岡。登臨一寫漂泊恨，長嘯清風生八荒。

林森山水圖歌

清江何人畫山水，西村無傳稚川死。林生後出更清逸，筆法遠師閩浙士。深林大樹交鐵柯，遠峰近巘分陂陀。青天層峽見棧閣，落日平湖聞棹歌。水邊之亭絶瀟灑，更看平橋度羸馬。千崖小徑雪邊分，百道飛泉雨中瀉。自言筆法由心運，墨色重敷看深潤。碧海春雲動杳冥，泰華秋空入雄峻。昨者相逢湖水上，聞築幽居傍漁榜。爲君先賦采菱篇，答我新圖迥幽曠。圖中好山千萬重，還似閩中似浙中。祇今欲往河梁絶，指點天末窺冥鴻。我家茆屋珠林底，武姥仙壇兩相峙。何時爲寫看雲亭，盡染西原雪華紙。

梁孝子

梁孝子，早孤而鰥惟養母。有兄從軍棄兒女，廢姊寡居養無所，孝子念母情所鍾，迎姊就養來家中。更擕二侄共哺食，令母弄孫嬉笑同。市嘗大雪薪炭絶，起析春具就爐爇，不令母知母心悦。亂餘時果貴且珍，出賣菱實先獻新，母食甘之忘其貧。梁孝子，行孝義，只不讀書寧識字，天性真醇有如此。吁嗟今之人，禄食往往肥其身。同氣乃異趨，肝膽如越秦。孝子誠愧之，吁嗟今之人。

題屏岫幽居圖爲萬砅賦〔一〕

秋屏列岫之間，乃有萬氏之圃、幽人之居。門前青柳日繫馬，池上紫菱時釣魚。前年塵起龍沙北，萬氏林居總蕭瑟。楊君好事惜奇勝，爲寫池亭寄秋色。兩松落千尺長，高雲不動江風涼。誰能低頭事權勢，便思濯足歌滄浪。東南連年困兵革，人生安居那可得。向來華屋今誰在？忽憶舊遊心慘惻。君不聞王維别業孟城隅，亦有亭館臨歌湖〔二〕。當時勝迹逐雲往，至今傳得輞川圖。

【校勘記】

〔一〕「萬砅」，原作「萬砅」，據蕭編本、四庫本及本集卷八題梅圖爲萬砅賦改。

〔二〕「歌」，蕭編本、四庫本作「欹」。

題常伯敬擷蘭軒歌

高人好幽栖，志不在華轂。嘯歌擷蘭軒，俯仰無不足。湖之水兮湘之山，悵余昔遊始東還。澧有蘭兮沅有芷，言擷秋芳渡江水。蒼梧黯慘浮雲重，帝子遺廟丹青空。長洲極浦落日外，坐見千里生蒿蓬。靈氛掩淚歌九歌，夫君不來愁奈何。江沱隔絶秋風早，緑葉青青紫莖好。露華香竇菉充幬艾盈佩，玉玦捐棄江之沱。江沱隔絶秋風早，緑葉青青紫莖好。露華香撲芙蓉裳，佩服從君可終老。我有猗蘭操，塵土混濁久不聞。爲君彈一曲，要使六合揚清芬。揚清芬，覲九嶷。舞干羽，三苗來。洞庭無波春草香，却棹木蘭游三湘，毋使下女徒悲傷。

題沙村江樓歌爲劉方東賦

朝遊雲亭，夕憩鳳岡，河水浩浩山蒼蒼。白虹東來盤九曲，日出霞明見秋緑。雕甍碧瓦欻飛翻，百尺層樓起林麓。樓中仙人烏角巾，調笑日與雲山親。滿筵歌舞客如霧，中有萬斛江南春。昨來登臨九月暮，落鴈横江隱霜樹。錦袍夜冷燭花殘，北斗欹斜挂瓊户。我欲援君緑綺琴，爲君一鼓清愁心。白沙翠竹自江路，金谷銅鍦非故林。吁嗟昔賢困羈旅，仲宣能賦終懷土。何如對此日高歌，手挽松蘿看烟雨。東南貙虎日紛紛，幾時書劍罷從軍。鵝鼻峰頭望明月，雞栖潭上釣寒雲。

賦白紵詞賦贈曠伯逵歸豫章

吴姬十五鬟初結，白紵新裁光照雪。手折芙蓉上彩舲，自唱吴歌送行客。玉盤饌列魚與鳧，美酒絲絡黄金壺。江寒月出懽未極，城上霜飛啼曉烏。唱吴歌，歌白紵，拂袖當筵爲君舞。井闌絡緯方悲啼，還念寒機織成苦。京城錦繡段，名都金縷衣。一時服飾豈不華，歲晏漂落當何歸？朔風吹塵撲人面，斂袂褰裳淚如霰。君行莫忘當别時，妾心皎皎難自持。

題山水圖贈興國高多營將黄進賢

遠山亭亭削蒼玉，近山盤盤出平麓。林生作此最奇絶，白日高堂坐空谷。谷中出雲雲上天，深林曲澗迴清妍。緑蘿初挂紫巖雨，碧樹盡含秋浦烟。北屯將軍舊知己，看畫尋幽心獨喜。爲卷空間一片雲〔一〕，送君更渡藍陂水。藍陂山前霜葉黄，亂峰刺天如劍鋩。何當盡掃貙虎穴，與子巢雲歌鳳凰。

【校勘記】

〔一〕「空」，蕭編本、萬曆詩選本作「窗」。

題胡典史所藏簡天碧西山南浦圖

草堂高人好奇古，手卷畫圖横尺五。云是簡君之所爲，歷歷西山與南浦。鴈原鶴嶺紛孱顔，春水亂入螺螄灣。章江楊柳緑如霧，滕閣正在蒼茫間。冥冥官舫北來遠，風力漸紓帆漸捲。天低白浪驛亭孤，雲捩黄牛柂樓轉〔一〕。城中酒樓喧管絃，歌女能舞花如烟。菰蒲落日鳧鴈晚，風浪杳渺嗟何年。反思往時寇圍急，列艦旌旗半江赤。官軍血戰龍沙屯，東北人家半荆棘。爲君指點尋舊蹤，我思簡君安得同。高堂酌酒歲去暮，如見積雪明東峰。只今風塵尚蒙翳，對此酣歌一歔欷。豐城龍劍今有無，亦欲看雲望奇氣。

【校勘記】

〔一〕「柂樓」，原作「拖樓」，據萬曆詩選本、四庫本改。

贈楊抱一煉師短歌

道人昔在白鶴山，羽服朝真居上班。道人今居蛟湖口，雨褐雲巾事林畝。東南連年飛戰塵，羌獨遠引棲其神。天地清寧本於一，得此以抱寧非真。吁嗟世之人，跨馬而逐鹿。袞袞馳風波，僛僛觸巖谷。豈知静者爲有餘，不矜不競遊玄虛。攀花行吟石上雪，掃葉坐看林間書。白家橋東水如練，幾度相尋不相見。珠林月出聽簫聲，松尾天燈落瑶殿。我有遠意千萬重，會騎竹枝雙青龍。明年洞口桃花發，與子踏雲潭上峰。

促促歌

彈刀作歌聲促促，深林雀子黄鸝肉。紅船打泊大江心，口唱山前團陣曲。短襦盡着婦女衣，髟纓如血凌風飛。自矜主將重驍勇，扶醉當筵騎馬歸。水營小軍舊推獎，昨日新陞萬夫長。掠地還牽農父牛，殺人更請官中賞。帳前歌舞日紛紛，坐看隔江羊犬羣。傳説山前多警報，無人説着大將軍。

送别傅奏差督軍儲却歸吴都事水寨

傅郎青雲彦，文彩粲華組。身騎五色馬，出入將軍府。將軍控扼水上城，連艫列艦如屯營。昨朝令下急征餉，科帖星火來南平。南平頻年困供給，小麥秋荒禾未實。私家何以辦公輸，流血呻吟更捐瘠。兵儲有程不敢稽，君獨憫之增慘悽。艤舟浦口坐荒寂，落日忍聽饑烏啼。五月香醪得傾瀉，席上香蒲緑堪把。過雨天低白浪中，隔江雲出青山下。豪來起舞情未終，爲君感激歌秋風。東南烽火萬里赤，此樂茫茫安得同。我慚栖遁相逢少，鬱鬱沉憂更昏曉。别君三歎拂吴鈎，注目雲天決飛鳥〔一〕。

【校勘記】

〔一〕「注目」，原作「注日」，據四庫本改。

巢雲歌爲張彦昇賦

君從匡廬來，歗歌白雲鄉。白雲千疊可攬結，九江秀色何蒼蒼。雲之來兮茫洋，雲之去兮不可以將。觸石而起，隨風飄揚。問君結巢向何許，洞門遥架三石梁。薜荔爲藉蘭爲房，明月爲佩青霓裳，飄然遠在天中央。手招雲中君，爲我吹笙簧。朝日射五色，爛然成天章。將西息乎昆侖之墟，南憩乎天台之陽。于以卧八極，遊四方。錦屏倒照秋水光，雪片吹落瑶花香。俯視六合中，烟塵浩茫茫。泰山忽破碎，海水成枯桑。燕鴻越鳥無定栖，鳳凰麒麟安可常。我欲呼謫仙，拾瓊芳，援斗杓，酌桂漿。却上匡廬望三湘，湘水深，九嶷長，雲之巢，安可忘！

送張知事之廬陵

忽不樂兮心慘悽，聞君移家當遠睽。手牽稚子候慈母，路出龍洲鶯亂啼。江烟冥冥江水緑，綵鷁班班照春服。落花到處蕩迴風，楊柳人家並沙麓。問君此别來何時，南平父老多遺思。亂離欲定乃去此，念昔艱危親見之。茫茫江海悲遊子，抱劍何因報知己。狂心欲逐北飛雲，夜下神岡渡江水。江水深深愁人心，憶君安得窮登臨。我家茆屋珠浦曲，薜蘿紫霧屯秋陰。憶在竹林西，迴船聽江雨。載酒看花醉不歸，十里芙蓉爛晴嶼。浮雲飄忽東北來，昔者嬉遊安在哉？豈知今年復遠别，使我歎息青霞杯。君持青霞杯，聽我歌古調。歌聲激烈君不聞，手撚琪花向天笑。向天笑，送飛鴻，我還山南君向東，出處悠悠安得同。明日看君螺子浦，思君却上引龍峰。

題鍾元卿東皋讀書處山水新圖

聞君築室在東皋，十年讀書心日勞。簡編浩瀚照夜雪，歌聲灑淅淩秋濤。嗟哉古人不可作，行事心術照毫毛。桓公徒聞理鹽筴，輪扁豈識粕與糟。唐虞制作爛如日，昧者何以識夔皋？統傳洙泗迨關洛，如繹獨璽絶復繰。厥今文勝道且熄，武弁側目嗤蓬蒿。何如酣飲事歌舞，而不車馬馳輕豪。胡爲俛促事澹泊，豈有至樂堪陶陶？飄吟一字至萬卷，上薄文典旁風騷。我時抱琴一來過，春色晴滿城東濠。堂前彩服候甘旨，座上巍冠延俊髦。感君同歲復同志，飫我至理如餔醪。我從前年返故里，投筆荷耒思遁逃。昨觀壁間畫圖好，此景可致車宜膏。慎毋布衣事獻納，恐有使者來旌旄。古云識字憂患始，孰謂椎魯非吾曹？山林便可謝塵滓，白雲悠悠東望高。

經武山下望虎鼻峰愛其峭拔賦詩一首過南溪柬蕭鵬舉

我行武山南向西，岡巒迴伏當武溪。孤標上撐出虎鼻，落日東射雲中霓。武山勢高如卧几，後巘前峰互盤峙。浮雲獨抗九千丈，異縣相望百餘里。金華越臺方殿奔，大小尖星安足論。武仙緑髮挂瓊樹，手挹太白開天門。亂來尋山苦嫌淺，石室何年閟苔蘚。明日南溪訪故人，定接飛蘿上層巘。

題花竹脊令圖

石崖春陰覆花竹，二鳥飛鳴以相逐。人生兄弟乃類此，莫君寫之最精熟。吁嗟人爲萬物靈，急難相感非頑冥。王風既遠常棣廢，尺布之謡安可聽。

題溪山春曉圖寄贈蕭翀

土山戴石石角傾，偃樹雜出如幢旌。青天微茫曉色動，雨氣合沓千峰晴。野橋西邊有村路，之子鳴鞘踏雲去。重巖花發似聞香，隔水鶯啼不知處。東南連年飛戰塵，如此山水何清新。石田到處長荆棘，豈有荷耒春耕人。我昨西遊登武姥，手抉雲霞望仙府。把酒忽逢東海生，醉卧溪南紫蘿雨。紫蘿陰陰覆巖扉，十日尋幽行未歸。雲峰流泉半空落，六月飛雪沾人衣。拂衣歸隱知何日，却對畫圖心若失。不聞流水渡溪還，時見浮雲向山出。懷哉桃花修竹林，江海秋高烟霧深。豈無耕釣在田野，誰識悠悠汨溺心？

莫君寫鷹圖

莫君寫鷹如寫生，毛翮嘴爪皆天成。軒然縑素出奇骨，眼光上掣層雲驚。狠如猛士赴敵場，炯如愁胡望入荒〔一〕。屹如虎將坐戎閫，欻如雷電驅干將。皂鵰最大木鷂小，呀鶻兩翅森開張。角鷹戴角下廖廓，海風颯颯天飛霜。當時見畫畫搏擊，突過斗捩捎平岡。山禽塌翼雉碎首，仁者見之心慘傷。知君才名重江海，攻畫苦心三十載。楚公絶筆見孤鶱，太華峰尖見精采。只今陰山誰復過？嗚鶻獵騎方森羅。江南萬里芳草緑，奈爾鷹隼飛揚何。

【校勘記】

〔一〕「入荒」，四庫本作「八荒」。

寄曾郁文短歌

澄江水，向東流，流向東昌江上頭。我有故人在江上，十年不見增煩憂。白沙水聲寒活活，黄巖雲氣凝清秋。豈無沙棠柑、吴女謳，可以載酒同遨遊。狂風吹山波浪惡，使我不得迴輕舟。翩翩雲中雙飛燕，銜書寄我頻留戀。書中展轉道深情，但恨相思不相見。春燕飛來秋復歸，報書不遣壯心違。碧蘭紫蕙何由採，即恐蕭條霜露稀。

奉答彭進士晉懷祖詩 有序

彭氏之先曰登仕郎，自號秋雨翁。當宋亡元興間，與鄉人張君養直倡和詩凡十有一章。今年夏，其孫晉於故藏中得其遺詩，讀而感之，乃復屬和以寄於予，且曰：「去今八十年矣，而手澤如新。前朝事變，先翁情實，凄其在目。人心天理，固有曠百世而符同者，覽者能無感乎？」楚以鄉里晚生，又才識淺蔑，不敢瀆和，謹摭其大概而更賦之。因子所蕭兄以復於君，且以識余之同感也。晉字起予，爲乙亥進士，後以乙科爲萬安教諭云。

故人示我懷祖詩，文字鬱鬱含深悲。昔賢遺恨骨已朽，前代風流誰見之？云有張彭二老者，隱處乃在瀘之麋〔一〕。當時忠義並感激，豈但詞翰相追隨。蒼茫甲子義熙後，寂寞朝士貞元時。豈知清河已陳迹，彭氏孫子多文詞。明經繼以甲乙薦，反顧已覺卑羣兒。春秋巖巖詎邪詖，俎豆秩秩崇光儀。傷哉時危事返駕，道在舒卷安其宜。且辭青雲卧碧草，更調白雪鳴朱絲。壁藏似有鬼物獲〔二〕，先廬正在南山陲。遺詩十首更餘一，事變怳惚傳於斯。風驚電滅八十載，君獨感愴垂涕洟。賡吟寄我歘滿紙，淺才乏報空嗟咨。吾宗珠林重三傑，作者已遠傷頹隳。故篋飄零澹庵帖，荒塚剥蝕平園碑。承先未能欲誰過，有孫如子真吾師。只今風塵哀仳離，泉麓來遊嗟已遲。蕭郎東遊定相見，爲我道謝聲吾私。

【校勘記】

〔一〕「麋」，四庫本作「湄」。

〔二〕「獲」，四庫本作「護」。

題王楚皋墨梅歌

江西寫梅誰最豪？近年亦數王楚皋。一枝半蕊忽落紙，已覺酒興生風濤。醉來據案急揮掃，欻樹崩崖雜枯槁。乃翁白髮苦吟詩，自是長沙風格老。君藏此圖何清奇，昔所未逢今見之。横梢欲挂明月佩，冷蕊盡亞青瓊枝。是時七月苦炎熱，恍惚當窗濯飛雪。長疑素質夢中見，便擬臨風向之折。吁嗟王郎今已無，江南萬木愁凋枯。忽呼斗酒酬清賞，莫負當年冰玉圖。

别從兄本泉教授之南陽

我家兄弟猶聯琚，四十年前無異居。西頭下市日來往，掃石共讀林間書。長成離隔風雨過，骨肉憂患何紛如。老人大父忽已遠，後者忽昧戚與疏。南城府君子所祖，舊宅江上遺荒墟。兄從往年住城郭，早有二子應門閭。往從廣西起薦辟，上隆職教騰清譽。公侯子孫必復始，喜見仕版開其初。衡州太守見旌節，設醴賓筵類左虛。荆衡東南忽破碎，間道潛歸驚嶮巇。凄涼諸侯舊賓客，刺口論事從欷歔。蛟湖流水清繞屋，灌溉可以勤菑畬。寒風吹衣霜霰厲，子復南上辭林廬。潮陽更在萬里外，我欲遮道牽其裾。安得鄉園復聚處，帶經跨犢隨耕鋤。向來總角今老大，愧我寂寞如栖苴。送行無酒不得醉，懷抱鬱鬱無能攄。潮水有蛟山有虎，慎爾鞭策無驅車。

夜出羅村

蛇矛捎雲烟滿溪，火光照山聞馬嘶。暴兒夜半打平寨，陽村峴頭江路大。夢中驚竄迷東西，十步九踣傷淤泥。母號女哭不相顧，冥冥驅牛入山去。

題曾郁文所藏山水小景

隔溪望見林間屋，沙溆陰陰俯羣木〔一〕。溪流合處一橋孤，春雨來時萬山緑。江南此景真可憐，米家筆意誰能傳？却憶故廬珠浦上，短籬長繫釣魚船。

【校勘記】

〔一〕「木」，原作「水」，據萬曆詩選本、四庫本改。

庚子行

庚子二月廿四日欲午，日有重環大盈堵。居民驚走婦女怪，不敢喧傳到官府。一環赤黑暈日角，三環側連白光絡。白光貫日日色慘，陽烏塌翼愁銜薄。念此日是太陽精，昏祲重重竟安作。吾聞古有日重光，明帝得之漢道昌。長安非近日豈遠，仰視低頭淚如泫。

題春江送別圖贈謝可用歸寧都

我欲留君遊武山，君不肯住從東還。貢江盤迴三百里，南望政在飛雲間。飛雲岧嶤蔚霞綺，似向金精洞前起。老翁白髮動春風，夜夜悲歌夢遊子。君從何時辭故家，江國颯沓愁風沙。西里霜凋碧梧樹，南國雨落青桃花。知君慣作公侯客，五色文章振高翮。南平江上一相逢〔一〕，十日題詩楚王宅。豈無東山屐，攜子遊雲中。錦袍飄然不可挽，驚雨夜逐南飛鴻。江烟微茫江水緑，陳帝祠南樹如簇。畫船東下雙艫鳴，岸轉沙迴見林麓。圖畫不可盡，送君從此歸。石苔已迷舊行迹，山色自滿幽巖扉。我登武山雲，君弄貢江月。重逢何處躡飛仙，却望青天白雲闕。

【校勘記】

〔一〕「江上」，原作「江山」，據萬曆詩選本、四庫本改。

賦澄江月送別

澄江江水清且深，明月下照愁人心。浮瀾淺浪驚不定，當空湧出千黄金。此時使客宴高閣，坐愛流光入簾幙。牛磯風定翠旗翻，蛟窟天寒寶珠落。長洲菁菁杜若生，送君東下歌揚舲。題詩若過舊遊處，月色江聲無限情。

戲爲友人干魚苗

聞君鑿池種魚子，遠注潯陽一泓水。春風昨夜化靈苗，中有十萬横波尾。我慚枯涸生事疏，分致安得涔蹄餘。風雷倘復化龍去，猶得江湖傳尺書。

夜宴王召南席上觀黑厮旋舞胡餅歌

綺筵燭艷歌停哢，春酒凝香碧霞重。蕃童旋舞忽當前，頭戴銀餅高不動。銀餅花爛雪色新，俯仰之間如有神。豈知頭容自正直，歌側愁殺旁觀人〔一〕。拳毛蒙茸襯餅底，宛轉低佪舒四體。眼看明月下崑崙，一片黑雲飛不起。使君好客酒漏巵，傳令更舞君莫辭。手中匕箸猶有失，頭上銀餅高一尺。

【校勘記】

〔一〕「歌」，四庫本作「歆」。

贈别鍾舉善遊贛遂之汀洲歌

彈哀絲，噴雙竹，四座佳人美如玉。鍾郎半醉起就别，杯行苦遲聲轉促。高堂列筵當翠微，惜别更舞青蘿衣。雲開日色酒中墮，風觸歌塵梁上飛。君行贛灘十八重，臨眺可以登崆峒。萬山如浪壓城郭，鬱孤正瞰江流東。兩江盤盤石争長，東行入閩西入廣。鹽花雪白荔子丹，天際船來海風響。君家娟娟好弟兄，况有詞翰齊清名。出門相送一爲别，感我無限幽居情。山中香秫秋熟時，苦竹作笋池魚肥。我在南溪小樓上，調歌醱酒待君歸。

題蕭鵬舉所藏草蟲雜圖

鬼車團春米囊拆，萱竹緗桃紅迫迮。牽牛花碧露初墜，枸杞子紅秋可摘。青菘赤芥碧玉葱，攢英濯本當蒿蓬。羽衣凄切自絡緯，蝸角低昂方戰攻。蜻蜓頭圓赤色尾，亦有纖纖緑羅袂。草行蜥蜴金背爛，升竹盤拏更貪噬。青蛙支頤目睅瞠，黑甲推車車倒行。螳螂怒臂乃當轍，蜂螘君臣誰敢争？愁來對客看圖畫，似向芸窗箋爾雅。丹青宛孌歸動植，風日晴和到田野。吾聞夏后德所形，昆蟲草木皆清寧。苕華芸黄星在霤，卷畫歌詩雙淚零。

題雲山圖歌爲武山胡煉師賦

山中之人兮雲爲徒，飄摇太虚中，其迹安可拘。朝溶溶兮山巔，夕洩洩兮山隅。長風吹度東海上，遥見樓閣青糢糊。憶登武姥之高岡，遇仙人兮白霓裳。方瞳緑鬢顔雪色，自挾鳳竽吹洞章。凌空欲度三石梁，中天北斗何蒼蒼。俯視六合鶩塵黄，金華玉華相渺茫。浮雲滿地飛不起，但見白石磊磊如驅羊。永豐劉郎稱畫手，爲寫仙山傳不朽。高堂白晝起烟霧，指點林巒辨窗牖。圖中如此兩古松，歲久乘雲應化龍。弱水東浮會相見，長歌手把玉芙蓉。

題幽居讀書圖爲蕭翀賦

吁嗟乎中谷，把吾書以歸來兮，於焉以讀。谷之陽兮雲之麓，峰盤盤兮石如玉。我居孔幽兮，翳彼嘉木。遐思古人兮，言紬其櫝。載詠載歌，以悦我心。白雲在天，清風滿林。世昧昧以去古兮，禮樂散而莫尋。探禹穴之窅窅兮，望龍門之高深。林有鳥兮溪有魚，爾飛爾潛兮，我讀我書。以卷兮以舒，樂哉弗諼兮山中之居。

題抱琴聽泉圖爲蕭翀賦

吁嗟乎空山，抱余琴以來歸兮，吾將以彈。山之窪兮石之端〔一〕，我其聽之兮以寫猗蘭。按余徽兮作復止，風冷冷兮觸宮徵〔二〕。泉之流兮雲中漱，鳴玉兮聲淙淙。忽幽咽以下愴兮，匪絲匪桐。啼愁猿之裊裊兮，下南飛之雙鴻。山中之人兮不可遇，余徘徊兮中路。九嶷蔚兮隔烟霧，我思南風兮，噫其遲暮。

【校勘記】

〔一〕「端」，蕭編本作「湍」。

〔二〕「冷冷」，蕭編本、皇明文衡作「泠泠」。

贈吴生九成

攸州石橋人，避地廬陵。

吴郎去亂八載强，求友讀書心不忘。偶臨白鷺看流水，却望紫鱗思故鄉。故鄉湘南百餘里，明月千村照荆杞。石橋山北多園田，花開會見歸來年。

安成王子文寶持其祖遺書與古今名公詩文於喪亂中甚不易也文廷劉先生哀其志爲之敍其事因附以詩

金田王郎行蹙蹙，獨抱遺書如寶玉。往時奔竄亡一紙，十日山中望天哭。王郎苦心真可憐，與書同食仍同眠。如何浮薄心不古，世業棄捐如糞土。

題劉孟文雲林圖

洩洩野服，峨峨雲冠。飄然而往安可呼，我欲致之青雲端。青雲忽其渺緜，行深林兮望秋天。撫瑶琴以歎息，拾春蘭之紫鮮。嗟哉若人志鴻鵠，伊誰寫之在空谷？向來腰間兩龍劍，至今光截藍田玉。昨朝遇我城西曲，縱飲流霞動千斛。醉歌李白董糟丘，三日驚風撼其屋。我行駕鹿車，南游訪名山。絶頂見長松，世人安可攀。水東天玉青孱顔，遥見洞巖烟霧間。春風爲報桃花發，與子其中叩石關。

奉和王誠夫短歌一首

王君精神秋水清，作詩鏘鏘鸞鳳鳴。昨朝遺我長句好，感我無限滄州情。我從亂來少相見，闊絶朋游恍生面。烟濤浩汹驚瞑作，風葉縱横颯交戰。人間富貴多煩愁，海上神仙安可求。不如高樓飲美酒，明日萬事方悠悠。羨君才名三十載，夕露黄花向誰采？荒城滿目尚荆榛，落日登臨一長慨。愁來忽聽南山歌，梟梟歸心懸緑蘿。江上月明今夜發，爲君擊楫舞泉阿。

題竹石圖歌奉贈周思廉思忠伯仲

周郎伯仲美且温，乃是南渡丞相之玄孫。三朝書詔爛盈篋，舊物歷世能俱存。伯也從容端好文，仲也英氣干青雲。芝蘭晏歲在幽谷，風露早已揚清芬。吁嗟昔人邈千載，平園草木春先改。衮繡坊前舊宅空，恩褒寺裏遺祠在。極知令德世所鍾，矯如雙鳳騫雲中。爲君揮翰寫竹石，况有風節能相同。嗟哉雙鳳世所奇，路遠崑崙誰致之？何如栖琅玕，食竹食〔一〕，乘清風，翔八極。爛文章兮耀雲日，毋使山中之人空歎息。

【校勘記】

〔一〕「竹食」，四庫本作「竹實」。

築城歎

君不見吉安城中十萬户，往年築城極辛苦。城加百尺環兩濠，日日程量深與高。官長有號令，畚锸各自操。纍然夫丁，不敢告勞。一朝樓船江上來，大開城門引旌旄。城之石，高磝磝。濠之水，何滔滔。今日之日，爲誰險牢？愧爾饑雀，飛鳴嗷嗷。

有虎行

有虎有虎白額張，穴巢養子南山陽。十年饑嘯望城市，不食近山牛與羊。鄉民不知攫噬苦，叩首相呼拜神虎。通衢白晝虎出入，從此鄉民少防護。一朝南行挾虎羣，摇尾梢梢高入雲。長驅百里入城郭，神虎經過人不聞。忽然憑怒風慘悽，赤手搏人如搏麑〔一〕。飲血血成河，啗肉肉作泥。飫酣三日虎乃去，猶負犬豕歸其栖。可憐李將軍，有弓不敢射。却驅殘卒守空城，更築新圖高百尺〔二〕。

【校勘記】

〔一〕「搏人如搏麑」，原作「搏人如搏麑」，據四庫本改。

〔二〕「圖」，萬曆橘徠軒重梓本作「圈」，四庫本作「圍」。

雪中對酒短歌爲蕭翀賦

南溪三日霰雪飛，千巖萬壑含清暉。蕭郎掃雪闢虛館，置酒張筵當翠微。筵前翕翕香風起，金盤雪獅坐横尾。嶷然顧盼色不動，眼光寒注清尊裏。清尊行酒如流虹，鑿冰出魚魚尾紅。主人好客客盡樂，自撾大鼓聲逢逢。鼓聲逢逢間嗚鐲，亂來學得軍中樂。雙吹龍管引吴歌，座上紛紛雪花落。我不能擁雄劍，鳴鐵衣，馳入邊城，搴取五丈之長旗。又不能挾大弓，乘青驪，莫獵陰山，赤手縛取虎與羆。扁舟乘興無所適，高卧閉門徒爾爲。何如爛醉千鍾酒，更與迎春唱楊柳。少年懽會能幾時，莫遣朱顔成皓首。願擕九節青玉笻，徑上絶頂登雲峰。手招陶皮拾瑶草，却望三山銀闕重。

遷壇曲

鼓鼕鼕，角嗚嗚，銅鉦錚錚趨小巫。小巫儆儆大巫舞，陳席開壇作神所。壇前指畫起樓殿，陰役鬼功人不見。神來龍陂自有程，神馬只向空中行。大巫短袍紅抹額，手攜紙錢歌喋喋。攢兵鑿門分五方，置鞭坐壇橫竹鎗。牲肥酒香神盡樂，更聚童男捉牛角。喝右即右左即左，旋轉如風神降坐。田禾好收牲畜多，官府不擾人安和。主人再拜占珓卜，擲得中平喜如簇。盡驅癘鬼置獄牀，收兵回洞安此堂。竹鎗衅血神送遠〔一〕，新歲闔門如所願。干戈早罷國無殤，年年遷壇神降祥。

【校勘記】

〔一〕「送遠」，原作「遠送」，據四庫本乙正。

醉歌行贈曾舉正

歲云逝矣不可留，空谷羣木寒颼颼。此時高堂對尊酒，非子何以寬離憂。溪山蒼茫延清望，瑶樹瓊林儼相向。殘雪初消薜荔牆，晴雲忽擁芙蓉嶂。杯行苦急歌轉催，鼓聲浩蕩如春雷。亂離飄散少懽聚，慎莫負此黄金罍。平生結交徧江郡，晚得蕭翀喜清俊。人生最樂在知心，況爾才華更風韻。當筵起舞相低昂，爲子一飲空千觴。功名富貴等腐鼠，底用齪齪空愁腸。蛟龍何時起寒蟄，溪南昨夜春風入。春風花開巖谷紅，期子來遊歌笑同。高霄武姥好泉石，題詩却徧白雲中。

賦澄江贈友人别

澄江之水清如油，春瀾漫漫光欲流。微風忽動白鷗渚，明月正上金漁洲。洲前美人綵舟發，起唱吴歌踏江月。别愁深淺君自知，江流不斷長相思。

春宴曲

大鼓作鼉鳴，美人花間相對行。忽聞横吹座中起，吹出雙雙鸞鳳聲。鳳聲微茫作復止，飛入青天綵雲裏。當筵盛酒金屈巵，酌酒勸君君莫辭。不見堂前桃李樹，昨日花發今空枝。東家作官鬧車馬，西鄰從軍能騎射。一生長客邊塞間，芳時不在鄉國下。何如載酒鳴雲和，手折山花行唱歌。少年有酒不痛飲，白髮滿頭君奈何。

啄木鳥

啄木鳥，嘴長翼短栖木杪。空山時時聞一聲，木皮剥落非爾情。此鳥不肥莫彈射，木中有蠹無人識。

胡思齊逃酒潛歸陷于淖中蕭翀遣人追之不及而返賦此戲贈

胡君奇氣不可束，掉頭只怕杯中緑。南溪三日醉如泥，昨夜潛奔似驚鹿。橫行衝雨踏麥畦，縱有絶足何由追。歸來主人怒罵僕，愁殺春衣泥漉漉。

風筝曲

緝麻合線長百丈，要繫風筝待晴放。有風須及清明前，作得鮎魚愛新樣。全身糊紙竹縛匡，兩旗橫張垂尾長。手中緩放莫教卷，風力漸舒飛漸遠。猶嫌平隴去不高，走上山頭如掣鼇。盤空一點正摇曳，欲墜更舉何滔滔。時人勿用旁驚睨，質薄材輕等兒戲。乘時容易上雲霄，失勢終然在平地。明日落花花雨寒，過却清明風力闌。蕭條斷線挂虚壁，溝中破紙無人拾。

布穀啼

布穀啼，三月暮，麥老秧深時，田頭不見人耕布。家家丁壯起從軍，更有中男築城去。布穀鳥，聽我語，城中無田有官府，莫向城市啼，官中人怒汝。

題趙子深秋山風雨圖

趙君大醉始作畫，昔在清江常見之。此圖爛熳倒墨汁，木石滿眼何瑰奇。高堂蒼茫風雨集，虎穴龍湫恍深入。目斷東南生遠愁，鴈鴻塌翼行雲濕。

掘塚歌

富田築城令期急，創起高圍防外敵。南山有石採鑿難，盡掘墳塋取磚甓。千夫萬卒騰山丘，大斧長鑱隳墓頭。子孫飲泣草間望，白骨縱横誰敢收？高標木牌書姓字，只禁文家舊墳地。將軍爲生不顧死，十日四門要城起。石壘壘，城矗矗。昔錮黄泉深，今見白日速。城中人讙，城外鬼哭。哭聲寄語城中人，爾移我居當作鄰。

虎食鴨謡

虎婪饞，口嗒呷。夜入深山中，食人雞與鴨。念此雞鴨非野生，人家經年養育成。重簷月黑遽搪突，抉籠咥之良可驚。十雞寧滿頤，百鴨不填口。羸瘠無脂羽毛厚，長項細肋奚足取。南山多犁牛，北山足麋鹿。大者千斤小如鷇，血如流泉肉盈谷，爾能攫之胡不足。奈何長獸爲山君，而乃下奪狐狸之食以充腹。鴨能自呼雞曉啼，上天訴汝魂不迷。帝敕六丁拔爾牙，解爾皮，搗爾窟穴焚爾栖，絶爾醜類爲塵泥。深山莫生藋與藜，依然萬民中，呷呷喔喔鴨與雞。

南鄉怨歌

我家承平住城郭，自從亂來徙村落。朝朝臨河望烽火，只怕江船向南泊。今年李寇打南鄉，五更馬蹄踏月光。小船載軍大船馬，旗頭直擣珠林下。鄉夫捲地散如烟，哨馬已過前山巔。盡殺丁男擄婦女，手麾牛羊雨中去。前軍出營後軍續，昏夜抽刀草間宿。縛人先問窖中金，放火還燒隴頭粟。先鋒最説姚府軍，火伴却是州城人。全裝盡作姚家扮，面目雖馴誰敢嗔？人家兵過無遺物，萬落千村總蕭瑟。

室廬灰燼瓮盎空，只有田園將不得。君不聞東鄰一老叟，向來家業餘升斗。不論賤價賣花銀，又向城中贖生口。

採野菜

採野菜，行且顧，野田雨深泥没路。稚男小女挈筐籠，清晨各向田中去。茫茫四野烟火絶，去年秋旱今年雪。草根凍死無寸青，却攬枯荄淚流血。水邊蒲荇未作芽，甘薺出泥先放花。長條大葉瘦且老，得似家園菘韭好。枯腸暫滿終易饑，酸苦螫人還自知。採野菜，行且哭，貧家食菜苦不足，寨軍掠人還食肉。

二月十八夜辭屋歎

城狐瞑嘷烏啄木，主人驚呼夜辭屋。忽聞官軍破城府，號令新傳大都督。火燒排栅照夜光，饒軍奔潰人馬傷。快船直上春水發，明日軍來安可當。貧家無時走軍馬，少在家居多在野。斷垣未補棘遮門，敗壁無泥雨飄瓦。去年同行三十人〔一〕，今年一妻兼病身。弟兄飄散兒女喪，投杖欲往還逡巡。人生辛勤理門户，暫去那能不回顧。開花不得待人看，憤殺牆東舊桃樹。

【校勘記】

〔一〕「三十」，萬曆詩選本作「二十」。

東家嘆

東家盛時厭卑促，拓地四鄰起高屋。亂來怕見門户大，還撤屋材作薪賣。憶昔東家全盛時，伐材作屋窮工奇。上捎雲霞起觚角，下斲山石開垣基。椎牛釃酒萬夫集，華館重樓事雕飾。妝成明鏡動春雲，宴罷珠簾夜光入。當堦血色射錦茵，門前駿馬驕嘶春。强奴悍豎擁軒蓋，過客俛首方逡巡。一朝亂離俱散走，大屋空令别人守。近圃偷殘舊種花，南池伐盡新栽柳。風椽雨壁何披離，綺户白日横蛛絲。昔人强作金石計，此日謾同螻蟻悲。全家遠去無遺屧，日落鼪鼯嘯飛葉。離離烟草門巷空，時有鄰兒拾簷鐵。

燕嘍嘍

燕嘍嘍，羽褵褷〔一〕，飛來飛去無休時。主家門户已零落，泊向門前枯樹枝。枯樹枝落多風雨，欲止還驚不能住。一身投迹無所托，百口銜泥竟何補！燕嘍嘍，羽撲速，朝出愁飛暮愁宿。杏梁暗逐綵雲空，翠幙珠簾夢相逐。社日欲過桃花稀，百鳥争巢春食肥。池南華屋餘青草，落日時來掠地飛。

【校勘記】

〔一〕「褵褷」，原作「褵徙」，據蕭編本改。

告天鳥

江南有小鳥，羣飛上天入天杪。黄茆嶺頭拾蟲蟻，聲聲告天鳴不了。山前山後春雨晴，啾啾千聲連萬聲。瞥然飛出不可見，失勢一落猶哀鳴。鳳凰南飛顧之笑，何不遠引爲娱嬉。謂爾軀體陋，羽毛無鮮奇。徑寸之茆可以營爾栖，一粒之粟可以充爾饑。胡爲躑躅苦抱憤，奮首上訴鳴聲悲。勸爾勿多言，多言生間危。吻弊吭絶徒爾爲，天門九重深不知。

虎逐狼

野狼據山作巢穴，連年呼羣食人血。一朝猛虎入山來，虎自憑陵狼跡絶。山中久厭狼害人，乍得猛虎驚良馴。豈知殘毒乃本性，鼓吻磨牙更雄騁。一鳥死，百鳥哀，一狼逐，十虎來，山藏澤藪胡爲哉！吾聞周公驅猛獸，不用長戈併勁弩。政教修，德施溥，人民欣欣樂含哺。麒麟來遊鳳凰舞，上天甚明民甚苦。更萬萬古，莫生豺與虎。

後掘塚歌

峴岡西北黿村路，近郭家家葬墳墓。富家盡栽松柏林，葬時裝斂帛與金。百年太平人事好，時時子孫來拜掃。祭餘列宴晝亭深，細馬香車入青草。墓門碑石高峥嶸，界水連山誰敢争？枯枝墮地無人拾，牧豎驅牛山下行。亂兵西來人散走，青野荒荒絶雞狗。丘墳已見遭掘伐，棺槨還聞被椎剖。錦衾繡袂顔色新，玉珥金環光照人。千年幽鬼窖中物，去作誰家富貴春？

養牛歎

田家養牛如養子，愛惜皮毛少鞭箠。一冬霜雪無青草，還餧鹽虀龁糠粃。全家性命繫一牛，牛肥即喜瘦即愁。木闌土屋護乾煖，出入更防人夜偷。亂來買牛如買馬，典盡春衣酬買價。寸田尺土未得耕，軍來牽牛誰敢争？攔街號哭送牛去，青草空餘舊眠處。君看新來山寨軍，前日亦是耕鋤人。即今打糧不耕土，身着牛皮食牛脯。

莫逐燕

莫逐燕，莫逐燕，燕子清高不寒賤。一生自在食飛蟲，不啄稻粱看人面。常年托巢城市中，文杏梁深楊柳風。亂來華屋已塵土，還訪茆簷新主翁。主翁村居事耕作，種樹繞廬延鳥雀。朝朝驅燕出門去，怕見銜泥座中落。燕子驅去還復來，嘍嘍告訴聲低迴。巢成不礙主門户，年年去來解相顧。不如林間雀與鳥，養成衆雛劇如鼠，食汝場上禾與黍。

剥苧詞

江南人家多種苧，燒土壅畬築圍護。老苗刈盡還再生，一歲收成看三度。東家女兒顔貌稀，愛織白苧裁春衣。侵晨入園捎亂葉，採剥蒼皮連抱歸。歸來臨池濯苔髮〔一〕，輕管圓刀事攏戛。修蛇委蜕鱗鬣翻，入手春雲鶯膩滑。一月績成催上機，官中科布星火飛。恤寒敢計皮與肉，伐骨猶堪代明燭。

【校勘記】

〔一〕「池」，原作「地」，據萬曆橘徠軒重梓本、四庫本改。

寄贈陳侯短歌併柬項性高陳宗舜二進士

陳侯昔尹興國時，爲政喜尚清而夷。訟庭無人山鳥下，吟鞭日挂甘棠枝。聞君佳譽喧兩耳，玉樹亭亭照秋水。至今父老稱誦之，滿縣春風散桃李。錦袍羽箭烏角弓，身騎官馬如飛龍。只今出入宰相府，帳下貔虎皆驍雄。羨君多才仍好武，輕騎能衝陣如雨。酒酣肝膽向人傾，起拂吴鈎坐中舞。我有狂客陳村民，爲言昔者長相親。幕賓況有項文學，安得一見清心塵？瀲江沙晴秋草緑，却望崆峒歌伐木。王郎定棹酒船過，我行不歸將奈何！

題馬元善所藏松庵墨菊歌

松庵道人寫墨菊，幽興宛在山叢中。軒然蒼石立苔蘚，枝葉掩冉生秋風。石傍扶疏出三本，土潤根肥氣深穩。彤霞匝地鑄黄金，白露溥空濕香粉。馬君好古天趣真，昔年省郎吾故人。升堂把酒對圖畫，使我意與南山親。君家舊宅龍沙北，荒圃經年歸未得。何當斸地種千株，日倚湖亭看秋色。

贈别彭伯圻由興國歸贛郡長歌

瑶草不可折，良友不可别。握手出東門，商歌動凄切。問君此别何當逢，異縣去留安得同。錦江諸峰列烟霧，雲日正射晴芙蓉。君才英英美於玉，誰遣東遊向空谷？邑中令尹舊知名，折屐開筵夜停轂。孟嘗好客安在哉，麋鹿亦上黄金臺。清風滿庭絲竹動，使我感激空愁懷。唱吴歌，催趙舞，擊筑迴觴淚成雨。十年下邑困風塵，肝膽輪囷向誰吐？世無魯連子，誰能談笑却秦軍？夷門日出客如霧，豈識監者非常人。我慚學書晚聞道，憔悴衡門落秋草。片言合意山嶽輕，况爾多才足傾倒。聞君有古劍，血色斑駁青虵鱗。幾時出匣試鋒綵，手抉雲翳開星辰。言苦不可盡，君行安得留。江中横石如卧兕，彩鷁下照空潭秋。君歸暫向崆峒住，我亦南還匡嶺去。山中見月定相思，愁殺啼猿滿烟樹。

題薛克恭金陵竹西堂

若有人兮懷竹西，乃在鍾山之下、秦淮之湄。十年道阻風浪惡，東望但恨歸來遲。當時種竹堂西畔，新緑扶疏出窗半。手招鸞鶴下風雲，日送蛟龍上霄漢。豫章南遊消息疏，却眺鍾山思舊居。女牆月昏朝水落，萬玉濯濯今何如？憐君清修好風格，漂落經年歸未得〔一〕。安得相攜招八公，載酒來遊竹西宅。上元周禎吾故人，别來五見桃花春。昨朝卷中誦題句，使我感慨懷清真。我家珠林小江口，棄置頻年事奔走。亂餘斬伐叢竹廢，敗屋空餘數株柳。聞君竹堂心眼開，陶令何時歸去來。清泉白石有貞操，六代繁華安在哉！

【校勘記】

〔一〕「未」，原作「來」，據萬曆詩選本、萬曆橘徠軒重梓本、四庫本改。

五月十八日挈家避兵由里良入西坑作猛虎吟

猛虎前嘯，毒蛇後驅。烈火被原，荆榛塞途。悲風摵摵日欲晡，山石摧裂魑魅呼。令我有足不得趨，蹷竭頻踣猶在罦。嗟嗟我人，曾不如青天之飛禽，局促木石底而多畏心。傷哉唐虞遠，干戈苦侵尋。云胡有生，適丁斯今。口不能言，泣下沾襟。

道逢老叟行

道逢老叟行且泣，背項罹傷血沾腋。全家骨肉散風烟，眼暗腸枯少筋力。自言生長太平多，州縣不到無徵科。老去常促鄰里會，醉來還唱古時歌。粵從東南兵亂起，鄉井流離經一紀。不似今年亂較長，九十日來竄荆杞。贛兵自沮北軍强，斗船如山攢白檣。水南東岸十餘里，列開七府屯兵場。七府兵來擄生口，一旗入山萬夫走。跳溪越塹劇猿猱，獵草搜林到雞狗。最後招安尤可憐，中道要奪何紛然。攘牽牛羊掠囊襆，殺戮老醜俘少年。我從出山被抄擄，一室俄分兩三部。大男山下草縛行，幼女城邊馬馱去。孫男呼母婦哭夫，風驚雨散何須臾。分飛忽作異枝鳥，離逝還同別水魚。男健勝犢女如玉，全换新衣與裝束。湖南轉賣得金多，主人無金不能贖。近聞州尹收遺民，毒癘死者無晡晨。獨行三日迷所向，不見當時鄉里人。茫茫荒草江南路，歸已無家死無所。山背時時夜捉人，城中又報新招户。

出自東門 有序

乙巳正月十一日，寇拔古城圍。始出東門渡江，遇争橋者，幾陷于水，既渡賦此。

出自東門，言越廣阡。颯彼驚風，鬱其飛烟。鏘金鐵兮晝鳴，市無人兮草芊芊。後有摩牙鼓吻之虎狼，前有衝波百折之奔川。上茫茫兮，不能附烏鳶之飛騫；下淵淵兮，懼蛟龍之糾纏。纍然踧踖不可以徑度，況有白刃揮霍交其前。龍頭兮濺濺，佛原兮緜聯。雨冥冥兮雷闐闐，羌獨後濟此兮嗟蒼天。

題牛熙百猿圖歌

石崖盤空截飛嵐，萬木叢薄秋風酣。野猿呼羣出山南，什什伍伍旁交參。黑毛黄毴長毶毶，白面碧眼狠以耽。聯拳躑躅睨且含，接足照影垂虚潭。去君相逐聚若談，背側俛仰意各貪。或行或据或引探，抱者六七懸者三。攀枝挾蔓緣松楠，危不畏險乃所湛。蜀門峽陰雲水涵，啼霜叫月客不甘。三聲已覺生憂惔，如此三百寧能堪？嗟哉牛熙筆如錟，苦心貌此何精覃。瑶池飄忽空八駿，君子所化乃不慚。

題湯子敏松石山房歌

蒼蒼雲松，磊磊白石。層岡盤盤二水隔，君從何年此卜宅？茆茨窈窕通柴關，屋前正對宣華山。蒼苔滿地人迹絶，但見羣木紫翠交其間。禾川西來抱山脚，主簿潭空日光薄。石面青烟薜帶垂，葉間晴雪松花落。採山釣水皆清風，胡爲汨没塵埃中。看君有子如玉樹，覺我憔悴成衰翁。愁來頗亦耽幽趣，安得攜家就君住？憶在花陰把卷時，黄鸝啼滿青楸樹。江魚秋肥山果紅，有酒莫放金尊空。人生適意在深隱，富貴時來安所蒙。

石火篇爲蕭樵葬母作〔一〕

石火與草露，人命恒若斯。昨朝言笑坐高堂，奄忽斂衽閟靈輀。哀歌出中野，浮雲慘且馳。鄰里來引紼，親戚各銜悲。念此柩中人，生存孝其姑。生兒九歲父不顧，此母鞠之勞且劬。禄養乃弗逮，壽不登百年。倉皇兵戈中，子能負土營墳阡。送者莫歎息，自古運盡歸黄泉，惟有令德名永傳。孟母豈不死，世人至今誦其賢。寄言後來者，視此石火篇。

【校勘記】

〔一〕「蕭樵」，蕭編本作「蕭權」。

題進馬圖

拳毛赤騧初來進，西人自控中官引。虎氣深騰紫禁門，龍光暗掣青絲紖。玉鞭金鐙調馬時，天子親御和鸞宜。香街十二柳如霧，太液宮前花滿枝。神物飛騰那可測，電掃風馳周四極。時來顧影只長嘶，太僕圉人騎不得。

墨竹短歌爲蕭志行賦

羃羃歷歷生崇岡，灑灑淅淅含秋霜。平生念子抱素節，感慨寫此當高堂。釣臺仙潭憶所歷，石洞雲垂翠光滴。夜寒月白聽龍吟，瘦影離離上虛壁。

兩相惜行贈别吴仲倫歸白沙併柬曾自升

江上霾雪陰雨積，野徑荒荒斷行迹。故人東來忽過我，把臂驚呼兩相惜。十年東南兵甲頻，豪傑往往淪風塵。軀幹軒昂力如虎，觀子豈是尋常人。憶曾同作匡山客，醉上層峰看秋色。流水空明龍子潭，碧桃盡繞仙人宅。中壇欲上心力摧，驚風怒雹從空來。却攜短劍問卜筮，乘槎徑欲窺蓬萊。時移事異髦鬢改，白壁泥沙閟光彩。青鳥高飛竟不回，消息微茫墮雲海。君從何年還白沙？我亦歸種珠林瓜。青山閉户宜落日，一水只隔城東霞。感君遠來當此夕，露牖風燈暗虚席。一杯濁酒千斟感，忽憶原嘗淚沾臆。由來變化紛龍魚，老我無成空學書。西行定遇曾文學，爲問朗溪石筍今何如？

牛虎行

田家牧牛野田裏，虎來伺牛草間起。騰躍騎牛攫牛耳，虎上嚙牛牛下奔。戴虎直過前山村，牧童驚散人叫吼。逐虎救牛牛更走，虎驚勢迫還棄牛。牽牛歸來血滿頭，可憐踉蹡空四足。有角峨峨不得觸，裂皮絶項那可續。田夫抱牛頓足哭，猛虎還山人食肉〔一〕。

【校勘記】

〔一〕「人食肉」，四庫本作「食人肉」。

今日行二月十四日賦

今日何日天氣清，江干雨晴花柳明。清晨手持一杯酒，再拜有淚如何傾。我不及庭前烏，朝夕返哺嗚嗚嗚。又不如墳上草，霜露結根永相保。一從南郡飛旌旗，頻年死徙傷流離。先疇荒棄稂莠集，故宅蕩析風烟悲。小時開口詠詩句，投果傾堂動諸父。豈知長大罹百凶，事緒茫如墮烟霧。只今四十逾八年，有子孩痴方可憐。霜蓬漸入明鏡裏，菽水不到黄泉邊。我家一門聯桂籍，四十年餘聲赫奕。每慚末路向人低，獨抱遺書竟奚適。姆源之山高入雲，鍾嶺亦有慈親墳。清明欲近風雨惡，野鳥啼春安可聞。大兄今年會昌去，季也雩陽更流寓。山齋此日倍相思，却恨從前少懽聚。東家西家燕子飛，桃花亂落撲人衣。明朝何處尋芳去，腸斷故園消息稀。

江上對月歌

明月初出雲間時，炯如金盆光陸離。駐影疑遮青桂樹，飛光直射碧桃枝。枝間爛爛花如雪，風力高寒吹欲折。便持玉案紫瓊杯，還酹青天白銀闕。白銀闕，幾千丈，九州四海遥相望。一年十二度圓缺，惟有春時最和朗。我從抱病滯故園，十夕九雨增憂煩。此時朋游少懽聚，誰與共倒林中尊？只今翫月流江滸，却憶兄行弟遊處。湘水天青路口雲，雩山雪照羅巖樹。獨不見兮心慘傷，舉頭看月憐異鄉。華山老鶴歘起舞，龍門流水横秋霜。人生富貴復何有，笑折花枝勸行酒。未須秉燭向西園，更與迴尊唱楊柳。

題楊郎所制五采匹箋歌贈自明楊徵士

楊郎手持一匹牋，邀我放筆題長篇。自言新製三百幅，忍貧不博黄金錢。浣花濯錦何絢爛，湘渌凝春起波瀾。晶熒色奪赤石髓，膩滑光浮青玉案。人言楊郎此箋真可傳，豈知綵筆煉墨尤精堅。雲窗朝拔霜兔穎，石室夜掃松花烟。一生攻苦事文墨，長恨科名收不得。窮年白髮侍甘旨，負米升堂更愉色。楊郎楊郎莫謾沽，古人豈必今人殊。由來絶藝可名世，況爾世葉當文儒〔一〕。益州十様今復見，麇角松紋炯成片。蒼龍騰霧起勺水，紫鳳銜圖出深殿。我慚世好百不諧，學書局促空寒齋。霜餘柿葉不可拾，但覺枯硯在塵埃。感君孝養憐君苦，會且蜚聲羣玉府。自挼玄雲答遠情，江風颯颯鳴秋雨。

【校勘記】

〔一〕「世葉」，萬曆詩選本作「世業」。

寄答夏仲寅

宜春才子清時望，精神峭緊才疏放。野服不遊城市間，扁舟祇在江湖上。往年訪我珠林灣，草屋榛溪相往還。是時八月十五夜，明月東上仙槎山。君船政繫灣頭樹，玉瓶雙倒金陵酒。滿洲風露聽歌呼，水面寒光碎星斗。别來鴻燕邈相疏，宋郎忽寄雲中書。碧箋麗句細作字，秋水掩冉生芙蕖。東南轉戰幾千里，白雲在山招不起。使者空尋顔闔廬，神仙還入東吴市。今年五月勞遠尋，快閣磯頭江水深。手持輕箑忽贈我，使我披拂清煩襟。如何相逢即相别，回首音塵忽超越。松桂早已見清貞，雲月何由比高潔。知君慣作汗漫遊，揚帆鼓柂春江流。重湖烟雨葭菼緑，我亦飄飄隨白鷗。

秋日承陳子相寄示送别詩併録登武山及往年武溪相憶之作比興清遠兼有思致所以愛我者深矣能無報乎輒賦長歌以答遠意併柬南溪蕭翀諸子

西登宣華，東眺武山。崒其孤青，邈矣難攀。虎鼻岋嶫，戴石何班班。風門宛開雙翠鬟，雲峰上出九千仞，六月飛瀑聲潺潺。我有故人冰玉顔，欲往從之路險艱。長松吹雨日色冷，曾倒緑醑夜醉溪亭間。别來幾時秋樹殷，寄我好句錯絡明月連金環。摇光發彩蕩心目，使我歎息開昏頑。憶昔與數子，乘月相往還，泛舟曉出越臺下，吹笛夜渡青泥灣。每思黄虞世，禮樂日以瘝。仲尼浮海去已遠，古詩三千誰與删？曹危檜偪黍離廢，乃有哀怨興荆蠻。後來作者百四五，魚目蝘蜓愁嘲訕。石巖夜寒不可旦，落葉如雨驚栖鷳。感君高誼朗如月，愧我緑鬢今成斑。君才磊砢世所稀，高價豈止千萬鍰。由來天馬絶御轡，豈有芝蘭低草菅。祇今黄塵浩浩彌人寰，長弓犀角紛馳灣。金洞老仙卧烟草，顧我清淚流潸潸。九天崇巖烟霧杳，中有玉色都而閒。待余服食金光草，來扣清都龍虎關。

會亭山歌爲安成周孝廉賦

吾聞會亭之山高插天，上有千章森鬱之喬林，下有百頃雲霧之芝田。伊誰築室青山前？云是周氏有子孝且賢。十年亂定還鄉土，奉母安居仍守墓。池魚供饌冬笋白，把酒升堂更懽舞。時登半山亭，却望山上墳。手攀墳樹撫馴鹿，淚灑深谷不斷之飛雲。我願種桃繞其室，瑶池花開照雲日，此母應能食其實。由來和氣兆物先，水生連理山出泉。會亭有石良可鐫，母慈子孝俱千年。

贈泉上人彈琴

慈恩上人好彈琴，昨者相遇龍門陰。琅然爲我拂蒼玉，寫作幽澗寒泉吟。奔騰千丈瀑布落，忽轉巖坰漱松壑。流聲漸遠人莫聞，颯颯天風起寥廓。

題華陽彭玄明所畫秋山圖

我不識華陽彭煉師，見畫雲山想句曲。數峰暝色入遥浦，六月泉聲動虚谷。紫霞觀樓當落日〔一〕，似有幡幢出林木。海邊鼇首戴雲紅，天際蛾眉拂秋緑。昔聞天台鴈蕩相鈎連，雲氣來往駕飛仙。斷橋溪澗路如棘，嗟爾策蹇歸何年。秋風湖曲波如烟，我思東泛吴江船。買魚沽酒緑荷渚，吹笛夜下松門前。便尋煉師覓玄鶴，却訪華陽窺洞天。

【校勘記】

〔一〕「觀樓」，蕭編本、萬曆詩選本作「樓觀」。

奉題墨竹爲西陽蕭先生賦

西陽先生風節高，蚤以文翰馳英豪。興來爲之寫蒼玉，便覺滿紙生風濤。長身勁氣欲千丈，復有孫枝儼相向。曾聞鸞鳳下雲霄，會見蛟龍起春浪。先生静掩林中居，眼明秋水箋蟲魚。他年東海訪奇古，定載小車求竹書。

流江八景歌

望龍門，渺飛雪，皎若三山白雲闕。仙人踏巖石，石上迹欲滅。恍惚瓊樓珠幢夜騰結，北風吹沙江水裂。望西山，愁暮雨，青屏冥冥龍出舞。真僧入定石卧虎，遥見絶壁中開露衹樹。邅予遊兮江之南，月皎皎兮浸汪涵。素娥抱玉騎紫蟾，馮夷縮手不敢探，但見光采爛爛千丈摇虚潭。招予舟兮石浦，春濤浩兮不可以渡，風轟鏗兮雷怒。忽中流以迴顧，聞闐闐之戍鼓。宣華屹其雲中，天雞鳴兮咽霜鐘。耿疏星之光曙，見十二之青峰。復忽兮將夕落，景飛兮亂山赤。眺長洲兮汎珠湖，棹木蘭兮拾明珠。山有松柏兮水有芙蕖，高可樵兮深可漁。樂哉江南兮，伊美人之所居。

登王氏承慶樓歌

誰能白日騎鶴緱山頭，誰能赤手釣鼇滄海陬？長空千里望不極，愛此江上縹緲之飛樓。樓成宛在河中洲，排軼霧雨盤深幽。後有白塘百疊之丹崖，前有石浦萬丈之龍湫。炎霄飛雪灑棟藻，清曉落月窺簾鉤〔一〕。可以招飛仙，延浮丘，龍門宣華鬱相繆。手翻天瓢倒海水，一洗萬古興亡愁。昂藏溪南翁，颯沓紫綺裘。平生友愛無與儔，倚欄思共梅川遊。驚風吹鴈去不返，徒使緑猨弔月鳴啾啾。梅川神遊不可見，喜見令子如琳璆。前年入山伐羣木，構此徑欲追前脩。三槐當户青不休，兩江之水何瀏瀏。晚烟近渚栖釣石，春雨滿皋看緑疇。已聞萬卷積書史，況有坐客皆公侯。憶我重來停小舟，門前緑波飛白鷗。喬林倚天萬竹稠，下有馴鹿聲呦呦。雲陽老仙翰林伯，十日坐此成淹留。醉摇綵筆發奇思，雄文鉅篇凌高秋〔二〕。至今光怪動斗牛，四壁恍愴騰蛟虬。林花如錦爛不收，猗蘭娟娟春葉抽。何不載酒相勸酬，爲君滿酌黄金甌。起招秦娥作妙舞，更喚越女迴清謳。洞霞絢爛可以列錦屏，澗水嘈雜可以鳴箜篌。但期天河遠抱石，不記海屋曾添籌。功名時來安可求，過眼何異春雲浮。誰能東山問安石？我欲剡中從子猷。

【校勘記】

〔一〕「簾鈎」，原作「簾釣」，據萬曆詩選本、萬曆橘徠軒重梓本、四庫本改。

〔二〕「篇」，原作「扁」，據四庫本改。

題葛洪移家圖

前行白羊四角羸，誰騎驅者鬅鬙兒〔一〕。猲獰一犬嘷而馳，舉鞭護羊呵止之。背有囊琴結黑絁，嫗後負畫策以追。少婦馳牛牛步遲，兩兒共載兀不欹。大者坐擁斑文貍，小者索乳方孩嬉。母笑不嗔還呀咿，復有鬅者肩童羈。引手向翁如反儩，蹇驢嗥地行欲疲〔二〕。兩耳逆豎愁風吹，老翁龐眉方頷頤。顧瞻妻子色孔怡，似語前行路向夷。爾兄在前爾勿痴，汝母正念爾弟飢〔三〕。高幘髯奚荷且持，藥瓢囊襆何垂垂。有拯者柄相參差，傍有二卷一解披。趁行苦忙奚不知，我觀此畫喜復疑。問翁爲誰莫可推，或云葛令之官時。移家勾漏乃若茲，人生多累在侈靡。如此行李胡不宜，骨肉在眼無餘資。非有道者焉能爲，陳巖作圖真畫師。筆跡縹緲如飛絲，中有妙意世莫窺。我吟將爲仕者規，如不見畫當求詩。

【校勘記】

〔一〕「騎」，蕭編本、萬曆詩選本作「其」。

〔二〕「嗥」，蕭編本、萬曆詩選本作「嗅」。

〔三〕「飢」，原作「饑」，據蕭編本、萬曆詩選本改。

美人撚緜線歌

吴姬坐捲芙蓉裙，玉纖參差挼白雲。綺窗日高花氣熏，摇光弄影何紛紜。春蠶蠒肥雪花白，澼得吴縣愛柔澤。殷勤罥挂珊瑚枝，一挽瓊絲落千尺。寶璫下鎮懸飛瓊，宛轉不聞繰絡聲。春風吹花撲簾入，倦倚象牀還歎息。願因雙織紫鴛鴦，與郎被服生輝光。郎心百年終綰結，莫學柔絲中道絶。

題桃花珍禽圖

山桃花開紅滿枝，珍禽啄花光陸離。裊裊欲立不自持。吴堤十里錦作帷，憶曾半醉倒接䍦。走馬挾彈歸來時，還見踏翻紅雪飛。

賦金精山寄贈王使君

金精之山高入雲，丹崖黑石相糾紛。靈泉千尺天上落，仙樂縹緲空中聞。我昔南遊出其下，池上蓮花已堪把。使君訪古此尋幽，洞口雲蘿繫驄馬。激清流，坐高林，排白石，鳴清琴。石以擬君之壯節，泉以比君之素心。愛而不見心惻惻，雲岑歷亂烟波深。題詩遠向田中去，木鶴西飛憑寄音。

石潭漁者歌

吾慕東海生，垂釣潭上石。潭水颺春風，桃花艷雲日。知君遠志不在魚，濯足時時還讀書。祇應豹隱藏深霧，肯學鷹揚載後車。

題賦金銀山送蕭茂才之遂江併柬周用性

金銀兩山蔚參差，我昔西遊曾見之。石臺照耀落日紫，下映流水光離離。干戈蒼茫隔烟霧，清秋送子山中去。淪落同悲鴈塔人，登臨更賦龍門句。水北山人鬚鬢蒼，十年寄書不得將。君去相尋定相得，却望兩山心惻惻。

題王若水畫松石高人圖

盤松如龍石如虎，傍有高人鬚髮古。千年海上憶安期，一日山中見巢父。龍變乘雲虎可騎，四海逍遥隨所之。桃花源裏有路到，莫遣時人先得知。

題帖監縣所藏唐人畫馬圖

髯奚並控天閑馬，迴鞭齊立垂楊下。毛骨疑從漢苑來，衣冠自是唐人畫。東南百戰良馬空，安得致此真驍雄。爲君電掃清八極，歸來立伏明光宮〔一〕。

【校勘記】

〔一〕「伏」，萬曆詩選本、四庫本作「仗」。

和答謝子方

東昌高人謝子方，前日寄我新詩章。文章變化合經緯，律吕開闔含宫商。亂來正音邈寂寞，令我把誦坐仍作。獨不見之情慘傷，雲月娟娟上江閣。

四斤桃子歌

四斤桃子世所珍，雕盤獻客誇輪囷。海霞紅點王母頰，玉團中涵秋水色。東方嬌兒偷不得，美人惜香笑懷核。由來物性繫所宜，荎茹橘枳安可期。種成三年蒼玉枝，開花結實君始知。

東園有梅一株爲野棘蒙罥有年未有奇之者暇日因命童豎刊除之賦長短句一首

東園有梅蜷不直，茨蔓羅生錯如織。東風歲歲滿園青，不見梅花見荆棘。横叢惡棘何紛然，蒙密離纚將十年。生令盤窣不得展〔一〕，縱有花開誰與憐？我昨買東園，愛爲此梅主。忿然嫉狂横，急集斤與斧。先誅惡根次伐幹，揮拉剔攘到全樹。便教風疏舒彼鬱，要令雪祛起其俯。此時老梅筋力甦，手足輕旋眉目都。枝如取璧相如頭上直指髮，柯如歸漢蘇卿手中落旄節。色如買臣棄薪懷綬上會稽，氣如望之入見堂堂謝挾持。豁如晉公掀淖出泥塗，矯如淮陰釋縛當萬夫。兀如蕭何脱械佩劍趨，勃如范叔出箐載秦車。異材終離魑魅宅，正氣似有神明扶。下視茨棘無遺餘，漸伐割截靡完膚。蹴踏狼藉泥土俱，或焚爇之罪不逋。遂有過者側目驚相顧，寒鳥遊蜂亦來聚。清風濯濯羣萼敷，晴日鮮鮮萬枝露。極知摧惡植善天所嘉，從有此卉，木分正邪。野夫窮年不出家，但攜凍筆煮苦茶，日日來看東園梅樹花。

【校勘記】

〔一〕「生」，四庫本作「坐」。

鸕鷀曲

蘆花斷港腥風起，鸕鷀船來泊沙嘴。聯翩滿艓黑如雲，載入寒江獵潭水。漁家自來養鸕鷀，不畜網罟兼緡絲。年深馴狎識情性，舉手呼名相應隨。船頭鳴梆雜喧閧〔一〕，黔喙玄裳欻飛哢。亂石深掀錦鬣翻，驚波暗掣金鱗動。忽然拋擲向空中，銜戴巨魚争力雄。漁郎驚救誇敏捷，承絡叉挺無遺功。小魚倒吞森似束，終然入口不到腹。充胡塞吭却歸飛，吐向蓬窗動盈斛。歡呼擕負入城府，委玉傾銀賤於土。飽同水鳥沙上眠，醉共海鷗月中舞。雌雄生小常相依，得食後人偏得肥。楊柳磯頭時聚立，桃花潭上却翻飛。往年布種沔湖裏，近日船中亦生子。不惜今年教養成，死時却葬沙頭地。我憐此鳥義且馴，供養漁家秋復春。鳥中豈無鵜鴣與白鷺，一飽貪饞便飛去，形貌雖奇焉足數。

【校勘記】

〔一〕「雜」，原作「離」，據四庫本改。

石炭行

君不見廬陵周原上，山兀草木無根盡童突。何年下掘得石炭，劫灰死凝黑龍骨。十年兵興鑄錬多，千包萬秤嚴征科。鄉夫如鬼入地道，鞭血哭淚交滂沱。斸深掘遠不知返，土囊砑空忽崩反。十人同入幾人歸，接綆篝燈出牽挽。舟輪擔負入公家，連屋委積如泥沙。霞蒸風吼入爐鞲，但見刀戟鋒鏃烈燄閃閃飛銀花。我願天公憫民苦，盡敕石煤化爲土。隨穴湮填永無取，便令四海歌升平。燒山鑄農銷甲兵，民絶横死無苛征。

石膏行

君不見太和鍾步江水邊，土山嵓崀相鉤連。何年下鑿石膏出，黄壤深蟠白龍骨。篝燈掘隧不計深，前者方壓後復尋。問之此人何爲爾？皆云得之可牟利。自從嶺外南鹽通，糅煉和之顔色同。販夫重多不較味，舟車四走如奔風。晨輪夜挽盡筋力，官有禁刑私不息。蒸溶藥食能幾何，十有八九歸鹹鹺。我歎天公生此亦何補，掘盡終當變爲土。又愁地脉鬱積還更生，萬古奸利滋不平。安得神人蹴之盡崩潰，民樂真淳永無害。

鐵十字歌

廬陵江邊鐵十字，不知何代何歲年。何人作之孰置此，何名何用何宛然。形模交横出四角，三尺槎牙偃錐槊。雨淋日炙黑色滑，土中鮀鱗見班駁。人言南唐竹木場，所都鑄此罥硾筏與桴。一沉江中一路隅，是耶非耶焉得虞。或云此古厭勝法，水怪奔衝賴排壓。雌雄相顧走光芒，神物護呵誰畚鍤？所以往代鼓鑄虔州城，此物千載爲英精。舁鐵過之銅乃成，精化氣感理莫明。世人往往疑根植，下觸每愁風雨殛。近時暴卒破盲惑，掘地出之誇膽力，終然棄置不敢匿。我時見之考其式，赤烏之年乃妄飾。吾聞天生五行中，惟金可革亦可從。何不爲刀爲錯通商工，爲耜爲鎛利九農，斬犀刺虎爲劍鋒，不然行雨極變化爲蛟龍。胡獨汩没在泥滓，斷甓遺株等淪棄。銅仙不歸秦鐻廢，坐閲興亡一流涕。

長短句

不涉風波亭歌爲糜朝英賦

烈烈北風，湯湯橫波。大船乘危小船覆，公獨不涉留山阿。赤鰌鬐，黑龍尾，長鯨峨峨撑白齒，偶一觸之命如紙。灩預雲深自有堆，海門黑月元無底。我昔見公南浦之龍沙，知公作亭非不華。上礱翠石鑿户牖，下列琴策開烟霞。客如流雲酒如海，棗已如瓜菊堪採。醉歌白雪揚清風，獨立東南三十載。歷觀古賢達，孰不戀閒居。後有栗里之陶氏，前有東門之二疏。公乎公乎，又何羡乎鼎食而禄秩、駟馬而高車。登公亭，酌公酒，風波於公果何有。酌公酒，聽我歌，風波風波奈我有〔一〕。

【校勘記】

〔一〕「有」，四庫本作「何」。

黄蜀葵歌

君不見園中黄蜀葵，去年一尺長。今年始作花，即見傾太陽。朝朝與暮暮，東西逐飛光。天清白露下，秋氣忽已涼。蠨蛸籬落瓠葉黄，支離委絶同秋霜。蔭根衛足野人語，豈知物性本有常。空山無人日色薄，能不念子增煩傷？中天北斗何蒼蒼，千秋萬歲臨冀方。清夜起瞻夜未央，車輪确确迴中腸。

林之烏美建昌黄節婦

林之烏，尾畢逋，雌雄在樹聲相呼。一朝雄死雌不去，銜食自哺巢中雛。雛成生羽翼，教之慎出入。出巢不似依巢安，上有鷹鸇下沾濕。林陰陰，風颸颸，東家火起焚其巢。巢空葉枯霜露冷，覆翼其子鳴咬咬。雛今老蒼自飛止，慈烏端居爲雛喜。銜草作巢巢更高，白頭未遍慈烏死。見者共歎息，羨爾林之烏，婦中貞節誰與俱？獨不見海昏羅田都黄氏，一子之母旌門閭。

贈袁鍊師彈琴

袁鍊師，好彈琴，不作江南曲，解琴中古音。七軫削玉徽裁金，焦桐黑尾朱絃心。對之如大賓，寶之甚璆琳。時來爲予肅危襟，拂拭顧盼愁不禁。六月一鼓之，秋風颼颼起雲林。十月一再撫，凌厲白雲開重陰。老君壇高夜色迴，神人下聽寒蕭森。口中六律祇自和，頭上三花誰與簪？忽起抱琴去，振衣度遥岑。手援北斗爲我斟，獨不樂兮憂鬖鬖。蒼梧虞舜不復返，帝子珮沉湘水深。不盡千古意，别君清夜吟，遥想相思江之潯。

送孫伯剛之儀真

孫侯廟廊具，特達古豪俊。十年出禁闥，往往事州郡。蒼髯玉立秋風高，南浮烟海東雲濤。中朝更化重守令，似爾簡擢非賢勞。淮東諸郡臨淮道，共説儀真風物好。萬家歌吹動春雲，十里樓船壓江島。海有鹽錯水有魚，白露紅霞春滿壺。伊侯人出郭鳴馬集，日望使君來下車。豈無困窮民，所重民父母。税賦出鞭笞〔一〕，誰肆苛虎？長淮之水何悠悠，行矣不可以久留。便令南陽得召父，坐見淮水迴清流。願持萬古心，送君以千里。由來賢達士，感激在知己。篔簹谷，金精山，吾獨胡爲淹留于其間。雲霄浩蕩白日近，飛翰冥冥倘可攀。

【校勘記】

〔一〕「鞭笞」，原作「鞭苔」，據四庫本改。

己亥三月歌

己亥三月尾，大麥小麥黄欲起。風從北來雨不止，野雀漫天水漫地。高田雀飛可網羅，低田水來將奈何。

水嚙古墓歌

河水嚙高丘，丘中墓門崩作洲。可憐墓中人，不見河水向南流。

題青陽行樂圖歌爲黄允中賦别

使君臨湘人，舊住青陽里。一從游宦之江郡，長憶青陽好山水。梅池之水深瀰瀰，晴緑釀漲青玻瓈。蛟龍夜擘山石裂，下注湘水衮衮而東馳。羣山插天削寒碧，大雲嵯峨幾千尺。蒼烟盡覆紫芝巖，日光却射青蘿壁。圖中茸帽紫綺裘，使君行樂何風流。長松過雨曉色浄，抱琴來此吟清秋。琴中有聲傳太古，振羽流商動林莽。淳風已變知者寡，却望蒼梧歎修阻。我欲起掃石上苔，爲君更置青螺杯。手攀瓊枝拂明月，騎取白鶴徑欲歸。蓬萊蓬萊，微茫不可以度。嗟我民昔捐瘠兮，孰遺以哺。民今有子兮穫有稌，挽之不留兮君盍予顧。思使君兮不可忘，泛澄江兮望臨湘。臨湘山高兮水長，允懷使君兮樂哉青陽。

題江村秋興圖爲蕭性存賦

我昔棹船過横月，醉唱吴歌夜中發。鵝公嶺頭月東出，百尺清潭寫毛髮。買魚溪口燒荻烟，回首舊遊今惘然。蕭君此圖自新製，風物何得猶當年。兩松童童立江滸，松下人家好樓宇。鴈沉極浦秋水闊，僧入遊峰晚鍾度。伊誰閉户事書史？白髮滿頭心未已。豈知揚雄老執戟，萬言不如一杯水。幅巾美髯行者誰？瀟灑似有巖壑姿。便思攜酒共佐酌，更約入山尋紫芝。

漁棲辭　有序

劉子過螺川，聞有歌于澤中者，異而聽之，曰：「此漁者也。」迹之不可得，乃倣其音而節之爲漁棲辭。

蒼林兮碧溪，我漁兮我栖。朝鳴榔于中澤兮，夕余濟于溠西。波泂沿兮不可以倏迷，路窈窕兮風凄凄。反予遵兮故蹊，雲鱗鱗兮不可以隮。漱白石兮籍芳荑，悄空谷其無人兮，見翩翩之鳧鷖。志逸而嬉兮，得喪以齊。綸不必施兮，彼笭箵又焉足齎。樂哉洋洋兮，吾烏知爾之爲鰷鱨爲鯨鯢。

五言律詩　四百四十八首

至贛入西江

奉詔趨南越，乘舟上贛津。脩程兼水石，晴景際冬春。海食人多詐，山行馬有神。誰能輕陸賈，吾已愧涓人。

出蒲嶺晚投鍾寨

亂石閟巖扃，蒼烟擁翠屏。稻田宜晚赤，山木自冬青。客去衝蠻霧，人來覘使星。祇慚過冀北，猶擬泛滄溟。

南海逢蕭氏妹

流落憐吾妹，艱難在海隅。偶然餘見日，早已絶歸途。日落蒼波闊，天寒碧嶼孤。失羣兼委羽，忍淚更相呼。

包公井

止飲端州水，猶爲鑿地謀。在官真不負，於世果何尤。光抱一泓月，清涵萬古秋。塵懷思一滌，欲去復遲留。

渡繡水取道赴高州

日出城烏起，風高驛馬鳴。山從雲際起，人在樹間行。溪罟窮深捕，畬刀廢薄耕。見人茆屋好，渾欲愧平生。

憩金雞驛亭

緣雲上驛亭，春色正冥冥。千樹棠梨白，滿山蕉葉青。碧潭開匣鏡，秀壁擁帷屏。尚説客州遠，舟行未可停。

下馬

下馬度嶔崟，千溪復萬林。含沙疑鬼箭，飛草畏蜞針。火種通徭俗，山歌雜獠音。逢迎暫投息，起坐劇愁心。

出雷陽初渡東洋溝

南出雷陽郭，東洋第一溝。氣蒸通海潤，味苦雜潮流。蜃蜃塗舟徧，蒲茅覆屋稠。還聞颶風起，飄卷到城樓。

至沓磊驛初見海水

南海天光白，東洋水氣昏。汐潮通浦口，濤浪漱山根。浩淼涵千古，虚明匯衆源。平生萬里志，臨眺豁飛翻。

瓊府與廣東僉憲潘牧戸部主事元伯常相見于瓊臺驛作此奉柬

元子經邦賦，潘郎執法公。寧知萬里外，相見一亭中。潮退沙痕白，春還海氣紅。願言各努力，歸奏大明宫。

題陳贊府山水畫贈蕭伯循

憶在清江上，開軒望遠林。鶯啼雙樹緑，人静一窗深。遠道勞行役，芳期阻嘯吟。如何垂釣者，萬事不關心。

題釣魚圖

瀟灑玄真子，超遥好容顔。放船烟樹下，把釣水雲灣。魚没萍翻石，鳥啼花滿山。惟應江月上，遥聽棹歌還。

題雪景山水畫

萬木皆冰樹〔一〕，千崖盡玉山。精神添去馬，毛羽失棲鷴。客路微茫外，人家烟水間。憶曾登虎鼻，徒步月中還。

【校勘記】

〔一〕「木」，原作「水」，據萬曆詩選本、四庫本改。

題毛澤民雲山圖

水國通吴會，茆堂背楚皋。樹含春雨潤，雲挾晚風高。幽想栖文豹，深疑叫緑猱。誰能招小隱，吾欲棹輕舠。

題方壺寄黄郎中渭雲江樹圖併書

春樹重重緑，江雲冉冉生。圖傳龍虎客，書寄鳳凰城。花底趨璚珮，松陰奏玉笙。何時騎兩鶴，方駕上蓬瀛。

題挾彈圖

駿馬青絲絡，聯翩挾彈來。山疑經洛浦，路似出章臺。鳥散紅花落，鶯啼碧樹開。啼時端聽汝，好在莫相猜。

題趙鳴所畫林下看雲圖

何地好幽栖，青林帶碧溪。藤垂猿共挂，葉暗鳥頻啼。避俗還衣褐，看雲只杖藜。幾時真不負，歸問武山西。

題山水畫軸

瀑布雙垂下，屏風九疊張。波光混彭蠡，山勢似潯陽。松塢栖茆屋，楓林帶石梁。扁舟如可具，吾意在滄浪。

題古木蒼鷹圖

曠野澄秋氣，雄姿肅武威。林端方攫立，雲外已驚飛。秉政乘金令，摧奸順殺機。喜聞阿閣上，鳴鳳際春暉。

贈松江周道士

自得遊仙術，偏多濟世才。檄龍行雨去，呼鶴下天來。功勳黄金鼎，名登緑玉臺。還聞從此別，入海訪蓬萊。

十月一日至臨濠點驛將歸南京賦此奉酬德瑜蕭虞部

淮水遶濠城，東流不盡情。秋光餘客路，雲氣滿神京。下馬逢山堠，迴舟問水程。遥憐一尊酒，持此向誰傾？

題畫扇

雪裂齊紈素，天開楚甸圖。丹崖禪閣並，紅渚釣船孤。亭晚連松桂，沙明間柳蒲。短琴如可抱，清醑得頻沽。

十四夜對月柬子彦有懷子中兄

月出白楊端，烏啼清夜闌。絺衣初淅淅，草露已溥溥。共喜燈花密，寧辭酒盞乾。有兄懷二弟，應自倚樓看。

夜坐二首

葉落風連樹，烏啼月滿庭。把書雙鬢白，呼酒一燈青。霜露驚殘歲，關河憶舊經。職思方在圉，未敢歎飄零。

其二

更聲引迢遞，海氣合空濛。烏鵲枝枝月，青楊葉葉風。山河百戰後，城闕五雲東。往事成炊黍，吾生獨轉蓬。

寄酬長興知縣蕭德瑜四首

有美長興宰，曾爲工部郎。冶金精範器，製錦動成章。客鬢何曾白，鄉心故自長。永懷明月夜，送酒過濠梁。

其二

山澤通虞部，圖書限職方。向來嗟共事，此别更殊鄉。羸馬燕山遠，紅船霅水長。各言思奮勵，未可惜參商。

其三

近見湖洲客，因傳三月書。關河千里外，霜露九秋餘。作縣知能事，攜家想定居。幾時苕霅上，相見採芙蕖。

其四

五十今逾四，驚添白髮多。遭逢嗟已盛，報答欲如何？邊月明山驛，沙冰帶塞河。遠憑南鄉鴈，一寄北行歌。

觀北平城陌栽樹有感

本是山中物，移來近市塵。分根煩野客，留蔭待行人。意接風烟遠，光承雨露新。閭閻小兒女，攀弄亦何頻。

退食

退食還西舍，單居少四鄰。入門驚落葉，振席愧流塵。獰犬偏嗥客，饑猫亦戀人。自憐仍自慰，俯仰向誰陳？

東園秋雨野莧旅生日採供厨喜而成韻

旅莧無人種，生來自滿畦。童童承曉露，濯濯迸秋泥。瓜蔓蟲偏食，茄科草共齊。欣然供採摘，亦足慰羹虀。

西館積雨

西館門長掩，青橬自滿林。土垣秋後塌，泥濘雨中深。案檢秋巡牘，囊餘月俸金。君親恩未報，搔首一長吟。

雨歇感事

雨歇孤城曉，風驚萬葉秋。晴窗走蝎虎，陰壁上蝸牛。撫事慚疏闊，承恩歎謬悠。若爲裨海嶽，未敢問林丘。

即事

吏牘常堆案，官居不近鄰。階庭歸去晚，雞兔坐來親。市酒何曾醉，囊詩未是貧。祇慚公禄厚，猶恐負儒巾。

感俗

衮衮牛車急，紛紛鮒甕頻。井鹹知苦水，風惡駭奔塵。土炕炊烟舊，坭頭送酒新。總憐邊俗惡，牢落異鄉人。

北平十二咏

胡桃

碧露枝枝重，青苞顆顆匀。葉深初覆夏，花弱不禁春。核隱龜筒小，漿凝密枳新。向來誰致汝，吾欲恨平津。

榛子

君國充籩實，閨門重贄儀。物微將禮意，名重著歌詩。錯落雞頭小，晶熒鬼目奇。欲嘗憐病齒，把玩獨多時。

馬蘭子

藺草何人種，叢生故近蘭。葉長書帶小，根瘦彗芒乾。牛馬何曾食，樵蘇自不干。遥憐南郡客，更作水仙看。

香水梨

香水傳嘉號，輪囷碧玉團。刀塲慚誤擬，飣坐喜同歡。崖蜜清心潤〔一〕，壺冰濺齒寒。宣城空斗大，氣味敢同看？

紅瓤瓜

皮緑何曾别，瓤紅故異常。晶熒丹玉片，滴瀝紫霞漿。雲落盤杅冷，冰餘齒頰香。青門誇五色，見此不能忘。

御黄子

本是中園李，多因杏接成。喜傳希世味，因錫御黄名。圓瑩含秋色，甘香住露英〔二〕。只今玉食儉，遠物未曾徵。

盤松

最愛青松樹，盤盤偃勢奇。一擎張羽蓋，四面走虬枝。引手探巢鶴，低頭觸兔絲。尋常三尺裏，赤日未曾知。

偃槐

勃窣撑孤柱，婆娑偃一株〔三〕。長條垂帶厲，細葉挂流蘇。暮鵲從争起，秋蜩祇謾呼。移牀憐美蔭，何止蔽千夫。

巴丹

自是山桃子，蕃名故爾殊。皮膚憐外腊，香味愛中腴。磊落珠盤石，修圓碧海珠。南歸思種汝，土性恐難迂。

韭黄

都人賣韭黄，臘月破春光。土室芳根暖，冰盤嫩葉香。十金酬好價，一筋愜初嘗。何以江南種，青青雪裏長。

慈烏

塞北慈烏好，羣飛長子孫。争巢偏挾勢，反哺獨知恩。秋樹霜前遶，寒枝月下蹲。往來隨候鴈，此理竟誰論？

黄鼬

黄鼬雄於鼠，蕭騷散尾毛。窺簷林雀噪，出穴屋雞號。攘攘緣高樹，踆踆伏淺蒿。惟餘管成子，猶得利霜毫。

【校勘記】

〔一〕「蜜」，原作「密」，據四庫本改。
〔二〕「住」，四庫本作「注」。
〔三〕「株」，原作「枝」，據四庫本改。

防微

高館人難到，層階草漫生。野蒿深没馬，高樹静啼鶯。問俗時詢野，防微早計程。自無塵土近，況有柏風清。

七夕次吕僉憲韻

華月麗秋天，寒光瑩若泉。星移銀漢節，花合綺樓烟。鵲影浮珠貝，蛛絲罥藕蓮。人間與天上，安得兩團圓。

心清一首奉柬吕徐二僉憲

心清餘白日，地迥隔紅塵。馬渴時窺井，烏馴不畏人。衣冠更異俗，書律在同寅。遼海通東北，應知服化淳。

獨歸

吏散獨歸遲，西庭欲莫時。猫戲風捲葉，雞坐兩横枝。白雪誰能和？清觴謾自持。故園秋色早，回首意兼悲。

曉起

樓笳低塞鴈，鄰火起庭鴉。城歇征人柝，門喧過客車。風枝塗白露，霜葉覆黄沙。底事邊隅夢，經時不到家。

題李居中山水畫二首爲孟彦忠掾史賦

日出清江迴，雲生翠壑重。樓臺山上下，車馬路西東。松瀑晴崖雨，茆茨古木風。向來度橋處，曾見抱琴翁。

又

山崦朝烟薄，野橋秋水深。人家住不遠，杖策去相尋。水口分危石，山腰控近林。蒼茫何處景，迢遞故園心。

紀俗

古來燕趙地，遺俗至今存。麯和膏糜冷，烟燒土炕温。主賓通坐卧，婿女異卑尊。四海今同化，移風在所敦。

銅城驛遇雪

晨起驅雙犢，前行挾兩輈。偶衝寒雪去，如駕玉麟遊。草樹千章列，川原一色浮。幾時還入覲，趨拜鳳凰樓。

再賦

慘淡暗長空，低迴逐急風。榆林珠錯落，蓬草玉瓏鬆。野屋無炊火，川原有去鴻。遥憐異鄉客，枯坐小車中。

過沛縣水驛

水驛前年到，歸船復此過。人家住來久，岸柳種成多。泗水通遥海，碭山隔大河。千年陳迹在，回首颯悲歌。

守涷二首立春後二日

風霧捲驚塵，河冰限去津。客程方守涷，天意欲争春。去鴈鳴猶急，浮鷗近若馴。香醪如可問，吾欲酹江神。

又

風急牽檣澀，冰堅下檝難。一程殘雪裏，三日大江干。近渚時登眺，遥山只坐看。到京猶十驛，誰與送飛翰？

夜雪

黄昏初淅淅，深夜故翩翩。野白驚連水，窗明覺滿船。天低寒月下，河斷北風前。旅泊成淹滯，孤檣未可牽。

舟次遇賣獐者

野獵賣山獐，提攜趁客航。山林便性逸，羅網墮機張。價索青錢足，膏凝白玉香。平生藜藿味，對此不能忘。

夜夢亡兄中翁以家事相語覺而感泣因追賦二詩以寄予衷

老去頻年別，書來百感非。痛心須一見，皓首竟先歸。夜冷姜肱被，天寒康伯衣。只今嗟莫及，惟有淚長揮。

又

晚歲家居日，逢人憶弟時。誰知萬里意，竟作九原悲。苦惜分符遠，尤嗟上冢遲。惟餘清夢在，款款慰深思。

青楊店曉泊憶往年點水驛過此

寂歷臨流岸，蒼茫向暮天。關河淹遠客，風雪送殘年。宿鴈時驚火，饑烏欲趁船。昔年來往地，回首一茫然。

遣悶

舟子呼不起，高眠烟浪中。苦云愁積雪，猶欲候天風。倥傯羈懷劇，蕭條歲事窮。幾時東夾道，騎馬聽晨鐘。

歲莫舟中有感

歲紀聿云莫，客程殊未央。大風吹曠野，積雪滿河梁。城遠難沽酒，缾空欲問糧。何當轉晴景，長嘯下山陽。

夜宿宿遷

城霧初明火，江風只撼船。春還猶有雪，夜過欲無眠。來往憐吾老，登臨記昔年。桃源如可問，乘月下前川。

除夕

凍雪初晴夜，殘年欲盡時。居人競節物，行客信程期。酒重屠蘇感，詩深棠棣悲。團圞兒女坐，應説鬢成絲。

夜宿棗林閘聞鴈

迢遞來何處，蒼茫叫此時。夜深猶去遠，春近獨歸遲。江上烟波闊，山前塞月低。十年來往地，回首意兼悲。

題李時畫山水圖寄贈羅修己

雪擁蓮花嶂，霞明楓樹林。江侵沙嶼闊，泉落洞門深。柳色催移棹，松陰帶抱琴。新亭無限好，何日共登臨？

過桃源縣別黄仲篪

野市栖民舍，河堤帶縣衙。長年對流水，無處問桃花。舊別三年久，新愁兩鬢華。相逢那可住，風雪滿星槎。

十月朔日蒙御史臺頒至洪武九年曆日十六喜而有賦

洪武九年春，儀臺寶曆新。遠從烏府送，如見鳳圖陳。萬國同正朔，千官仰北辰。彤廷先進早，猶憶侍班晨。

吕梁洪

飛瀑過雙磧，横梁亘一洲。時清自失險，石出更安流。客棹依洄洑，人家帶坌丘。爲誰含怨怒，嗚咽下邳州？

河上農家

河上居人少，兵前草樹繁。牛羊還識路，雞犬自成村。衣夾緜花絮，盤分苜蓿飧。可能無長物，容易足晨昏。

答吴生仲琰來韻

英英吴氏彦，文采動儒紳。不憚荒山晚，遠投佳句新。雲天開意氣，秋水瑩精神。勵志勤修業，終當繼古人。

和子與王徵君中秋律詩一首

對月憐今夕，看雲憶往年。秋光連武姥，詩興在禾川。花底吹簫坐，松根枕石眠。如何繼清好，高詠賞團圓。

題晘樂亭

園圃帶城居，知君樂有餘。韭菘連畽緑〔一〕，柿橘映窗虚。自釀澆花酒，閒觀種樹書。如何車馬客，憂患日相於。

【校勘記】

〔一〕「菘」，原作「崧」，據四庫本改。

題唐人馬圖

天馬何年貢，遠從西北來。月支回漢使，風骨走龍媒。白日軒墀近，青雲道路開。高秋看圖畫，欻使壯心哀。

題陳敬則書室

一室梧桐下，秋陰覆近簷。古琴蚺腹斷，新竹鳳毛鮮。酒熟從人醉，詩成祇自編。月明溪水緑，更擬泛漁船。

過丹塘訪雲從羅隱君不遇

緑竹溪流外，丹山夕照邊。入門雙桂古，繞屋數峰圓。烟暖吹藜閣，雲寒穫稻田。如何不相見，悵望故悽然。

出雞鳴嶺憩白竹院將入雙仙省先墓

曉出雞鳴嶺，東望馬田山。噴薄流淙下，回環紫翠間。地幽千竹浄，院古一僧閑。欝欝松楸莫，歸遲祇厚顔。

望白竹巖

窈窕緣苔澗，逶迤帶草堂。松橋通石徑，竹栅間山塘。遠樹晴烟白，落花春水香。幾時游白竹，應踏石爲梁。

清明對酒

榆火報清明，雲天霽景澄。麥花愁夜雨，桑葉愛春晴。燕説興亡恨，蛙占水旱聲。可能忘世慮，呼酒聽流鶯。

題山水畫四首

隔水問樵童，青山深幾重。巖歌聞雪瀑，谷轉見雲松。野服乘秋製，山田力歲供。徒令塵土客，揮汗仰高蹤。

右韓昌黎送李愿序

馳策長林下，停舟野水潯。旌麾行處路，樽俎別時心。山晚松陰薄，江晴柳色深。殷勤言贈意，千古重官箴。

右柳子厚送薛存義序

羣木颯蕭蕭，虛堂坐寂寥。秋聲方永夜，月色自中宵。目倦青編過，眠遲絳蠟消。平生江海志，及此歎飄搖。

右歐陽永叔秋聲賦

清夜放船好，長江正渺如。風行流水上，月出遠山初。飛鶴盤空迴，潛蛟隱浪虛。英雄有遺恨，臨泛獨躊躇。

右蘇子瞻赤壁賦

和子與王先生夏日途中望武山二首

日高南澗午，雲度北巖陰。坐石依行樹，聽泉醒渴心。遥望西華觀，微聞鐘磬音。烟霞石磴晚，誰與共清吟？

又

野寺臨溪古，方橋駕石牢。雲車停遠蓋，風樹隱虚濤。赤日南天迥，青巖北斗高。却思燕地冷〔一〕，雪椀送冰桃。

【校勘記】

〔一〕「泠」，萬曆詩選本、四庫本作「冷」。

七月十四日同王徵君蕭國録遊雲峰寺觀壁間舊畫墨龍有感

梵宇憑虚構，僧房隱樹開。窗間時見虎，山下或聞雷。路繞巖腰上，泉通石骨來。凄涼餘畫壁，風雨半莓苔。

西華望月和竹庭韻二首

山遠絶紛華，天虚引望賒。南風當户正，北斗傍巖斜。路轉風泉合，巖分霧樹遮。若非聞玉磬，誰信在仙家？

又

秋清深谷裏，月照大江濱。此夜同遊客，當時遠别人。白髮催年老，青燈照夜頻。陶皮如可問，遊此欲尋真。

問胡山人墳

偶尋康道士，因問故人墳。滿地生秋草，何日閟白雲。松樓秋夢斷，竹浦夜吟分。狂飲猶憐我，爇泉擬酹君。

宿西華有懷蕭鵬舉并柬同遊者

山光上寥闃，海氣接鴻龐。月近全當户，天垂半入江。買泉蒼石洞，送酒白雲窗。却憶滁陽客，東遊滯短艭。

項烈婦唐氏挽詩

寇截新林渡，風驚下瀨船。死能同母逝，生或愧身全。抱石雲漂海，沉珠月在淵。義門重光烈，千古照龍泉。

贈廖山人月山

問訊青囊客，來從衣錦鄉。幾年寓禾水，何日過茆堂。古墓沉鼉海，高門散鹿場。平生雙短屐，登覽意何長。

過小孤山

萬丈臨無地，蒼然不可攀。九江争赴海，一柱獨當關。水族朝珠闕，仙娥擁翠鬟。平生登覽興，及此慰南還。

入湖口喜見廬山

鄱陽湖上路，來往願多違。往事那能問，今年始是歸。鄉田新萝熟，京國舊遊稀。稚子能攜酒，應先候竹扉。

阻風坐湖陰石上

江石平如砥，江蕪散若絲。偶來臨水坐，渾似在山時。月上涵金鏡，風來弄緑漪。那無一樽酒，來此共幽期。

學釣

偶有臨流興，因之駐木蘭。呼兒供釣餌，問客覓魚竿。小立憐幽樹，深投愛弱湍。惟應侍明月，長嘯下前灘。

過南昌有懷曠伯逵知事

生來虞亂極，身後見時清。每歎多才累，翻憐一死輕。慷慨論交契，沈酣托酒名。至今江草緑，猶似别時情。

過新淦樟口欲訪檢校謝叔賓不果賦此遥謝

五月辭京闕，曾期共泛舟。蹉跎嗟後至，悵望失前遊。樟口風湍急，山中雲木稠。寄書謝猿鶴，欲往惜淹留。

憶舍弟子彦相望

前月辭京闕，因風問桂枝。祇緣書到早，應怪客行遲。失學憐宗武，迎門想阿宜。林塘新釀熟，爛醉不須疑。

過峽江

鄉路猶三驛，逢人問水程。晝愁江上住，涼愛月中行。白髮思田里，青燈憶弟兄。那能即相見，把酒慰深情。

秋日讌集鍾氏西樓鵬舉有詩依韻奉答仍示啓晦

望月上西樓，纖纖白玉鈎。晚山簷外出，秋水席邊流。還鄉初握手，戀闕屢回頭。竟夕成歡讌，感激詎云休。

望遊流江坐溪南追憶如川隱君感賦三首〔一〕

尚憶京城别，旋聞旅櫬歸。寧知垂老際，翻覺故人稀。江晚沙鷗集，庭春海燕飛。佳兒如玉樹，相顧爛生輝。

又

蘭玉照庭除，松楸掩墓墟。人猶思掛劍，孫已解攤書。獨往青山在，重來白髮疏。平生知己恨，下馬更踟蹰。

又

白白新梅樹，青青舊桂林。碧雲幽巷晚，殘雪小齋深。客去猶懸榻，人亡欲絶琴。凄涼風雨夕，燈影照華簪。

【校勘記】

〔一〕「望」，四庫本作「往」。

和蕭用文寒夜聞風之作

洶洶松濤合，潺潺竹溜分。已憐寒夜人，況是客窗聞。月黑烏號子，天高鴈失羣。凄涼江海意，對酒正思君。

宫體四時詞答和歐陽原之

春色滿長楊，花枝出建章。鶯啼知禁苑，輦過識天香。度曲調鸚鵡，吹笙引鳳凰。可憐庭草色，渾欲上羅裳。

又

太液清無暑，承恩得泛船。飛帷緣緑水，團扇夾晴烟〔一〕。日暮猶移輦，風來欲上仙。池邊荷葉小，箇箇似青鈿。

又

金屋秋風起，銅盤夕露深。水花紅冉冉，宫樹碧沉沉。却望鸞旌影，微聞鳳吹音。月明瑶殿冷，香夢杳難尋。

又

曉色凍銅池，寒光上玉墀。天低九重闕，雪滿萬年枝。閣道垂簾密，宫門放鑰遲。春風别殿早，若箇畫蛾眉？

【校勘記】

〔一〕「晴烟」，原作「晴烟」，據蕭編本、萬曆詩選本、四庫本改。

登石華山遇雨

西候浮丘伯，東瞻石華峰。林陰初歇馬，雲氣已乘龍。急雨沾崖谷，長風下檜松。殷勤兩仙女，持贈玉芙蓉。

夏日同謝可用丁文甫黄立本丁昌祖戴伯淵宴集西園池亭

今日南園好，超然懽笑同。誰知林塘幽，有此徑路通。脱巾芳樹下，行酒青草中。既飲亦徑醉，高歌答林風。

題周伯寧梅谿圖

月出青溪上，雲生翠壁間。散影已騰澗，流輝還映山。聞有梅初發，兼懷桂可攀。悵言尋芳者，曳杖不知還。

賦水作玉虹流送子啓之贛

贛江不可極，雙注碧雲中。出峽幾千丈，青天垂玉虹。繫船沙磧雨，挂席石潭風。八月尋源去，相思秋樹紅。

再賦嵐氣昏晨樹

晨光曖衆壑，嵐氣噓重霧。遥聞山下鐘，微辨巖前樹。花落空復春，鳥啼不知處。木末帶飛帆，行人望中去。

寒夜感興和廖子所二首

浦月初沉後，林霜欲下時。空餘清夜永，不盡故園思。旅鴈驚寒慘，鄰雞戒曉遲。牀帷憐稚子，此意未能知。

又

未賦潘安興，仍懷宋玉悲。溪山百里道，雨雪暮年期。儒術真何濟，農書竟不知。臨晨增感激，一謝故人思。

次胡琴所韻

旅舍生芳草，書帷映古槐。共憐春意入，況值客愁開。隔嶼花如霧，哄堂笑似雷。杯行嫌太緩，故遣短歌催。

送人赴南安推官

横浦西江上，君行駕短艭。客程花拂帽，官舍鳥窺窗。遠别輕千里，高名重一邦。輝輝東海日，偏照畫旗杠。

復出東原寓舍

漸喜故園近，況聞征旅稀。草間尋舊逕，江上問柴扉。曉霽泥沾屐，春寒雪滿衣。東皋須種豆，從此荷鋤歸。

戲題釣臺石

拳石立崔嵬，何年控鑿開？險應非灩澦，奇欲似離堆。雲氣纏高蔓，波光漾紫苔。長竿吾欲試，歎息棹歌回。

秋暮候家僮不至

少日疏狂慣，中年感慨同。夢啼驚淚雨，坐久怯頭風。把酒嗔浮蟻，看書惜過鴻。故園歸漸近，憑問菊花叢。

達上麓訪吴孟勤不遇二首

杳杳天河路，蒼蒼暮色寒。千峰引雲樹，孤棹入雲湍。舊别嗟誰在，新詩憶共看。憐君好毛羽，何處覓琅玕？

又

憶過山中路，都無半日程。如何不相見，從此又南征。江海時舟楫，邊隅尚甲兵。相思搖落景，回首颯心驚。

張氏溪亭雜興四首

草閣經秋浄，柴扉近水開。霜林收橘柚，風磴坐莓苔。釣艇寒初放，樵歌晚獨回。城南車馬地，欲往更徘徊。

又

水落沉菰米，亭深暗女蘿。捲簾秋霧薄，倚杖白雲多。點點流螢下，翩翩宿鳥過。秋高搖落近，幽興欲如何？

又

寒霧依山斂，晴沙與岸頹。林塘無路入，窗户有時開。野客抄書去〔一〕，鄰翁送酒來。幽期在蘿薜，莫遣暮鐘催。

又

鳥徑緣沙小，魚梁疊石高。細流通亂嶼，雜樹帶平皋。白鷺怡心性，青禽惜羽毛。由來林下客，偃仰愧塵勞。

【校勘記】

〔一〕「抄」，原作「杪」，據蕭編本、萬曆詩選本、四庫本改。

題陽靈洞二首

窅窅青牛峽，荒荒白鶴壇。石山元少樹，陰洞故多寒。帝子非秦女，將軍自漢官。乘雲知不返，歎息萬人看。

又

仙宇何年闢？靈泉盡日聞。石門通別殿，木棧倚高雲。鸞鳳時來下，獮猴近作羣。春風城郭暮，烟霧正紛紛。

下蒼山西麓將問道過金精是日趙伯友與客先赴山中聞已出谷口相候喜賦

上馬愁將夕，題詩念友生。蒼茫驚獨往，迢遞愧相迎。崖湧青蓮色，溪流碧玉聲。登臨餘我輩，應不負高情。

伯友夜半酒醒戲舉一首

對酒不能飲，高人方醉眠。衣裳侵石冷，冠幘掛雲偏。地迥星聯户，風澄露滿天。冥冥清夜過，驚起問初筵。

題雪景畫

山閣雪初暝，石牀天正寒。亦愁江上聽，祇益坐中看。竹樹低仍壓，茅茨濕未乾。誰能添小艓，來把釣魚竿？

送夏定夫歸進賢

從師勞遠涉，歸興及清秋。即此催還覲，相看動別愁。天垂陰洞碧，雲入暮山稠。猶憶談經夜，松亭月色幽。

賦石龍山

柳氏堂前石，嶄巖故似龍。泥沙排異質，烟霧失奇蹤。檻竹秋陰覆，堦苔夕雨封。鼇溪未能往，凝想最高峰。

淮甸

淮甸今焚掠，紛紛日異聞。遠侵三楚地，近隔九江雲。鄰省圍邊將，親王進衛軍。由來王國内，不在策奇勳。

又

始報修城障，仍聞鑄甲兵。關河原阻滯，宇宙劃經營。不謂時當爾，終然法再更。邊虞豈忘備，萬一嚮清平。

題米元暉山水小景

江上見青峰，亭亭三四重。雨沾金翡翠，雲湧玉芙蓉。桂嶼開秋館，楓林隱暮鐘。蒼茫圖畫意，欲賞惜無從。

賦碧梧

庭前碧梧葉，秋至總離離。不記遠移處，忽驚初落時。色分雲際石，影亂月中池。鳳鳥幾時至，凄涼青玉枝。

杏園觀赤文抱射弓

公子杏園中，邀人射角弓。張弦驚滿月，鳴鏑應長風。力倚千鈞重，心期一中工。清秋鞍馬健，莫謾擬飛鴻。

晚出西關

戈戟重門固〔一〕，風塵過客稀。飛禽愁戰格，屯卒怪儒衣。野曠北風勁，天高西日微。蒼茫愁滿眼，欲往惜心違。

【校勘記】

〔一〕「重門」，原作「重問」，據四庫本改。乾隆重梓本作「重關」。

江閣晚望次嚴焕韻

落日明秋燧，江空生夕波。閣前歌吹少，城下戰船多。望眼懸飛檄，愁心倚太阿。王師猶駐馬，誰遣問如何？

賦戰旗得營字

疾風吹大旗，西出洛陽城。鳶鳥互飛動，熊虎欻縱横。披拂中軍帳，飄揚别騎營。萬人回首處，太白獨分明。

奉同孔元月赤文挹王子啓嚴焕讌集閶公房得新字〔一〕

跨牛庵下路，秋日往來頻。何處無芳草，多應有故人。座分禪榻舊，門擁戟旗新。且復臨尊酒，微吟遠世塵。

【校勘記】

〔一〕「赤文挹」，原作「赤文猑」，據四庫本改。

夜坐

江浦低雲鴈，遲堦起露螢。一燈寒炯炯，亂葉夜冥冥。城迴聞征柝，簷虛見落星。時來對尊酒，亦足慰飄零。

登易氏山後小亭

亂石危峰下，孤亭衆木間。藤蘿深結絡，闌檻極躋攀。啼鳥青烟隔，遊絲白日閒。風塵滿城市，悵望不知還。

紅纓白帽

白帽綴紅纓，軍容喜稱情。兜鍪知較古，貝胄比還輕。上馬秋風動，歸營夜雪明。少年趨幕府，岸幘儘談兵。

示劉生

林塘子故物，風景最宜詩。暫去還相見，閒吟亦自奇。冰霜驚歲晏，戎馬惜時危。雅道今如此，古人端可師。

快閣春望次王子啓

使者徵兵去，居民避地回。南風猶鼓角，北岸自樓臺。白水晴雲動，青山暮雨來。百年舊城郭，臨眺獨興哀。

坐子啓竹林

愛爾幽棲處，門前青竹林。石牀三伏冷，池水一春深。野鳥來窺户，溪魚出聽琴。無因謝羈束，攜酒日相尋。

六月十六日觀内省使臣傳詔到州

聞道京華使，南從海上來。丁寧深激義，沉痛欲興哀。遠道經年達，華筵盡日開。靈槎萬里外，飄泊幾時回？

美梁太守總兵大洲

太守威名重，中軍節制專。城池百戰裏，藩屏數州先。兵帳江雲動，戈船野霧連。時危仗經濟，感激萬人傳。

戲東子啓

高懷清似鶴，誰遣謾多憂？藥裹家人問，詩篇過客求。江連王子宅，山入仲宣樓。且復臨尊酒，高歌慰遠遊。

答項可成懷遂江故宅

亭館西南勝，清含山水姿。偶因看詩處，却憶舊遊時。落日千峰隔，孤城百戰危。相逢江海暮，回首意兼悲。

題山水畫

數騎陰崖雪，孤帆碧嶼風。行人萬里意，遠在杳茫中。鴈下雪湍急〔一〕，烏啼霜樹空。遥山青一點，疑是洞庭東。

【校勘記】

〔一〕「雪」，萬曆詩選本作「雲」。

送友人還贛

南國猶防寇，春城尚鼓鼙。亂山愁落日，積水畏横霓。失木猿呼子，巢林燕擇栖。送君增感慨，花發贛江西。

感事二首

何地駐王師，南驅定幾時？疲氓思一戰，妖寇倚羣疑。江漢三年急，雲霄萬里思。孤城烟霧裏，慘淡望旌旗。

又

野戰曾無賴，民生遂不支。倉皇輕反側，狼藉尚傾危。夕路豺狼横，春山鳥雀悲。時時瞻北極，光耀注南陲。

兵亂二首

兵亂連三載，年荒餘幾家。久聞人食草，仍報盜如麻。憂國愁心死，傷時淚眼斜。平田棲白骨，千里見飛鴉。

又

羣盜猶相煽，官軍且未來。四山烟霧塞，一水道途開。近郭多豺虎，春田半草萊。時時消息異，嗚咽壯心哀。

奉和梅南劉府推題蕭氏隱居

野雉晴初雊，溪魚凍可叉。山中好風物，洞口是仙家。竹逕空流水，茆堂侣浣花。他年記行役，林下見兵衙。

寄范實夫主廪贛先賢書院三首

亂後今誰在？愁來想鬢華。公侯能好客，風土足爲家。翠玉春攜酒，廉泉夜煮茶。相思一回首，烽火暗天涯。

又

贛水來天上，江邊足定居。夢尋疑有路，恨别竟無書。坐石調琴處，臨池弄墨餘。清才與殊調，空憶舊遊疏。

又

楊子舊精舍，全侯新學宫。百年遺往躅，一日振高風〔一〕。日月冠裳會，春秋俎豆崇。游歌未能往，歎息羡飛鴻。

【校勘記】

〔一〕「一日」，萬曆橘徠軒重梓本、四庫本作「一旦」。

寄曠知事伯逵五首

昔别已千里，新愁復四年。風塵不可見，江海一凄然。才想羣公薦，名因過客傳。東南藩鎮重，獨覺省郎賢。

又

抱檄訴鄰饑，開關破賊圍。近隨兵帳出，遠送米船歸。吴水波濤惡，西山草樹稀。艱危知共濟，莫遣壯心違。

又

聞説移居地，還依孺子亭。對門湖共白，一路柳長青。仕已沾恩露，庭應聚德星。誰能遠車馬？況不異郊坰。

又

郡邑溪山在，風塵寇盜餘。長懷管寧去，未卜屈原居。計拙憂虞劇，閒多禮法疏。柴門春草滿，驚捧故人書。

又

此日螺山下，春深草謾多。官船依近郭，寇壘隔長河。市缺新年酒，田荒舊種禾。憂危仍寂寞，回首颯悲歌。